W0409351

Jaime Bayly
Die Genies

Jaime Bayly

DIE GENIES

Roman

Aus dem Spanischen
von Willi Zurbrüggen

dtv

Die Arbeit des Übersetzers am vorliegenden Text
wurde vom Deutschen Übersetzerfonds gefördert.

Dieses Buch ist kein historischer Text und
auch keine journalistische Recherche.
Es ist ein Roman, ein fiktionales Werk,
das einige reale Begebenheiten
mit fiktiven Elementen mischt, die dem
Einfallsreichtum des Autors entstammen.

FSC
www.fsc.org
MIX
Papier | Fördert
gute Waldnutzung
FSC® C083411

Die Originalausgabe erschien 2023 unter dem Titel
Los genios bei Galaxia Gutenberg in Barcelona.
© für die deutschsprachige Ausgabe:
2025 dtv Verlagsgesellschaft mbH & Co. KG
Tumblingerstraße 21, 80337 München
produktsicherheit@dtv.de
© 2024 Jaime Bayly
This translation has been published by arrangement
with Galaxia Gutenberg, S. L., Barcelona.
Satz: Greiner & Reichel, Köln
Gesetzt aus der Fairfield light
Druck und Bindung: CPI books GmbH, Leck
Printed in Germany · ISBN 978-3-423-28460-8

Für Silvia Núñez del Arco und Zoe Bayly

Ich habe fünf Bücher geschrieben und herauszufinden versucht,
wie ich bin, wer ich bin. Und es ist mir immer noch nicht klar.
Aber etwas weiß ich: Ich bin der beste Freund meiner Freunde,
und diesen ersten Platz lasse ich mir von keinem nehmen.

GABRIEL GARCÍA MÁRQUEZ
El regreso a Macondo, El Espectador

Was man lernt, wenn man versucht, ein Ereignis
auf der Grundlage von Zeugnissen zu rekonstruieren,
ist ja gerade, dass alle Geschichten erfundene
Geschichten sind, dass sie aus Wahrheiten und aus
Lügen bestehen.

MARIO VARGAS LLOSA
Maytas Geschichte

»Das ist dafür, was du Patricia angetan hast!«, schrie Mario Vargas Llosa.

Verstört, zitternd, mit finsterer Miene und vor Zorn getrübtem Blick, mit geballten Fäusten und außer sich vor Wut, hatte er dem Mann die Faust ins Gesicht geschlagen, der lange sein Freund, Nachbar und Vertrauter gewesen war: Gabriel García Márquez. In einem separaten Saal des Auditoriums der Kammer der Mexikanischen Filmindustrie sprach er mit einer Reporterin der Tageszeitung *Excélsior*, während sie darauf warteten, dass in einer Privatvorstellung nur für Journalisten der Dokumentarfilm *Odyssee in den Anden* gezeigt wurde, für den Vargas Llosa das Drehbuch geschrieben hatte. García Márquez ging mit ausgebreiteten Armen auf den alten Freund zu, wollte ihn umarmen und sagte lächelnd:

»Bruder, Bruderherz!«

Aber Vargas Llosa war nicht gekommen, um García Márquez zu begrüßen, und schon gar nicht, ihn zu umarmen; auch nicht, um den Dokumentarfilm zu sehen. Er war gekommen, um Selbstjustiz zu üben. Ein von einer Mission getriebener Mann, vom Rachefieber besessen und willens, seine befleckte Ehre wiederherzustellen. Darum starrte er García Márquez an, ballte seine Faust, wie er es in den ungleichen Kämpfen in der Kadettenschule gelernt hatte, als er dort den Militärdienst leistete. Er baute sich in passender Entfernung auf und schlug mit der Rechten zu. Ein brutaler Fausthieb, ein wütender, in Monaten herangereifter Punch, der García Márquez niederstreckte, bewusstlos zu Boden gehen ließ, mit zerbrochener Brille und blutender Nase von einer Schramme, die Vargas Llosas Ehering verursacht hatte, sowie einem blauen linken Auge. Als seine Gattin Mercedes ihn ohne Bewusstsein am Boden sah, schrie sie Vargas Llosa an:

»Was hast du getan, du Idiot? Was hast du Gabito angetan?«

Sie warf sich auf die Knie, um ihrem Mann zu helfen. Die mexikanische Schriftstellerin Elena Poniatowska tat es ihr gleich.

»Das war für das, was er Patricia angetan hat!«, schrie Vargas Llosa, erleichtert, seine Dämonen mit dieser erbarmungslosen Rechten ausgetrieben zu haben, zugleich jedoch beschämt, seinen irrationalen Gewaltfantasien erlegen zu sein, und das inmitten all der umstehenden Journalisten, die auf die Vorführung des Dokumentarfilms über ein in den Anden abgestürztes Flugzeug warteten. Es hatte eine uruguayische Rugbymannschaft an Bord gehabt, und die Spieler hatten, um zu überleben, von ihren toten Kameraden essen müssen.

»Was hat Gabito Patricia denn angetan?«, fragte Mercedes auf Knien, während sie ihrem Mann Luft zufächelte, der wieder zu sich gekommen war und Mario ungläubig anstarrte, als erkenne er ihn nicht, als habe er ihn niemals wirklich gekannt, nicht einmal, als sie in Barcelona Nachbarn gewesen waren, keinen Häuserblock voneinander entfernt im Sarriàviertel gewohnt und sich jeden Tag nach dem Schreiben gesehen hatten.

Doch Vargas Llosa, stocksteif, erregt, drehte sich wortlos um und ging. Er war allein, wenn auch nur allein mit seinen Dämonen, allein mit seinen Gespenstern. Seine Frau Patricia, die nicht wusste, dass Mario an diesem Abend García Márquez auflauern würde, war im Hotel Geneve, in der mexikanischen Hauptstadt, geblieben, weil sie keine Lust hatte, sich einen Dokumentarfilm über die Überlebenden eines Flugzeugabsturzes anzusehen, die die Überreste ihrer toten Freunde aßen.

»Wie kommst du nur auf die Idee, dass ich mir mit dir diesen schrecklichen Film ansehe?«, sagte sie im Hotel zu Vargas Llosa, als dieser sich zum Ausgehen fertig machte. »Hast du Wandita vergessen? Ich kann mir keinen Film über abstürzende Flugzeuge ansehen.«

Wanda, Wandita, Patricias ein Jahr ältere Schwester, war vor zwölf Jahren bei einem Flugzeugabsturz ums Leben gekommen. Auf einem Flug von Paris nach Lima, wo sie hatte heiraten wollen. Die Maschine der Air France stürzte in Point-à-Pitre, auf der Karibikinsel Guadalupe, ab. Vargas Losa reiste selbst dorthin, um die Überreste seiner Cousine zu identifizieren und sie danach nach Lima zu bringen, wo sie bestattet wurde. Ein Jahr später heiratete er in Lima seine Cousine Patricia Llosa, Wandas jüngere Schwester.

»Wir müssen Gabito sofort zu einem Fleischer bringen, damit er ihm ein Kotelett aufs Auge legt«, sagte Mercedes.

Ihre Freundin Elena Poniatowska schlug ein Hamburger-Restaurant in der Nähe vor, zu dem sie sich sogleich begaben. García Márquez, verletzt, aus der Nase blutend, kurzsichtig ohne Brille, lachte mit karibischer Schlitzohrigkeit, mit unschlagbarem Zynismus, als wäre er einer schwarzen Komödie entsprungen. Sie bestellten ein rohes Kotelett.

»Ich verkaufe kein rohes Fleisch«, sagte der Wirt. »Ich verkaufe mein Fleisch nur gebraten.«

»Dann gehen wir zu mir«, schlug die mexikanische Fotografin María Luisa Mendoza vor, die ebenfalls dabei war. »Ich habe Fleisch im Kühlschrank.«

Die vier – García Márquez, Mercedes Barcha, Elena Poniatowska und María Luisa Mendoza – stiegen ins Auto der Fotografin und fuhren zu deren Wohnung. Dort legte sie García Márquez ein Filet aufs blau angelaufene Auge. Gabriel lag wie ein verwundeter Buddha auf dem Sofa und hielt die Augen geschlossen, derweil Mendozas Hund ihm das Steak zu entreißen versuchte.

Während die García Márquez' sich von dem Gewaltakt erholten, fuhr Vargas Llosa in Begleitung des peruanischen Journalisten Francisco Igartua mit dem Taxi ins Hotel Geneve. Er wusste nicht, dass jemand von einer öffentlichen Telefonzelle aus bereits Patricia angerufen und ihr berichtet hatte:

»Mario hat Gabo ausgeknockt. Er hat ihn zu Boden geschlagen und gerufen: ›Dies ist für das, was du Patricia angetan hast!‹«

»Hast du Patricia denn etwas angetan?«, fragte Elena Poniatowska neugierig, während sie García Márquez' Auge mit dem rohen Stück Fleisch kühlte.

»Nie im Leben!«, rief García Márquez. »Wie kannst du so etwas glauben? Ich bin monogam bis in die Knochen.«

»Unmöglich«, fügte Mercedes boshaft lächelnd hinzu. »Gabito liebt nur hübsche Frauen.«

Es war nicht das erste Mal, dass Vargas Llosa einen Mann bewusstlos schlug. In der Militärschule in Lima hatte er kämpfen, austeilen und einstecken, robustere und brutalere Gegner als er niederschlagen gelernt. Es war ein barbarisches, unmenschliches Internat, in das er mit knapp vierzehn Jahren als *Hund*, wie sie die Neuen dort nannten, eingetreten war und Beschimpfungen und Erniedrigungen zu erdulden hatte. Er wurde geschlagen und gezwungen, mit anderen *Hunden* um die Wette zu masturbieren, »mal sehen, wer am weitesten kann«. Mit den Schlägen, die er von Älteren und Vorgesetzten einstecken musste, lernte er auch, sie auszuteilen. Seine Kameraden hielten ihn zwar für schüchtern, grüblerisch und eine Leseratte; aber sie respektierten ihn auch, weil der Kadett Vargas Llosa sich mit beiden Fäusten zu wehren wusste. Er war kein Weichei, kein Feigling und auch kein verzagter Schwächling. Er war tapfer und stolz und ging keiner Schlägerei aus dem Weg; aus Mund und Nase zu bluten und sogar zwei Zähne zu verlieren machte ihm nichts aus, wenn es um seine Ehre ging.

»Verdammt, der Kadett hat mich auf die Bretter geschickt«, sagte García Márquez und nahm das Steak von seinem geschwollenen Auge. »Der Drecksack hat einen harten Schlag. Er schlägt zu wie ein Boxer.«

Vargas Llosa hatte in der Militärschule so einige Kadetten k. o. geschlagen. Er konnte kämpfen. Er wusste, wie man die gesamte Kraft in einer Faust konzentriert, sie zur Granate macht und im Gesicht des arglosen Gegners explodieren lässt. Mit dem Kämpfen lernte er auch, keine Angst mehr vor seinem Vater, Ernesto Vargas, zu haben, den er hasste. Er hasste ihn, weil er ein grausamer, erbärmlicher, miserabler Vater war, der ihn immerzu beschimpfte und demütigte, ihn Schwuchtel nannte, Muttersöhnchen, Heulsuse. Sein Vater war für ihn ein Feind, ein Fremder. Er hatte das Gefühl, sein Vater betrachte ihn mit Widerwillen, mit Verachtung oder Trauer, als wäre er ein fehlerhafter, missratener Sohn und nicht der ganze Kerl, den er sich erhofft hatte. Darum hatte er ihn in die Kadettenanstalt gesteckt, damit er da lernte, ein richtiger Mann zu werden. Und Vargas Llosa lernte mit den Prügeln, die er bezog, den mörderischen Hieben, die er einsteckte; und wenn er am Boden lag, wurde er noch bespuckt. Nebenbei lernte er Schimpfwörter, Beleidigungen, Obszönitäten und vulgäre Ausdrücke, die das Miraflores-Söhnchen bis dahin noch nie gehört hatte. Und nachdem er gelernt hatte, es mit den Größten und Stärksten aufzunehmen, sie mit einem von der gesamten Wut dieser beschissenen Welt aufgeladenen Hieb niederzustrecken, da wagte er es eines Nachts, sich seinem Vater in den Weg zu stellen. Er hörte die Schreie seiner Mutter Dorita, wusste, dass der verfluchte Ernesto sie im Ehegemach wieder verprügelte, und beschloss, diesmal nicht abseits zu stehen. Er trat die Schlafzimmertür ein und starrte seinen Vater mit dem ganzen Hass, der sich in seiner Seele angesammelt hatte, an, ballte die Faust und versetzte ihm einen, einen einzigen Hieb, der Ernesto Vargas, den übergriffigen Ehemann, den toxischen Vater, mit dem man nicht in Frieden leben konnte, bewusstlos zu Boden streckte. Dann spuckte er auf den Vater, ergriff die Hand seiner Mutter und sagte:

»Wir verschwinden von hier, Dorita. Wir werden nicht weiter mit diesem elenden Kerl zusammenleben. Ich lasse nicht zu, dass er dich noch ein einziges Mal schlägt.«

Sie gingen tatsächlich. Und kamen nicht mehr zurück. Und es war dies das letzte Mal, dass Ernesto Vargas gegen seine Frau Dorita in ihrem Haus in Miraflores handgreiflich wurde.

»Idiot! Blödmann! Kretin!«, schrie Patricia ihren Ehemann an, kaum dass dieser das Zimmer im Hotel Geneve betreten hatte. »Was hast du Gabriel angetan?«

»Ich habe getan, was ich tun musste«, sagte Vargas Llosa kalt. Er hatte nicht erwartet, seine Frau so aufgebracht zu sehen.

»Du lässt mich wie eine Idiotin dastehen«, brüllte Patricia. »Einen Skandal wird das geben! Alle Welt wird erfahren, was Gabriel mir angetan hat!«

»Sollen es ruhig alle erfahren! Sollen ruhig alle wissen, dass er ein Verräter ist.«

»Blödmann!«, schrie Patricia wieder. »Du hättest mich fragen müssen, du hättest es mir sagen müssen!«

»Du hättest mich doch nur davon abzuhalten versucht, Patricia!«

»Selbstverständlich! Jetzt hast du mich doch zum Gespött der Leute gemacht! Sie werden mich in den Wahnsinn treiben mit dem, was Gabriel mir angetan hat!«

»Wir Männer regeln unsere Probleme eben auf diese Art, mit der blanken Faust. Und nun halt bitte den Mund, das ganze Hotel kann dich ja hören.«

Patricia ergriff einen Aschenbecher und warf ihn nach ihm, doch Vargas Llosa wich rechtzeitig aus. Also warf sie ihm eine Lampe an den Kopf. Es war nicht das erste Mal, dass die Cousine den Cousin attackierte. Schon als Kind hatte sie ihm kaltes Wasser ins Gesicht geschüttet, um ihn aufzuwecken, oder ihm Nudelsuppe über den Kopf gegossen, um einen Streit zu beenden, oder ihm eine so wütende Ohrfeige gegeben, dass sein Kopf nach hinten geflogen war. Wenn Patricia wütend wurde, war nicht mit ihr zu spaßen.

»Jetzt beruhige dich!«, schrie Vargas Llosa sie an. »Kapierst du nicht, dass ich Gabriel eine verpasst habe, weil ich dich liebe?«

Patricia schwieg wütend, sie hätte ihren Mann am liebsten geohrfeigt, ihm das Gesicht zerkratzt.

»Warum gehen wir nicht was essen?«, schlug Francisco Igartua vor.

Die drei fuhren mit dem Fahrstuhl nach unten und gingen in ein Restaurant neben dem Hotel.

»Einen doppelten Whisky«, bestellte Patricia beim Kellner.

»Mir bringen Sie zwei Gläser Milch«, orderte Vargas Llosa.

»Milch?«, fragte der Kellner ungläubig.

»Ja, zwei Gläser Milch«, wiederholte Vargas Llosa.

Der Journalist und Freund des Ehepaars, Francisco Igartua, musste grinsen und sagte spöttisch:

»Mein Gott, Mario, das ist filmreif: Du bist der einzige Schriftsteller, den ich kenne, der kalte Milch einem guten Schluck Schnaps vorzieht.«

Zwei Tage später besuchte García Márquez seinen Freund, den Fotografen Rodrigo Moya, gegen Mittag in dessen Haus in der Colonia Nápoles und sagte:

»Ich möchte, dass du mir ein paar Fotos von meinem blauen Auge machst.«

Moya gab Mercedes einen Kuss auf die Wange, trat zu Gabriel, musterte das geschwollene Auge und fragte:

»Was ist passiert, Gabito?«

»Ich habe geboxt, und ich habe verloren«, antwortete García Márquez.

»Es war Vargas Llosa«, sagte Mercedes. »Mario ist eifersüchtig. Eifersüchtig und ein Dummkopf.«

»Und warum hat er das getan?«, fragte der Fotograf.

»Keine Ahnung«, sagte Gabriel. »Ich bin mit offenen Armen auf ihn zugegangen, um ihn zu begrüßen. Wir hatten uns lange nicht gesehen, bald zwei Jahre, seit er nach Lima gegangen war.«

Moya begann zu fotografieren. Aber er wollte nicht, dass García Márquez traurig wirkte, bedrückt aussah, wie ein Opfer des explodierenden Temperaments Vargas Llosas. Er sollte trotz des blauen Auges zufrieden aussehen; angeschlagen, aber lächelnd. Darum sagte er:

»Der Peruaner hat dir ganz schön eine verpasst. Wie fühlt man sich dabei?«

Daraufhin musste Gabriel lächeln, und Moya schoss das viele Jahre später berühmt gewordene Foto.

»Schick mir ein paar Abzüge und verwahre die Negative«, sagte García Márquez, bevor er ging.

Zwei Jahre bevor Vargas Llosa in der mexikanischen Hauptstadt García Márquez niederschlug, zwei Jahre bevor ihre unzerstörbar scheinende Freundschaft für immer vergiftet wurde, zwei Jahre bevor Vargas Llosa aufhörte, García Márquez *compadre* zu nennen, und ihn stattdessen als »verräterische Ratte« bezeichnete, in einer Zeit, als sie noch Freunde und Nachbarn in Barcelona waren, sagte Patricia zu Mario:

»Ich halte es hier nicht mehr aus. Ich werde verrückt. Lass uns nach Lima zurückgehen.«

Sie lebten seit vier Jahren in Barcelona, nach zwei Jahren in Paris und drei in London. Sie hatten drei Kinder: Álvaro Augusto, Gonzalo Gabriel und Wanda Jimena Morgana. Álvaro war acht Jahre alt und in Lima geboren, Gonzalo sieben Jahre und auch in Lima geboren, und Morgana war gerade in Barcelona zur Welt gekommen.

»Das ist kein Leben für mich«, sagte Patricia. »Ich fühle mich wie deine Bedienstete. Ich kann mich nicht allein um die Kinder kümmern. Ich brauche Hilfe, Mario.«

Patricia war willensstark und arbeitsam und machte

alles: Kinder in die Schule bringen, einkaufen, putzen, kochen, Wäsche waschen, sogar Marios Hemden bügeln; doch sie hatte das Gefühl, die Beziehung zwischen ihnen beiden sei in den neun Jahren, die sie verheiratet waren, ungerecht, ungleich geworden. Mario zog sich von neun Uhr morgens bis vier Uhr nachmittags zum Schreiben zurück und kümmerte sich um nichts, weder um die Familie noch um den Haushalt, um keine praktischen Dinge und alltäglichen Angelegenheiten, während Patricia putzte, kochte, abwusch, bügelte und sich das Leben schwer machte. Sie war erschöpft und resigniert und kam sich wie eine Dienstmagd vor, wie Vargas Llosas Hausgehilfin, wie seine Universalzofe.

»Wenn wir keine Haushaltshilfe einstellen, die mir bei den Kindern zur Hand geht, fahren wir nach Lima zurück«, sagte Patricia.

»Dann fahren wir eben nach Lima«, antwortete Mario verärgert. »Was Carmen mir bezahlt, reicht nicht, um eine Hilfe einzustellen. Hier in Barcelona verdient eine Hausangestellte viel mehr als in Lima, verstehst du? Wir sind keine Millionäre, begreif das doch.«

Carmen Balcells, Vargas Llosas Literaturagentin, hatte ihn überredet, London zu verlassen, seine Stelle als Spanischlehrer an einer renommierten Universität aufzugeben und nach Barcelona zu ziehen, um dort seinen Traum zu verwirklichen, den er schon als Kind geträumt hatte: Schriftsteller zu sein und nichts anderes mehr zu tun als zu schreiben.

»Wenn du nach Barcelona kommst, zahle ich dir ein monatliches Gehalt, das Doppelte von dem, was du in London als Lehrer verdienst«, sagte sie. »Ob du viele

Bücher verkaufst oder wenige, ich zahle dir durchgehend ein Gehalt, das es dir erlaubt, dich ganz aufs Schreiben zu konzentrieren.«

Dank des unverbrüchlichen Vertrauens, das Carmen Balcells in Vargas Llosas literarische Zukunft setzte, fiel es Mario leicht, Patricia davon zu überzeugen, dass sie nach Barcelona umziehen sollten, wo sie dann vier glückliche Jahre als Freunde und Nachbarn von Gabriel García Márquez und dessen Frau Mercedes verbrachten. Auf Brotberufe wie Lehrer oder Journalist, die er in London und Paris ausgeübt hatte, konnte Mario Vargas Llosa ab jetzt verzichten. Patricia jedoch fühlte sich nach vier Jahren ausgelaugt und träumte von Haushaltshilfen, die ihr mit den Kindern zur Hand gingen, und sogar von einem Chauffeur, der sie zur Schule fuhr. Das aber schien ihr nur in Lima möglich zu sein, der Stadt, die sie mit knapp fünfzehn Jahren verlassen hatte, um in Paris Literatur zu studieren.

»Aber Gabriel hat eine Putzfrau und eine Köchin«, sagte Patricia. »Warum kann Gabriel Personal haben und wir nicht?«

Vargas Llosa wurde wütend:

»Weil Gabriel Millionär ist und ich nicht. Weil Gabriel ein Cabrio fährt und ich nicht. Weil Gabriel eine Wohnung in Paris hat und ich nicht.«

Patricia gab nach und schwieg. Es schien ihr nicht richtig zu sein, sich mit dem Ehemann zu streiten, nur weil er weniger Bücher als García Márquez verkaufte.

»Verstehst du nicht? *Hundert Jahre Einsamkeit* hat sich öfter verkauft als alle meine Bücher zusammen. Gabriel verkauft zehn Mal mehr Bücher als ich.«

García Márquez war mit seiner Frau Mercedes sowie seinen Söhnen Rodrigo und Gonzalo im selben Jahr nach Barcelona umgezogen, in dem sein Roman *Hundert Jahre Einsamkeit* erschien. Sie wohnten seit sieben Jahren in dieser Stadt, drei mehr als die Vargas Llosas. Carmen Balcells zahlte ihm kein monatliches Gehalt, so wie sie es bei Vargas Llosa tat, der ein Mindestgehalt bezog, das seine Ausgaben deckte, selbst wenn die Einnahmen aus dem Verkauf seiner Bücher sanken. In den sieben Jahren, die García Márquez in Barcelona wohnte, verkaufte er beziehungsweise seine Agentin Balcells und seine Verleger in aller Welt drei Millionen Exemplare von *Hundert Jahre Einsamkeit* und eine Million Exemplare all seiner anderen Bücher. Er war Dollarmillionär. Darum konnte er mit einem blauen 5er-BMW-Cabrio durch Barcelona und die Costa Brava brausen. Das war etwas anderes als die Klapperkiste, in der er viele Jahre zuvor mit seinem kolumbianischen Freund, Plinio Apuleyo Mendoza, durch Osteuropa gefahren war; als er noch davon träumte, ein berühmter Schriftsteller zu werden, und sein erster Roman, *Laubsturm*, erfolglos geblieben war.

»Ist gut«, sagte Vargas Llosa. »Du hast gewonnen, Patricia. Wir fahren nach Lima. Aber wir fahren mit dem Schiff.«

»Mit dem Schiff?«, fragte Patricia überrascht. »Warum mit dem Schiff?«

»Weil es billiger ist«, sagte Mario.

»Aber das sind drei Wochen, Mario. Drei Wochen mit den Kindern auf einem Schiff. Da werde ich verrückt.«

»Wir fahren mit dem Schiff«, beharrte Vargas Llosa. »Ich kann nicht meine Bücher mit dem Schiff schicken und selbst das Flugzeug nehmen. Wenn meine Bücher untergehen, gehe ich mit ihnen unter.«

In den Jahren, die er in Europa lebte – zwei in Madrid, sieben in Paris, drei in London und vier in Barcelona –, hatte sich Vargas Llosa eine reich bestückte Bibliothek zugelegt, Hunderte von Büchern auf Spanisch, auf Französisch, auf Englisch, und nicht nur Romane, sondern auch Erzählungen, Lyrik, Essays und nichtliterarische Texte. Diese Bücher waren sein wertvollster Schatz. Viele von ihnen hatte er von den Autoren selbst geschenkt bekommen, mit Autogrammen und persönlicher Widmung versehen. Sich von ihnen zu trennen, kam für ihn nicht in Frage. Die Kinder waren Patricias Schätze, die Bücher seine.

Carmen Balcells versuchte nicht, Vargas Llosa vom Umzug nach Lima abzubringen. Er war noch keine zweiundzwanzig gewesen, als er, frisch verheiratet mit seiner Stieftante Julia Urquidi, die Stadt verlassen hatte. Die Agentin wusste, dass Vargas Llosa starrköpfig und rebellisch war, hartnäckig seine künstlerische Sicht auf die Dinge, auf das menschliche Dasein, auf sein eigenes Schicksal verfolgte. Sie wusste, wenn er von etwas überzeugt war, brachte ihn nichts mehr davon ab. Deshalb unterstützten Carmen Balcells und die García Márquez' Vargas Llosas quijoteske Entschlossenheit, nach Lima zu ziehen, und richteten nicht nur eine, sondern gleich mehrere Abschiedsfeiern aus. Sie kamen sogar mit zum Hafen, um sie zu verabschieden und ihnen eine gute Reise zu wünschen.

»Nutze die Wochen auf dem Schiff zum Schreiben«, sagte Carmen Balcells zu Vargas Llosa.

»Ich werde nichts anderes tun«, erwiderte Mario.

»Wir sehen uns bald wieder, mein Patensohn«, sagte García Márquez zu Gonzalo Gabriel, Marios und Patricias zweitem Sohn, dessen Taufpate er war. Er schloss ihn in die Arme und küsste ihn auf beide Wangen und auf die Stirn.

Carmen Balcells verschwieg Vargas Llosa, was ihre Wahrsagerin und ihre Astrologin verkündet hatten: dass die Schiffsreise von Barcelona nach Callao eine ernste Gefahr für die Vargas Llosas bereithielt.

Bestimmt haben meine Hexen übertrieben, dachte sie und behielt das Geheimnis für sich.

Doch Balcells' Hexen, die die Agentin bei allen wichtigen Dingen zu Rate zog, hatten recht: Auf der dreiwöchigen Schiffsreise nach Callao, dem Hafen von Lima, sollte Schlimmes passieren. Das Schiff war zwar kein Luxusdampfer, verfügte aber über alle Annehmlichkeiten, die eine Überfahrt erträglich machten: ein gutes Restaurant, eine Tanzfläche neben dem Speisesaal, ein eigenes Kino und einen Swimmingpool. Patricia hatte ihren Söhnen versprochen, sie könnten jeden Tag gute Kinderfilme sehen, doch das Angebot an Filmen für Kinder auf dem Schiff war begrenzt. Als es keine mehr gab, entschied Mario, seine Söhne – noch Kinder – sollten mit den Eltern Filme für Erwachsene ansehen, auch wenn diese Gewalt- oder Sexszenen enthielten. Patricia widersetzte sich anfangs zwar halbherzig, doch dann erlebte sie, dass die Jungen bald einschliefen, wenn im Kinosaal all die französischen, italienischen und spanischen Filme gezeigt wurden. Am Ende war sie es, die das größte Interesse daran hatte, dass Álvaro und Gonzalo diese

Erwachsenenfilme sahen, derweil sie erschöpft und mit umränderten Augen der kleinen Morgana die Brust gab und sie in den Schlaf wiegte.

Vargas Llosa hatte drei Kabinen gebucht: eine für die Kinder, eine für sich und Patricia und eine zum Schreiben. In Letztere hatte er sich einen Stuhl und einen großen Schreibtisch bringen lassen, auf dem er seine Schreibmaschine abstellte und seine Papiere und Notizen ausbreitete. Er schrieb oder begann mit der ersten Version von *Tante Julia und der Schreibkünstler,* die ursprünglich *Leben und Wunder des Raúl Salomón* hieß und später *Leben und Wunder des Pedro Camacho*. Der Roman erschien drei Jahre später.

Während des Abendessens im Schiffsrestaurant trat eines Nachts ein junges, wunderschönes Mädchen mit Hut und schwarzen Handschuhen an ihren Tisch und sagte zu Mario:

»Wären Sie wohl so freundlich, mir dieses Buch zu signieren?«

Sie reichte ihm eine Ausgabe von *Der Hauptmann und sein Frauenbataillon*.

»Sehr gerne«, sagte Vargas Llosa und warf einen staunenden Blick auf die junge Frau, deren Schönheit und Eleganz ihn blendete.

»Und welchen Namen darf ich schreiben?«, fragte er.

Patricia Llosa betrachtete die junge Frau mit wohlwollendem Blick. Vielleicht können wir uns anfreunden und am Swimmingpool plaudern, während Mario schreibt, dachte sie.

»Meinen Namen«, antwortete die junge Frau, ohne deutlicher zu werden.

»Soll ich Ihren Namen erraten?«, fragte Vargas Llosa.

»Susana«, sagte sie. »Susana Diez Canseco.«

»Sind Sie Peruanerin?«

»Ja«, sagte sie, »allerdings.«

»Nimm doch Platz, Susana«, sagte Patricia, ohne die Gefahr zu erkennen. »Iss mit uns. Und, bitte, Schluss jetzt mit dem Sie.«

Vargas Llosa schrieb:

»Für Susana Diez Canseco, in der Hoffnung, dir viele weitere Bücher zu signieren, dein Freund Mario, auf der *Rossini*, während der Überfahrt von Barcelona nach Lima, 1974.«

Susana Diez Canseco war eine wunderschöne junge Frau, und sie wusste es. Sie sah wie ein Filmstar aus. Hochgewachsen, schlank, katzenhaft lasziver Blick, sinnliche Bewegungen wie in Zeitlupe. Sie nahm ihren Hut ab, zog die Handschuhe aus, setzte sich und sagte:

»Ich habe alle deine Bücher gelesen, Mario. Du bist ein Genie. Ich bin deine größte Bewunderin.«

Vargas Llosa lächelte geschmeichelt. Er war es gewohnt, dass man ihm solche Sachen sagte.

»Das Einzige, das mir nicht gefallen hat, weil ich nichts verstanden habe, ist *Das grüne Haus*. Was für manierierte Wörter du kennst!«

Patricia lachte spöttisch und Mario zuckte zusammen.

»Es ist mir zu verwickelt, zu intellektuell für mich«, sagte Susana, wie zur Entschuldigung.

»Mir kam es auch überaus kompliziert vor«, bestätigte Patricia und fügte hinzu: »Ich habe es dir ja gesagt, Mario, das ist ein Buch für die Kritiker, die dich lieben aber keines für Leserinnen wie Susana und mich.«

»Schreibst du an einem neuen Roman?«, fragte Susana.

»Mario schreibt immerzu«, sagte Patricia. »Sogar im Schlaf schreibt er noch.«

Alle lachten. Vargas Llosa fühlte sich geschmeichelt. Er dachte: Was macht ein junges Ding wie sie auf einem Schiff wie diesem? Und was macht sie hier allein, oder anscheinend allein?

Darum fragte er sie:

»Reist du allein?«

»Ja«, antwortete Susana mit wehmütiger und ein wenig koketter Miene. »Ich habe mich von meinem Mann getrennt. Wir haben in Madrid gelebt. Zum Glück haben wir keine Kinder. Ich kehre nach Lima zurück.«

Vargas Llosa überraschte die Offenheit der Frau.

»Ich liebe Andrés nicht mehr«, fuhr sie fort. »Und ich vermisse Lima so sehr.«

Susana Diez Canseco hatte mit knapp achtzehn Jahren in New York, Paris und London als Model gearbeitet. Sie war ein Kind aus gutem Hause, in einer reichen Familie aufgewachsen, an alle Privilegien, alle Naschereien gewöhnt. Des Daseins als Model überdrüssig, hatte sie angefangen, Architektur zu studieren und in dieser Zeit ihren späteren Mann, Andrés, kennengelernt. Sie brach ihr Studium ab, weil sie sich langweilte. Sie wollte in der Welt der Mode reüssieren. Sie träumte davon, Kleider, Schuhe, Handtaschen und Damenaccessoires zu entwerfen. Um ihren Lebensunterhalt brauchte sie sich nicht zu sorgen; ihre Eltern waren reich. Sie war gerade vierundzwanzig Jahre alt, fühlte sich aber ganz wie eine Dame; und wenn sie ihren sexuellen Appetit auch oft zu unterdrücken verstand, wusste sie, dass sie sich einem intelligenten, gebildeten Mann mit Sinn für Humor nicht verweigern würde. Sie war etwas jünger als Patricia, die zur Zeit dieser Seereise neunundzwanzig Jahre alt war. Sie war ein ganzes Stück jünger als Mario, der sich mit der Rückkehr nach Lima abgefunden hatte und auf dem Schiff seinen Bücherschatz bewachte. Er war achtunddreißig und dank seiner Agentin, Carmen Balcells, ein weltweit erfolgreicher Schriftsteller, in zahlreiche Sprachen übersetzt, ein hochangesehener Autor, ein Mythos, eine Legende noch vor seinem vierzigsten Lebensjahr. Nicht nur die spanische, auch die französische, die deutsche, die italienische, die englische und portugiesische Literaturkritik war sich darin einig, dass Vargas Llosa in den sechziger Jahren nicht eines, nicht zwei, sondern drei literarische Meisterwerke geschaffen hatte: *Die Stadt und die Hunde*, *Das grüne Haus* und *Gespräch in der ›Kathedrale‹*.

»Und warum hast du dich entschlossen, mit dem Schiff zu reisen und nicht mit dem Flugzeug?«, fragte Patricia neugierig.

»Weil eine Schiffsreise für mich viel romantischer ist.«

Morgana wurde in den Armen ihrer Mutter unruhig und begann zu weinen. Ganz selbstverständlich entblößte Patricia ihre Brust und stillte die Kleine.

»Was ich am meisten von Lima vermisse, ist, wie wunderbar unkompliziert es dort ist, eine Haushaltshilfe zu finden«, sagte Susana Diez Canseco.

»Ich hätte gern eine, die putzt und kocht, und eine, die auf die Kinder aufpasst«, wünschte sich Patricia.

»Ist es nicht fantastisch, in Lima zu leben?«, schwärmte Susana. »Du brauchst nie einkaufen zu gehen, musst nicht kochen, nicht putzen, keine Wäsche waschen. Das alles machen diese wunderbaren Frauen für dich. Außerdem kümmern sie sich um deine Kinder besser als du selbst.«

»Als wären es ihre eigenen«, bestätigte Patricia.

Vargas Llosa beteiligte sich nicht an der Unterhaltung, oder so gut wie nicht. Er wirkte selbstvergessen, gedankenverloren. Er betrachtete Susana mit verhohlenem Entzücken.

Nach dem Abendessen verabschiedeten sie sich.

»Treffen wir uns morgen am Swimmingpool?«, fragte Patricia Susana.

»Sicher, wir sehen uns da«, antwortete Susana. »Aber ich bin keine Frühaufsteherin, erwarte mich also nicht am Vormittag. Ich schlafe meistens bis um eins. So gegen drei Uhr kann ich am Pool sein, was meinst du?«

»Großartig«, sagte Patricia.

»Ich werde in meinem Studio bleiben und schreiben«, verkündete Mario.

»Du hast ein Schreibstudio hier an Bord?«, rief Susana überrascht.

»Ja«, sagte Mario ganz ernst. »Ich kann nicht leben, ohne zu schreiben. Ich schreibe jeden Tag, auch sonntags und an Feiertagen.«

»Du bist ein Genie«, sagte Susana. »Der Stolz Perus. Eines Tages wirst du den Nobelpreis bekommen.«

»Im Schreiben ist er ein Genie; aber für alles andere ist er nicht zu gebrauchen, eine richtige Null«, sagte Patricia. Alle drei lachten.

Nachdem er sich überzeugt hatte, dass die Kinder fest

schliefen, liebte Vargas Llosa seine Frau in dieser Nacht, dachte dabei aber nur an Susana und die unendlichen erotischen Möglichkeiten, die diese wunderschöne elegante Frau bereitzuhalten oder zu versprechen schien. Nach dem Liebesspiel sagte Patricia zu Mario:

»Ich glaube, Susana könnte eine gute Freundin für mich werden, zumindest während dieser Wochen auf dem Schiff.«

»Ich halte es für eine großartige Idee, dass ihr etwas zusammen unternehmt, während ich schreibe«, antwortete Mario.

Am nächsten Morgen frühstückten sie, als zögen sie danach in den Krieg. Dann ging Patricia mit den Kindern zum Pool, cremte die Jungen mit einer Sonnenschutzlotion ein und stillte die Kleine, derweil Mario sich in sein Studio begab und an *Tante Julia und der Schreibkünstler* weiterarbeitete. Vorher ging er jedoch in das Kapitänsbüro und sprach mit einem der Offiziere, einem Italiener.

»Können Sie mir sagen, in welcher Kabine Señora Susana Diez Canseco untergebracht ist? Sie ist eine Freundin aus Peru, und ich möchte ihr eines meiner Bücher verehren«, sagte er in feierlichem Ton auf Italienisch, das er ansatzweise gelernt hatte, indem er die Übersetzungen seiner Romane in dieser Sprache las.

Der Schiffsoffizier zögerte nicht, Vargas Llosa die Kabinennummer von Señora Diez Canseco mitzuteilen. Ebenso entschlossen, wie er mit knapp achtzehn Jahren seine Stieftante Julia Urquidi verführt hatte, als diese einunddreißig war, ebenso selbstbewusst, wie er seine Cousine Patricia Llosa erobert hatte, als diese gerade fünfzehn war, schien ein in stürmischen Meeren geborener Wirbelsturm ihn unaufhaltsam in dieses gewagte Abenteuer zu treiben, zu dieser Frau mit den mutmaßlich unendlichen erotischen Versprechungen. So wie es ihn mit vierzehn Jahren in frühreifer, zügelloser Männlichkeit zu den französelnden Huren von Lima getrieben hatte. In der trotzigen Überzeugung, dass ein Schriftsteller die Summe aller Bücher war, die er gelesen, aber auch aller Frauen, die er geliebt hatte, eilte Vargas Llosa zu der Kabine, in der er Susana Diez Canseco allein und schlafend vorzufinden vermutete. Sich selbst Mut zusprechend, holte er tief Luft und klopfte mit der rechten Hand an die Tür –derselben Hand, mit der er zwei Jahre später in einem Kino in der mexikanischen Hauptstadt García Márquez zu Boden schlagen sollte.

Susana Diez Canseco fuhr erschrocken auf, ging in ihrem Nachthemd aus weißem, durchsichtigem Stoff zur Tür und öffnete.

»Mario, welche Überraschung!«, rief sie.

Ohne ein Wort trat Vargas Llosa ein, schloss die Tür hinter sich und küsste sie mit der hitzigen Entschlossenheit eines aus dem Krieg heimkehrenden Kadetten, eines frisch in die Freiheit entlassenen Gefangenen, zog ihr das Nachthemd aus und warf sie aufs Bett, liebte sie, als würde das Schiff in der nächsten Stunde sinken, als wäre die Zukunft nur eine Chimäre. Erschöpft und ermattet, dachte Susana Diez Canseco: Jetzt verstehe ich, warum seine Tante Julia und seine Cousine Patricia sich so hoffnungslos in diesen Mann verliebt haben.

Vargas Llosa kleidete sich unterdessen hastig an, weil sein Drang zu schreiben übermächtig wurde.

»Patricia, du sollst wissen, dass ich die unwiderrufliche Entscheidung getroffen habe, mich von dir zu trennen.«

Nach drei Wochen auf dem Atlantik, durch den Panama-Kanal und auf dem Pazifik, kurz vor der peruanischen Küste, als am Horizont bereits der Hafen von Callao zu erahnen war, erklärte Mario Vargas Llosa, der das Lügen in seinen Romanen genoss, im wirklichen Leben aber darunter litt, seiner Frau, dass ihre neunjährige Ehe mit drei Kindern beendet war.

»Unwiderruflich?«, fragte Patricia. »Was bedeutet das, kann man das erfahren?«

»Das heißt, es ist endgültig. Es gibt kein Zurück«, antwortete Vargas Llosa mit wegwerfender Geste.

»Du willst mich im Ernst verlassen, Mario?«

Patricia fühlte, wie ihre Beine zu zittern begannen und ihr übel wurde.

»Ja. Ich liebe dich nicht mehr.«

Dank ihrer Verschwiegenheit, ihrer Gerissenheit und ihrer schauspielerischen Fähigkeiten war Susana Diez Canseco auf dem Schiff Patricias beste Freundin an den Nachmittagen am Pool, den Abenden im Restaurant und auf der Tanzfläche gewesen, wo sie unter Marios verzückten Blicken sogar miteinander getanzt hatten. Zugleich war sie Vargas Llosas heimliche Geliebte geworden. Bevor er sich zum Schreiben zurückzog, pflegte er sie kurz zu besuchen, oft nicht einmal eine Viertelstunde, und sie in wildem Rausch zu lieben. Patricia hatte sie kein einziges Mal erwischt und ahnte nicht, dass Mario mit Susana schlief. Ahnungslos gestand sie ihrem Ehemann sogar, wie froh sie war, eine so feine, kultivierte und unterhaltsame Freundin gefunden zu haben.

»Du solltest einen Film machen und Susana die Hauptrolle geben«, hatte sie bei einem Abendessen auf dem Schiff zu Mario gesagt. »Sie sieht aus wie ein Hollywoodstar, findest du nicht?«

Sie wusste nicht, dass die gute Schauspielerin Susana in diesen Tagen auf hoher See eine gefährliche Doppelrolle spielte: die heimliche Geliebte Marios und die falsche Freundin Patricias.

»Liebst du eine andere?«, fragte Patricia.

»Ja«, antwortete Mario. »Ich habe mich in Susana verliebt.«

»In Susana?«, rief Patricia überrascht. »In welche Susana?«

»Susana Diez Canseco«, sagte Mario. »Unsere Schiffsfreundin.«

In ihrer Kabine hatte Susana Mario angefleht, Patricia nichts zu sagen, solange sie auf dem Schiff waren; zu warten, Geduld zu haben, bis sie in Lima eine Wohnung gefunden hatten. Dann könne er es ihr sagen, wenn er immer noch überzeugt sei, sich von ihr trennen zu wollen. Sie fühlte sich unwohl bei dem Gedanken, diese unwahrscheinliche Ehe zwischen Cousin und Cousine, die auch noch drei Kinder hatten, zu zerstören. Zwar liebte sie Mario, war aber von ihrem Wesen her gutherzig, oder glaubte es zu sein, und es tat ihr im Innersten weh, für das Zerbrechen dieser Ehe verantwortlich zu sein.

»Susana Diez Canseco?«, fragte Patricia entgeistert nach. »Du willst mich für Susana Diez Canseco verlassen?«

Patricia hatte große Lust, ihren Cousin zu ohrfeigen, zu würgen, über Bord ins aufgewühlte Meer zu werfen.

»Ja«, gestand Mario ohne Umschweife, »ich habe mich in sie verliebt.«

»Hast du mit ihr geschlafen?«, fragte Patricia. »Bist du mir untreu gewesen?«

»Selbstverständlich habe ich mit ihr geschlafen. Oder hältst du mich für so blöd, sie nur platonisch zu lieben?« Er stieß ein ärgerliches Lachen aus.

»Das heißt, während ich Morganita die Brust gegeben habe, hast du mit Susana geschlafen?«

Mario schwieg.

»Und die Kinder?«, fragte Patricia. Sie musste sich beherrschen, um nicht in Tränen auszubrechen. »Tut es dir gar nicht leid um die Kinder? Was soll aus ihnen werden?«

»Du bleibst mit den Kindern in Lima. Ich gehe mit Susana fort.«

»Wohin?«

»Das weiß ich noch nicht. Aber in Lima kann ich nicht bleiben. Es wird einen Riesenskandal geben. Dabei kann ich nicht schreiben.«

Patricia schaute ihren Cousin wütend an.

»Du begehst den Fehler deines Lebens. Die Kinder werden dich nicht mehr lieben. Du gibst sie auf für eine Frau, die du seit zwei Wochen kennst.«

»Du weißt genau, dass ich niemals Vater sein wollte. Ich habe dich zur Mutter gemacht, weil du mich darum gebeten hast, mich angefleht hast. Jetzt bist du Mutter, jetzt kümmere dich um die Kinder und lass mir meine Freiheit. Lass mich mein Leben als Schriftsteller leben!«

»Du Egoist!«, schrie Patricia. »Dich interessiert nur dein Schriftstellerleben! Glaubst du, du wirst ein besserer Autor, wenn du uns verlässt?«

»Das weiß ich nicht. Aber ein freier Mann. Und um ein guter Schriftsteller zu sein, muss ich mich frei fühlen, Cousinchen.«

»Nenne mich nicht Cousinchen!«, schnaubte Patricia wütend.

Dann dachte sie:

Meine Eltern hatten recht. Ich hätte mich nicht in Mario verlieben dürfen, ihn nicht heiraten dürfen, ihm nicht drei Kinder schenken dürfen. Mario interessiert nur seine Schriftstellerkarriere. Auf mich hat er sich fixiert, weil ich seine Cousine bin, weil er morbide ist, weil ich fünfzehn Jahre alt war und ihm in Paris meine Jungfräulichkeit geopfert habe. Die ganzen Streitereien mit meinen Eltern; der Skandal, meinen Cousin zu heiraten; das Gerede, dass wir schwachsinnige Kinder haben würden, Kinder mit Schweineschwänzen; alles, was ich erlitten und für Mario geopfert habe: dass ich nicht einmal mein Studium an der Sorbonne beendet habe, dass ich seine Sekretärin, seine Assistentin, seine Köchin, seine Putzfrau, Mutter und Kinderfrau, seine Ganztagshaushälterin wurde; das alles, damit er mich jetzt verlässt und mit Susana fortgeht. Wie blöd war ich, Mario zu vertrauen, zu glauben, dass er mich nicht genauso behandeln würde, wie er Tante Julia behandelt hat.

Nichts davon sagte sie jedoch Mario. Sie zog sich in sich zurück wie ein verwundetes Tier. Sie fand keine Worte mehr, ihren Mann oder Susana Diez Canseco zu beschimpfen. Sie fragte nur:

»Und deine Bücher? Wo willst du deine Bücher lassen?«

»In unserem Haus in Barranco, wo sonst?«, antwortete Vargas Llosa.

Mit dem, was ihm seine Romane einbrachten, mit dem Geld, das seine Agentin, Carmen Balcells, ihm für die über hunderttausend in weniger als einem Jahr verkauften Exemplare von *Der General und sein Frauenbataillon* überwies, hatte Vargas Llosa sich in Lima, im Bohême-Viertel Barranco, mit Blick auf den Pazifik ein dreistöckiges Haus mit einer riesigen Bibliothek für seine Bücher bauen lassen.

»Du bleibst mit den Kindern und meinen Büchern in dem Haus in Barranco«, sagte Vargas Llosa. »Und ich trete dir die Nebenrechte aller meiner bisher veröffentlichten Bücher ab.«

»Das geht gar nicht«, sagte Patricia.

»Das geht, wenn ich Carmen Balcells darum bitte«, entgegnete Mario.

»Es geht nicht, weil du die Rechte für *Die Stadt und die Hunde* bereits an Tante Julia abgetreten hast.«

»Dann nehme ich sie ihr wieder. Ich kaufe sie ihr ab und überlasse sie dir«, sagte Vargas Llosa, der in Geldsachen extrem großzügig war.

Mario und Patricia hatten sich schon als Kinder im Haus der Llosas kennengelernt, denn Marios Mutter, Dorita Llosa, war die Schwester von Patricias Vater, Luis Llosa. Sie hatten schon im Haus des gemeinsamen Großvaters, Don Pedro Llosa, in Cochabamba und dem in Piura und dem in Miraflores zusammen gespielt. Verliebt hatten sie sich in Paris, da war Patricia fünfzehn Jahre alt, und Mario mit seinen fünfundzwanzig war noch mit seiner Stieftante Julia Urquidi verheiratet, der Schwester von Olga Urquidi, Patricias Mutter. Diese war also zuerst Marios Tante gewesen, dann seine Schwägerin und schließlich seine Schwiegermutter, da Mario zuerst seine Tante Julia geheiratet hatte und danach deren Tochter Patricia. Unglaublicherweise hatten Olga und Lucho, Patricias Eltern und Marios Schwiegereltern sowie Onkel und Tante, an der Hochzeit von Cousin und Cousine teilgenommen, weil sie glaubten, dass Mario ein Genie war. Und da alle Genies ja etwas verrückt sind, Mario aber ein guter Mensch war, ein gutherziger Verrückter, liebten sie ihn vorbehaltlos trotz des Skandals, trotz des ganzen Geredes und Geflüsters: »Fehlt bloß noch, dass Vargas Llosa seine Schwester heiratet, die er zum Glück nicht hat.«

»Ich will auf der Stelle mit Susana sprechen«, forderte Patricia.

»Unmöglich«, sagte Mario. »Sie will dich nicht sehen.«

»Bring mich unverzüglich zu ihrer Kabine!«, befahl Patricia.

»Reiß dich bitte zusammen. Mach mir hier keine Eifersuchtsszene. In wenigen Stunden ist die Reise zu Ende und unsere Beziehung ebenfalls.«

»Bring mich zu Susana!«, schrie Patricia.

»Das werde ich nicht tun!«, schrie Mario zurück. »Benimm dich wie eine zivilisierte Frau, Patricia! Du hast in Paris, in London und Barcelona gelebt. Hast du nichts gelernt? Willst du dich wie eine Peruanerin aus den Telenovelas aufführen?«

»Du bringst mich jetzt sofort zu Susana!«, rief Patricia. »Ich bin weder Engländerin noch Französin, genauso wenig wie du, Idiot!«

Resigniert ging Mario mit Patricia zu Susana Diez Cansecos Kabine. Er klopfte. Susana schaute durch das Guckloch ihrer Tür und sah nur Mario. Darum öffnete sie sogleich und empfing ihn lächelnd:

»Mein Hengst. Mein Reiter.«

Dann erblickte sie die hinter Mario versteckte kleine, wütende Patricia, die mit zwei entschlossenen Schritten vortrat und Susana einen Stoß versetzte, der diese beinahe zu Boden warf. Sie taumelte ein paar Schritte rückwärts, sank aufs Bett und wusste nicht, was sie sagen sollte.

»Verräterin!«, schrie Patricia.

Mit der ihr eigenen diskreten Eleganz vermochte Susana nur zu antworten:

»Entschuldige tausend Mal, Patricia. Diese Dinge passieren.«

»Ganz Lima wird erfahren, was für eine Verräterin du bist!«, rief Patricia.

Dann schaute sie Mario an und fügte hinzu:

»Ganz Lima soll erfahren, was für eine Ratte du bist.«

Verstört ging Patricia hinaus und schwor sich:

»Mario wird seine Kinder nie wiedersehen. Ich werde ihn leiden lassen. Er hat mich gedemütigt. Eines Tages werde ich mich rächen und ihn leiden lassen. Eines Tages wird er auf Knien zu mir kommen und mich um Verzeihung bitten.«

Vargas Llosa trat in Susana Diez Cansecos Kabine, schloss die junge Frau in seine Arme, küsste sie und sagte:

»Du bist die Frau meines Lebens, die große Liebe meines Lebens. Patricia habe ich nicht mehr geliebt. Sie lebt nur für die Kinder; aber mein Leben und meine Zukunft als Schriftsteller interessieren sie einen Dreck.«

Susana ließ sich liebkosen und sagte dann:

»Mario, ich muss dir etwas sagen, etwas Wichtiges.«

»Sag es mir, Susana. Verschweige mir nichts. Du kannst mir alles erzählen.«

»Ich will dich nicht heiraten. Ich will keine Kinder von dir. Ich will, dass wir unsere Freiheit behalten.«

»Einverstanden, Susana. Einverstandener könnte ich gar nicht sein. Ich wollte nie Kinder haben. Mich grauste vor dem Gedanken, Vater zu sein. Patricia hat mich dazu gezwungen. Sie war versessen darauf, Mutter zu sein. Gut, jetzt ist sie Mutter; soll sie sich um die Kinder kümmern und mich in Ruhe lassen.«

»Noch etwas, Mario.«

»Sag.«

Susana Diez Canseco bedachte Vargas Llosa mit einem spitzbübischen Blick und sagte:

»Würdest du dich für mich beschneiden lassen?«

Vargas Llosa starrte sie ungläubig an, sein Blick wurde eisig. Er fühlte seinen Stolz, seine Männlichkeit angegriffen.

»Beschneiden?«, fragte er verständnislos. »Was meinst du?«

»Ich kann mich nicht daran gewöhnen, mit einem Mann zu schlafen, der seine Eichel unter einer Kapuze versteckt«, sagte Susana. »Ich habe es noch nie zuvor mit einem Kapuzenpimmel gemacht.«

Eine ungewohnte, beinahe distanzierende Stille trat ein. Vargas Llosa erhob sich, trat drei Schritte zurück.

»Meinst du das im Ernst?«, fragte er. »Oder nimmst du mich auf den Arm?«

»Ich meine es vollkommen ernst«, sagte Susana. »Wenn du mit mir zusammen sein willst, musst du dich beschneiden lassen.«

»Aber ich bin achtunddreißig Jahre alt, Susana! Wie soll ich mich in diesem Alter noch beschneiden lassen?«

»Wenn du mich wirklich liebst, tust du es«, sagte Susana. »Es gibt Dinge, die man aus Liebe tut.«

Vargas Llosa brach in ein befreiendes Gelächter aus und spürte, dass er Susana liebte, wie er seit Langem keine Frau mehr geliebt hatte.

»Ich habe dir gesagt, dass du deinen Cousin nicht heiraten sollst«, erinnerte Olga Urquidi ihre Tochter Patricia Llosa, als sie erfuhr, dass Vargas Llosa sich bei der Atlantiküberquerung auf einem Schiff unter italienischer Flagge in eine andere Frau verliebt hatte. »Ich habe dir gesagt, dass Mario dich eines Tages verlassen wird, wie er meine Schwester Julia verlassen hat. Aber du wolltest ja nicht auf mich hören.«

Patricia, erschöpft von der Reise, noch verwirrt und benommen von dem Gefühl, festes Land unter den Füßen zu haben, kam sich wie eine Fremde vor, wie eine Ausgestoßene, eine vom Unglück verfolgte Frau, die erst ihre Schwester Wanda bei einem Flugzeugunglück und nun die Liebe ihres Mannes Mario verloren hatte. Ihrer Impulsivität freien Lauf lassend, rief sie zornig:

»Mama, ich war fünfzehn Jahre alt! Fünfzehn Jahre, als ich mich in Mario verliebt und ihm meine Jungfräulichkeit geschenkt habe. Dann starb Wanda, und das hat uns nur noch enger verbunden. Ich dachte, unsere Liebe würde ein Leben lang halten. Das hat Mario mir geschworen!«

Lucho Llosa, Patricias Vater und Olga Urquidis Ehemann, verharrte in gedankenverlorenem, unergründlichem Schweigen. In der Sprachlosigkeit eines Mannes, der einerseits seine einzige noch lebende Tochter liebte, und der Stummheit des Onkels und Schwiegervaters von Vargas Llosa, der andererseits daran glaubte, dass sein Neffe ein von den Göttern begnadetes Genie war, aber auch, wie jedes gute Genie, ein unberechenbarer Verrückter, ein Quijote, der sich den fleischlichen Freuden mit der ganzen Unbedingtheit und Arglosigkeit seiner literarischen Leidenschaft hingab.

»Mario wird über dieses Fieber schon hinwegkommen«, prophezeite er schließlich, als er endlich sprach. »Lass ihm Zeit. Er wird schon zu dir zurückkommen und dich um Verzeihung bitten.«

»Niemals werde ich ihm verzeihen, Papa!«, rief Patricia aufgebracht. »So, wie er mich gedemütigt hat!«

»Aber so ist er nun mal«, warf Olga ein. »Mit Julia hat er dasselbe gemacht. Und nicht, weil er schlecht ist, sondern weil er ein Weiberheld ist. Er liebt die Frauen.«

»Der letzte Playboy von Miraflores«, ergänzte Lucho spöttisch.

Die Kinder schliefen im Gästezimmer der Großeltern. In dem Haus in Barranco hatte Patricia nicht bleiben wollen, weil Mario sie gebeten hatte zu warten, bis seine Bücher in der Bibliothek dieses dreistöckigen Hauses am Malecón mit herrlichem Meerblick untergebracht waren.

»Gib mir eine oder zwei Wochen, um meine Bücher zu ordnen, dann verlasse ich Lima mit Susana, und das Haus in Barranco gehört ganz dir.«

Aber Mario wusste gar nicht, wo er mit Susana hingehen sollte. Sie wollte eine Zeit lang in Lima bleiben, sich von den Strapazen der Reise erholen, bei ihrer Familie sein, Freundinnen treffen:

»Ich werde niemandem von uns erzählen«, versprach sie Mario.

»Ich auch nicht«, sagte Vargas Llosa. »Wir müssen absolut verschwiegen sein. Ich habe wirklich genug von dem ganzen Liebestratsch.«

Um keine Aufmerksamkeit zu erregen und keine Gerüchte zu befördern, zog Vargas Llosa in das Hotel Bolívar, im Zentrum Limas, und Susana Diez Canseco blieb im Haus ihrer Eltern, in San Isidro, in der Nähe des Golfclubs. Vargas Llosas Eltern, Ernesto Vargas und Dorita Llosa, waren nach Kalifornien ausgewandert, weil sie die linke Militärdiktatur in Peru nicht mehr ertrugen, die Banken, Großgrundbesitz und Bergwerke verstaatlicht hatte. Sie führten ein hartes Leben als Arbeiter in einer Schuhfabrik in Los Angeles. Vargas Llosa hatte sie seit einer Ewigkeit nicht mehr gesehen. Seinen Vater hasste er und wollte ihn nie mehr wiedersehen. Er verzieh ihm die Grausamkeit, Brutalität und Gewalttätigkeit nicht, der er mit seinen zehn Jahren ausgesetzt gewesen war. Bis dahin hatte er geglaubt, sein Vater sei tot und im Himmel. Als er ihn dann kennenlernte, merkte er schnell, dass ein unheilvolles Schicksal sie dazu bestimmt hatte, auf ewig Feinde zu sein. Zugleich verehrte Vargas Llosa seine Mutter Dorita, weil er überzeugt war, dass er alles Gute dieser Welt nur ihr und ihrer Familie verdankte: der Familie Llosa, den Großeltern Pedro und Carmen Llosa, Onkel und Tante Lucho und Olga

Llosa, die ihn von Kindesbeinen an verwöhnt und gehätschelt und später seinen schriftstellerischen Erfolg bejubelt hatten.

»Warum fahren wir nicht nach Los Angeles und besuchen deine Eltern?«, schlug Susana vor.

»Und besuchen meine Mutter, meinst du«, korrigierte sie Vargas Llosa. »Den erbärmlichen Ernesto Vargas will ich nie wiedersehen.«

Susana, anmaßend und charakterstark, doch mit sanften Manieren, antwortete:

»Ich würde deinen Vater gerne kennenlernen.«

»Er ist eine Bestie, ein Tier«, sagte Mario. »Er schlägt meine Mutter. Ich verstehe nicht, warum sie bei ihm bleibt. Es ist eine durch und durch vergiftete Beziehung, furchtbar. Meine Mutter ist seine Sklavin.«

»Ich würde ihn trotzdem gern kennenlernen«, beharrte Susana.

Vargas Llosa antwortete mit einer ärgerlichen Geste. Sie saßen in der Bar des Hotels Bolívar und tranken etwas. Eigentlich war sie es, die Wein trank; Mario bevorzugte Milch.

»Ist dein Vater vom anderen Ufer?«, fragte Susana, die das Risiko liebte.

Vargas Llosa schaute sie überrascht an.

»Nicht, dass ich wüsste. Warum fragst du?«

»Weil Zavalitas Vater, Fermín, in deinem Roman *Gespräch in der ›Kathedrale‹* ein heimlicher Homosexueller ist, oder? Er ist in einen schwarzen Chauffeur und Leibwächter verliebt, Ambrosio, nicht wahr?«

Vargas Llosa fühlte sich geschmeichelt, aber auch beschämt.

Ja, vielleicht ist mein Vater ein heimlicher Homosexueller, dachte er, sagte es aber nicht. Vielleicht ist er deshalb verbittert, unglücklich, muss meine Mutter immer schlagen, wie er mich als Kind geschlagen hat, weil er darunter leidet, sich nicht offen bekennen zu können.

»Ich weiß nur, dass mein Vater ein erbärmlicher Wicht ist. Und dass er vier Kinder von drei verschiedenen Frauen hat. Alles Jungen.«

»Dann lass uns nach Los Angeles fahren und deine Mutter besuchen«, sagte Susana. »Und danach fahren wir nach New York. Könnte dich das nicht reizen?«

Es war keine leichte Aufgabe für Vargas Llosa, seine ganzen Bücherkisten, Tausende von Büchern, durch den Zoll zu schleusen, die Gebühren zu bezahlen und sie in Umzugslastwagen zu seinem Haus in Barranco zu bringen; ein Haus, das er voller Illusionen hatte bauen lassen und in dem er jetzt nicht wohnen würde. Er wusste nicht, wie er ohne sie leben, ohne sie schreiben sollte. Dennoch war er nicht bereit, seiner brennenden Leidenschaft für Susana zu entsagen; also musste er sich von seinen Büchern, von Barranco, von Lima, vom geruhsamen Familienleben mit Patricia und den Kindern trennen und ein weiteres Mal der Tatsache ins Auge sehen, dass es ihm bestimmt war, fern von Peru zu leben.

Auch für Patricia war es nicht leicht, zu warten, bis ihr Ehemann seine Bibliothek nach Autoren, Sprachen und Vorlieben für bestimmte Schriftsteller geordnet hatte. Sie wohnte mit ihren drei Kindern immer noch im Haus der Eltern in Miraflores, nicht sehr weit von dem Haus in Barranco. Ohne Mario zu fragen, meldete Patricia ihre Söhne Álvaro und Gonzalo in der besten Privatschule der Stadt, dem Colegio Franco Peruano, an und stellte eine Frau ein, die ihr bei der Betreuung Morganas helfen sollte.

»Wie soll dein weiteres Leben denn aussehen?«, fragte Lucho Llosa seine Tochter. »Nächstes Jahr wirst du dreißig. Willst du nicht dein Studium wieder aufnehmen?«

Patricia hatte ihr Studium an der Sorbonne abgebrochen, als sie mit knapp zwanzig Jahren Mario Vargas Llosa geheiratet hatte. Zwei Jahre später zogen sie nach London um, da hatten sie bereits zwei kleine Kinder, die beide in Lima geboren waren. Der Taufpate des zweiten Kindes, Gonzalo, war Gabriel García Márquez, der mit seiner Frau Mercedes zur Taufe nach Lima kam, obwohl sie, genau wie die Vargas Llosa, Atheisten waren. Mario war es seit frühester Jugend, Patricia wurde es, nachdem ihre Schwester Wanda bei dem Flugzeugabsturz auf Guadalupe ums Leben gekommen war.

»Ich weiß es nicht, Papa«, sagte Patricia. »Im Augenblick geht es mir nur ums Überleben. Wenn ganz Lima erfährt, dass Mario mich verlassen hat, wird es schrecklich für mich werden.«

»Sei stark, mein Kind. Du bist immer stärker gewesen als Mario. Du hast durchgesetzt, dass er dich heiratet. Jetzt musst du an dich selbst glauben und ihn ziehen lassen. Außerdem wird Mario, wenn sich das Fieber bei ihm gelegt hat, mit eingekniffenem Schwanz zu dir zurückkommen.«

Eines Tages rief Olga Llosa laut nach ihrer Tochter:

»Patricia, deine Tante Julia ist am Telefon!«

Patricia war überrascht. Warum rief Julia sie aus Cochabamba, in Bolivien, an? Hatte sie erfahren, dass

Mario einen Roman schrieb, der von ihrer Geschichte inspiriert war?

»Julia, das ist aber eine Überraschung. Welche Freude!«, sagte Patricia.

»Wie geht es dir, meine liebe Nichte?«, fragte Tante Julia.

Seltsam, dass sie so liebevoll mit mir redet, dachte Patricia. Die letzten Male, als wir uns in Paris und in Lima unterhalten haben, war sie höchst aggressiv. Und die Briefe, die sie mir geschrieben hat, nachdem ich Mario geheiratet hatte, waren furchtbar. Warum ruft sie mich jetzt an?

»Ich habe die grandiose Neuigkeit erfahren!«, sagte Julia.

Sie hatte Mario in Cochabamba kennengelernt, als der noch ein Kind war. Sie hatte sich in ihn verliebt, als sie einunddreißig Jahre alt war und Mario knapp neunzehn. Ein Jahr später hatten sie in Chincha, südlich von Lima, vor einem Bürgermeister geheiratet, der hauptberuflich Fischer war. Danach hatten sie zwei Jahre in Madrid und vier Jahre in Paris gelebt. Sie hatten keine Kinder, da sie keine bekommen konnte. Bevor sie aus Madrid fortzogen, war sie schwanger gewesen, hatte das Kind aber verloren. In Paris litt sie unter Eifersuchtsanfällen, da Mario nach Veröffentlichung des Romans *Die Stadt und die Hunde*, der den Biblioteca-Breve-Preis gewann, großen Erfolg bei Frauen hatte und eine merkwürdige Schwäche für schöne Huren entwickelte.

»Von welcher grandiosen Neuigkeit sprichst du, Tantchen?«, fragte Patricia, die mit einem Mal erschauerte und Schlimmes befürchtete.

»Na, von Mario und Susana, meine Kleine«, sagte Julia in einem hämischen Ton, der ihre Nichte rasend machte. »Ich rufe an, um dir mein Beileid auszusprechen. Du tust mir ja so leid! Aber ich habe es dir gesagt, als du mir Mario weggenommen hast. Ich habe es dir gesagt, Patricia, erinnerst du dich? Ich sagte: Mario hat es neun Jahre mit mir ausgehalten, und nun verlässt er mich wegen einer Fünfzehnjährigen. Eines Tages wird er auch dich für eine jüngere Frau verlassen.«

Patricia schwieg und wusste nicht, was sie sagen sollte. Dann nahm sie ihren ganzen Mut zusammen und fragte:

»Wie hast du davon erfahren, Julia?«

Sie nannte sie nicht mehr Tantchen, wie früher, als sie mit knapp fünfzehn Jahren nach Paris gekommen war und bei Tantchen Julia und Cousin Mario wohnte.

»Amparo, Susanas Mutter, ist eine gute Freundin von mir«, antwortete Julia. »Sie hat mich angerufen und mir erzählt, dass ihre Tochter, ihre wunderschöne Tochter, ich habe sie schon als Kind gekannt, sich in Mario, in meinen Mario, in unseren Mario verliebt hat.«

»Julia, bitte, hör auf. Halte den Mund. Du demütigst mich.«

»Entschuldige, Nichtchen, aber ich wollte dir nur mein Beileid ausdrücken.«

»Mario liebt diese Frau nicht. Das ist nur ein vorübergehender Koller. Typisch Mann. Das geht vorbei.«

»Mach dir keine Illusionen, Patricia«, beharrte Julia, die zehn Jahre, nachdem sie Marios Liebe verloren hatte, nun heimtückisch Revanche forderte. »Wenn Mario sich verliebt, schaltet er seinen Verstand aus. So genial er beim Schreiben ist, so brutal ist er, wenn er sich verliebt.« Julia Urquidi ließ ein zynisches Lachen hören, als ihre Nichte sagte:

»Ist gut, Tante. Wir sehen uns. Kann ich dich um einen Gefallen bitten?«

»Natürlich, Nichtchen, was immer du willst. Möchtest du vielleicht mit den Kindern nach Cochabamba kommen und dich hier verstecken, um der Quälerei in Lima zu entgehen?«

»Nein, Tante, ich werde nicht nach Bolivien kommen. Aber bitte höre auf, den Klatsch in Lima zu verbreiten. Ich bitte dich, Diskretion zu wahren.«

»Selbstverständlich, Kleines, keine Sorge, ich werde das Geheimnis wahren. Aber nicht ich bin es, die den Klatsch verbreitet. Es ist Amparo, Susanas Mama, verstehst du? Die beiden haben das Gefühl, den Hauptgewinn in der Lotterie gezogen zu haben.«

»Bis dann, Tante«, sagte Patricia kurz angebunden und legte auf.

Stunden später, der Morgen graute bereits, fand Patricia, mit ihren drei Kindern in einem Zimmer, der Kleinen bei sich im Bett, den beiden Jungen auf dünnen Matratzen auf dem Boden, immer noch keinen Schlaf. Gequält stand sie auf, ging zum Telefon und wählte schluchzend die Nummer der García Márquez' in Barcelona. Sie hatte sie sieben Jahre zuvor in Lima kennengelernt, während eines kurzen Besuchs von Gabriel und Mercedes nach einer Veranstaltung mit Vargas Llosa und García Márquez an der *Universidad Nacional de Ingeniería*. In Barcelona waren sie vier glückliche Jahre lang Nachbarn und Freunde gewesen. Im Jahr des Triumphes von *Hundert Jahre Einsamkeit*, im selben Jahr, in dem dieser Roman veröffentlicht wurde, waren Gabriel und Mercedes nach Barcelona gezogen. Drei Jahre später folgte Vargas Llosa, der auch schon ein von der Literaturkritik gefeierter Autor war und drei Meisterwerke geschrieben hatte, wenngleich er nicht so viele Bücher verkaufte und kein Millionär war wie García Márquez. Im Unterschied zu seinem kolumbianischen Kollegen war er von dem Gehalt abhängig, das seine Agentin, Carmen Balcells, ihm zahlte, auch wenn die Einkünfte aus seinen Büchern dieses nicht deckten.

Gabriels Frau Mercedes, die Ägypterin, die Schlange vom Nil, fragte:

»Ja, bitte?«

Es war später Vormittag in Barcelona, und in Lima war soeben der Tag angebrochen. García Márquez hatte seinen blauen Mechanikeroverall angezogen und sein Studio aufgesucht, wo er an einem maßlosen, überbordenden, sintflutartigen Roman schrieb, der ihn lachen und weinen ließ: *Der Herbst des Patriarchen*. Wenn ihm die Ideen ausgingen, die Worte, die Inspiration, roch er an der gelben Rose, die Mercedes ihm in einer Vase auf den Schreibtisch gestellt hatte, und schrieb dann fluchend weiter, fantasierte, konspirierte, erlag allen Lastern und Gaunereien, ließ sämtliche Stimmen der Karibik zu Worte kommen, die sein Geschichtenerzählergeist ihm zuflüsterte.

»Mercedes, ich bin es, Patricia.«

Mercedes spürte gleich, dass Patricia Llosa, ihre beste Freundin, ihre Nachbarin in Barcelona, ihre Patin, Marios Muse und inzestuöse Cousine, auf der anderen Seite des Meeres weinte.

»Was ist passiert, Patricia?«, fragte sie. »Warum weinst du?«

»Mario hat mich verlassen«, antwortete Patricia. »Er ist mit einer anderen Frau davon und hat mich mit den Kindern allein gelassen.«

»Was?«, rief Mercedes ungläubig. »Was sagst du da? Das ist unmöglich, Patricia! Mario liebt dich!«

»Er hat sich auf dem Schiff in eine Peruanerin verliebt, ein junges Model«, sagte Patricia, und jedes Wort tat ihr in der Seele weh, traf sie in ihrem Stolz. Denn stolz war sie, hochmütig, mit erhobener Nase und einem Blick wie aus Adleraugen.

»Mario verlässt dich nicht!«, rief Mercedes. »Du wirst sehen, in ein paar Tagen ist er wieder bei dir. Warte auf ihn, gib ihm Zeit.«

García Márquez kam aus seinem Schreibzimmer und sah seine Frau mit hochgezogenen Augenbrauen an. Neugierig und verwirrt fragte er:

»Was ist hier los, zum Teufel? Wer ist denn da gestorben?«

»Niemand«, sagte Mercedes. »Aber Mario hat sich von Patricia getrennt.«

»Wo ist Patricia?«, fragte Gabriel.

»In Lima«, antwortete Mercedes.

García Márquez griff entschlossen zum Telefonhörer, atmete tief durch und sagte:

»Cousinchen, bleib nicht in Lima, komm nach Barcelona.«

»Das kann ich doch nicht, Gabriel. Was soll ich denn mit den Kindern machen?«

»Lass sie eine Weile bei deinen Eltern. Komm, sobald

du kannst. Wir laden dich ein. Aber komm nicht mit dem Schiff; nimm das Flugzeug.«

»Aber du kennst doch meine Flugangst, weil ich immer an Wandita denken muss.«

»Es wird schon nichts passieren. Lass Mario sein Leben leben und komm du nach Barcelona. Eure Wohnung hier steht immer noch leer. Wir mieten sie gleich heute, damit du dahin zurückkehren kannst.«

»Danke, Gabriel, aber vorerst bleibe ich in Lima.«

Nach einer kurzen Stille fragte García Márquez:

»Hast du Gold?«

»Was?«, fragte Patricia überrascht.

»Trägst du Gold?«, beharrte Gabriel.

»Ja«, sagte Patricia. »Ich habe eine goldene Armbanduhr, eine goldene Halskette, und mein Ehering ist aus Gold.«

»Darum hat Mario dich sitzenlassen«, sagte Gabriel.

»Ich verstehe dich nicht.«

»Nimm alles Gold, das du trägst, und bring es aus dem Haus. Vergrabe es irgendwo«, sage García Márquez. »Und dann holst du alles Gold aus dem Haus, in dem du jetzt bist.«

»Aber warum?«, fragte Patricia.

»Weil Gold Scheiße ist«, verkündete Gabriel. »Gold ist nichts als Scheiße, Cousinchen. Gold zieht Rivalinnen an, bringt nichts als Unheil. Das hast du dem ganzen Gold zu verdanken, das du trägst.«

Patricia schwieg.

»Tust du, was ich dir sage?«

»Ja«, antwortete Patricia. »Ich habe mir den Ehering schon abgenommen. Ich werde ihn ins Klo werfen.«

»Sehr gut«, sagte García Márquez. »Verbuddle das ganze Gold. Vergrabe es. Und dann komm nach Barcelona. Wir erwarten dich hier.«

»Gib mir Patricia«, sagte Mercedes.

Etwas später sagte sie:

»Patricia, ich werde die kolumbianische Hexe hier in Barcelona aufsuchen, damit sie einen Fluch über Mario spricht. Wie heißt die kleine Peruanerin vom Schiff?«

»Susana.«

»Susana wie?«

»Susana Diez Canseco.«

»Mach dir keine Sorgen. Morgen stechen wir Nadeln in die kleine Hure. Du weißt doch, dass ich Gabito geheiratet habe, als er bereits mit sämtlichen Huren aus Cartagena und Barranquilla befreundet war.«

»Großer Häuptling Inka!«, begrüßte García Márquez in einer Augustnacht Vargas Llosa auf dem Maiquetía-Flughafen in Caracas, als sie sich endlich persönlich kennenlernten.

Gleich darauf lagen sie sich in den Armen. Vargas Llosa war aus London gekommen und hatte im Flughafen zwei oder drei Stunden auf García Márquez gewartet, der aus Mexiko-Stadt gekommen war, wo er mit Mercedes und den Kindern lebte.

»Und Patricia?«, fragte Gabriel, als er sah, dass Vargas Llosa allein war.

»Wir sind zusammen aus London gekommen«, sagte Mario, »aber sie ist nach Lima weitergeflogen. Unser zweiter Sohn soll da zur Welt kommen. Und weißt du, wie wir ihn nennen werden? Gonzalo Gabriel. Gabriel dir zu Ehren. Wir möchten, dass du sein Taufpate wirst.«

»Es wird mir eine Ehre sein«, antwortete Gabriel. »Wann erwartet ihr die Niederkunft?«

»Mitte September«, sagte Mario. »In anderthalb Monaten.«

»Ich werde da sein, Bruderherz«, versprach Gabriel.

Vargas Llosa hatte in Paris die französische Übersetzung des kurzen Romans *Der Oberst hat niemand, der ihm schreibt* gelesen. Er hatte auch *Hundert Jahre Einsamkeit* gelesen, den wenige Wochen zuvor, Anfang Juni, in Buenos Aires erschienenen Roman, von dem allein in dieser Stadt jeden Monat Tausende von Exemplaren verkauft wurden: achttausend im Juni, zwölftausend im Juli.

»Ein erzählerisches Bravourstück«, schrieb Mario in einer argentinischen Zeitung in einem Artikel mit dem Titel *Amadís in Amerika*, in dem er das Buch seines Freundes feierte.

García Márquez seinerseits hatte voller Staunen *Die Stadt und die Hunde* und drei Jahre später *Das grüne Haus* gelesen. Er war so beeindruckt von Vargas Llosas literarischem Talent, dass er ihm Briefe schrieb und sogar vorschlug, gemeinsam einen Roman zu schreiben. Bis dahin war Vargas Llosa der hochgelobte, von der Kritik bejubelte Autor und García Márquez der, der auf den Erfolg wartete, der ihm bei seinem ersten Roman, *Der Laubsturm*, versagt geblieben war. Nicht einmal in Kolumbien hatte man ihn verlegen wollen, und er hatte ihn mit Hilfe einiger Freunde selbst veröffentlicht. Auch mit *Der Oberst hat niemand, der ihm schreibt*, mit *Die böse Stunde* und *Das Leichenbegängnis der Großen Mama* hatte er kein Glück. Es waren Bücher, die, wie er selbst sagte, höchstens dazu taugten, seine schriftstellerische Zukunft zu verspotten. Von jedem Titel waren nicht einmal tausend Stück verkauft worden. García Márquez träumte davon, bei Seix Barral zu veröffentlichen, dem Verlag, der Vargas Llosa berühmt gemacht und ihm geholfen hatte, den angesehenen Literaturpreis Biblioteca Breve zu bekommen. Doch die Wahrnehmung, dass Mario und nicht Gabriel der erfolgreichere Autor war, sollte sich schon bald ändern.

»Wie war dein Flug?«, fragte Vargas Llosa, als sie den Flughafen verließen.

»Ich wäre fast gestorben«, sagte García Márquez. »Ich hätte beinahe einen Herzinfarkt bekommen. Die Maschine war kurz davor abzustürzen.«

Gewiss übertrieb er, denn er hasste das Fliegen. Dennoch sagte er zu Mario:

»Mercedes und ich haben beschlossen, Mexiko hinter uns zu lassen, nach Barcelona zu ziehen und dort ein paar Jahre zu leben. Hättest du nicht Lust, mit Patricia und den Kindern ebenfalls dahin zu kommen?«

»Gib mir noch zwei Jahre«, sagte Mario. »Ich muss den Roman, den ich in London schreibe, zu Ende bringen. Und ich kann meinen Lehrauftrag an der Uni nicht aufgeben. Sie zahlen dort gut und lassen mir Zeit zum Schreiben.«

Caracas war Tage zuvor von einem Erdbeben heimgesucht worden, bei dem Hunderte von Menschen zu Tode gekommen waren. Darum hatte García Márquez bei der Ankunft im Hotel Humboldt darauf bestanden, ein Zimmer im ersten Stock dieses architektonischen Juwels zu bekommen, das vor zehn Jahren auf dem Monte Ávila, mit herrlichem Blick über die ganze Stadt, eröffnet worden war. So würde man sich bei einem Nachbeben rasch in den Garten retten können. In der Hotelbar, von der sie auf die glitzernden Lichter von Caracas hinunterschauten, wo nach dem Erdbeben jedoch noch ganze Stadtviertel im Dunkeln lagen, schenkte García Márquez seinem Freund ein Exemplar von *Hundert Jahre Einsamkeit*, das im Verlag Sudamericana, in Buenos Aires, erschienen war. Als Widmung schrieb er:

Dem Großen Häuptling Inka. Für alles, was uns verbindet: die Bücher, die Bordells und die Nacht.

Genau wie Vargas Llosa, dessen sexuelle Initiation bei den Huren von Lima und Piura stattgefunden hatte, war García Márquez – neun Jahre älter als der Peruaner – bei den bezauberndsten Huren von Cartagena und Barranquilla in die Lehre gegangen, hatte in Barranquilla sogar über einem Bordell gewohnt, wo er und die Huren bis mittags schliefen und nachts arbeiteten – sie mit den Männern im Bett, er fabulierend am Schreibtisch.

»Diese Nacht werde ich nicht schlafen«, sagte Vargas Llosa. »Es wird mir ein Fest sein, dieses Meisterwerk noch einmal zu lesen.«

Er log nicht. Er blieb die ganze Nacht wach und las seinen Freund, hatte das Gefühl, García Márquez sei Gott. Ein paar Jahre später veröffentlichte er deswegen einen Essay über diesen Roman, dem er den Titel *Historia de un deicidio* gab. Darin ließ er anklingen, dass García Márquez Gott ermordet hatte, um selbst zum anmaßenden Gott der Literatur zu werden.

»Was gedenkst du mit dem Preisgeld anzufangen?«, fragte García Márquez.

»Ich weiß nicht«, antwortete Vargas Llosa. »Aber es verschafft mir eine große Atempause. Von diesem Geld kann ich zwei oder sogar drei Jahre leben.«

Sie hatten sich in Caracas getroffen, weil Vargas Llosa dort der Rómulo-Gallegos-Preis verliehen werden sollte. Dieser von dem venezolanischen Schriftsteller gestiftete Preis wurde alle fünf Jahre vergeben und war mit zweiundzwanzigtausend US-Dollar dotiert – für einen Schriftsteller zu jener Zeit ein ansehnlicher Betrag.

»Die Universität in London«, fügte Mario hinzu, »bezahlt mir monatlich fünfhundert Dollar. Zweiundzwanzigtausend sind für uns ein Vermögen. Dafür müsste ich in London fast vier Jahre unterrichten.«

»So viel Geld habe ich noch nie gesehen«, sagte García Márquez, und das war nicht gelogen. Schon bald jedoch sollte er durch die Verkäufe von *Hundert Jahre Einsamkeit* sehr viel mehr verdienen. Und tatsächlich bekam er fünf Jahre später den Rómulo-Gallegos-Preis für ebendiesen Roman; was in jener Nacht in der Bar des Hotels Humboldt natürlich keiner wissen konnte.

»Fidel will, dass ich das Geld der Revolution spende«, sagte Vargas Llosa.

»Was?«, rief Gabriel überrascht. »Ist Fidel verrückt geworden? Wieso solltest du das Geld spenden? Bald bist du Vater von zwei Kindern, und ihr lebt in London! Die kubanische Revolution braucht das Geld nicht, du aber wohl!«

»Du meinst also, ich soll es nicht spenden?«

»Auf keinen Fall, Bruderherz. Denk nicht mal dran. Das Geld ist nicht für dich, es ist für Patricia und die Kinder.«

Danach erzählte Vargas Llosa:

»In London hat Alejo Carpentier mich besucht. Er hatte einen Brief von Haydeé Santamaría dabei. Er hat ihn mir nicht gezeigt, und er wollte ihn mir auch nicht dalassen. Er hat ihn mir vorgelesen. Haydeé schrieb, dass ich das Preisgeld Che Guevara spenden solle, der hätte es nötiger als ich.«

»So eine Kanaille!«, rief García Márquez. »Und Carpentier macht den Boten. Traurig ist das.«

»Ich war ehrlich überrascht und fühlte mich richtiggehend vergewaltigt«, fuhr Vargas Llosa fort. »Ich habe das Preisgeld noch nicht einmal bekommen, da entscheiden die schon für mich, was damit passieren soll.«

»Scheiß auf die«, sagte Gabriel. »Hast du schon mit Fidel gesprochen?«

»Nein, ich habe Carpentier nur gesagt, dass ich das für keine gute Idee hielt. Und weißt du, was dieser Schweinehund mir geantwortet hat?«

»Nein, was meinte er?«

»Er sagte: Wenn du das Geld der Revolution spendest und das öffentlich verkündest, dann wird die Revolution es dir auf diskrete Weise mit Zinsen zurückzahlen.«

»Diese Drecksäcke!«, rief Gabriel wütend. »Sie sollen nicht glauben, dass ich auch nur einen Cent von den Verkäufen dieses Romans spende«, fügte er hinzu und deutete dabei auf das Exemplar von *Hundert Jahre Einsamkeit*, das er Mario geschenkt hatte.

»Und auch ich brauche dieses Geld, verstehst du?«, sagte Mario. »Ich werde es weder Fidel noch Che Guevara spenden.«

»Natürlich spendest du es nicht«, bekräftigte Gabriel. »So eine Anmaßung, verdammt! Ich werde mit Fidel sprechen.«

García Márquez und Vargas Llosa unterstützten Fidel und betrachteten sich als Verbündete der kubanischen Revolution. Fidel Castro hatte beider Bücher gelesen, und wenn sie in Havanna waren, beeindruckte er sie damit und schmeichelte ihrer Eitelkeit, indem er in Interviews mit der internationalen Presse ihre Bücher empfahl.

»Sprich besser nicht mit Fidel«, wandte Mario ein. »Ich habe schon zu Carpentier gesagt, und der hat es an Haydeé weitergegeben, dass ich in meiner Preisrede die kubanische Revolution lobend erwähnen, aber kein Geld spenden werde.«

Drei Tage später, bei der Verleihung des Rómulo-Gallegos-Preises, sagte Vargas Llosa in einer flammenden und bewegenden Rede mit dem Titel *Literatur ist Feuer*:

»In zehn, zwanzig oder fünfzig Jahren wird in allen unseren Ländern, so wie heute in Kuba, die Stunde sozialer Gerechtigkeit geschlagen und ganz Lateinamerika sich vom ausbeuterischen Imperialismus emanzipiert haben.«

Als er diese sich der kubanischen Revolution verpflichtenden Worte vernahm, erhob sich García Márquez und applaudierte lautstark, und das ganze Auditorium tat es ihm nach. In Gedanken sagte er sich:

Genial! Er hat sich mit Fidel gutgestellt und dabei das Preisgeld behalten.

Geld war für beide Schriftsteller ein Thema. Bevor sie sich kennenlernten, hatte García Márquez in seinen Briefen an Vargas Llosa oft über Finanzielles gesprochen, über die Schwierigkeiten, die er hatte, Rechnungen zu bezahlen und seine Familie zu ernähren, über die riesigen Schulden, die er anhäufte, um in der mexikanischen Hauptstadt *Hundert Jahre Einsamkeit* zu schreiben. Während er an diesem Roman schrieb, hatte er seine Nebentätigkeiten als Drehbuchautor fürs Kino und als Texter für eine Werbeagentur gänzlich aufgegeben. Das Buch hatte er in einem halben Jahr zu schreiben gehofft, doch es dauerte zwei Jahre länger. In einem der Briefe an Vargas Llosa hatte er geklagt:

»In Mexiko muss ich wie ein Maulesel schuften, um die Schulden bezahlen zu können, die mir der jetzt fertiggestellte Roman beschert hat.«

Seine Frau Mercedes hatte das Familienauto verkauft, damit Gabriel diesen Roman schreiben konnte. Sogar das Schulgeld für die Kinder waren sie schuldig geblieben, insgesamt zwölftausend Dollar. Dass sie bald reich sein würden, wussten sie noch nicht, als García Márquez monatliche Briefe an Vargas Llosa nach London schrieb:

»Meine Frau träumt von einer Bonifacia; so nennt sie alle Hausmädchen, seit sie *Das grüne Haus* gelesen hat.«

Vargas Llosa rauchte in London Zigaretten mit schwarzem Tabak, und García Márquez schrieb ihm einmal:

»Das Problem mit dem schwarzen Tabak hatte ich völlig vergessen. Schlimm, schlimm. Bei nächster Gelegenheit schicke ich dir mexikanische Zigaretten. Aus Kolumbien sollst du, wann immer möglich, *Pielroja* bekommen.«

Einige Monate bevor sich beide in Caracas trafen, schickte García Márquez einen weiteren Brief nach London:

»Die Einladung nach Caracas im August habe ich entgegen meinem Prinzip, solche sterilen Veranstaltungen nicht zu besuchen, angenommen. Jetzt gibt es ja einen guten Grund, den nur wir beide kennen: die Festlegung der Grundlagen unseres Plans.«

García Márquez, der eine Aversion gegen Flugreisen hatte und einen krankhaften Widerwillen, bei Literaturkongressen und überhaupt jeder Art öffentlicher Veranstaltung aufzutreten, flog aus mehreren Gründen nach Caracas: der Freundschaft und Bewunderung wegen, die er für Vargas Llosa empfand, und um ihn endlich persönlich kennenzulernen und nebenbei zu überreden, gemeinsam einen Roman zu schreiben.

»Wir müssen die Geschichte des Krieges zwischen Kolumbien und Peru vierhändig schreiben«, sagte er in der Bar des Hotels Humboldt zu Vargas Llosa.

»Eine großartige Idee«, stimmte ihm Mario zu.

»In der Schule mussten wir strammstehen, wenn der Unterricht mit dem Ruf: ›Es lebe Kolumbien, nieder mit Peru!‹ begann.«

Vargas Llosa musste lachen und zeigte seine Mäusezähne.

»Du recherchierst die peruanische Seite und ich die kolumbianische«, fuhr Gabriel fort.

»Hört sich fabelhaft an«, begeisterte sich Mario.

»Glaube mir, wir schreiben das wahnsinnigste, unglaublichste, gewaltigste Buch, das man sich vorstellen kann«, sagte García Márquez. »Und zwar auf eine Weise, dass den Leuten der herkömmliche Patriotismus nur so um die Ohren fliegt, Bruderherz.«

Kein Mensch hatte Vargas Llosa bisher Bruderherz genannt. In Peru sprach man ihn manchmal mit Bruder oder Brüderchen an; aber niemals mit Bruderherz. In jener Nacht in Caracas war García Márquez' Bewunderung für Vargas Llosa so groß, dass er nicht nur davon träumte, im Verlag Seix Barral zu veröffentlichen und den Biblioteca-Breve-Preis zu gewinnen, den Mario schon bekommen hatte, und vielleicht sogar auch den Rómulo-Gallegos-Preis; nein, er begeisterte sich auch an dem Gedanken, zusammen mit seinem Freund einen Roman zu schreiben. Mario war mit gerade einunddreißig Jahren der berühmte Schriftsteller und Gabriel mit schon vierzig Jahren der Anwärter. Bis dahin hatte Vargas Llosa mehr literarisches Glück gehabt als García Márquez. Er hatte einen Band mit Erzählungen veröffentlicht, *Die Anführer*, der den mit zehntausend Peseten dotierten Alas-Preis des Rocas Verlages gewann, sowie zwei Romane bei Seix Barral. Die Kritiker, vor allem die spanischen, lagen ihm zu Füßen. Im Gegensatz dazu schien García Márquez vom Pech verfolgt. Seine Romane waren in kleinen Verlagen erschienen, nur wenig verkauft worden und hatten schlechte Kritiken bekommen.

»Wir werden dieses Buch über den Krieg zwischen unseren Ländern schreiben«, sagte Mario, ohne zu ahnen, dass er wenige Tage später, nachdem er zum zweiten Mal *Hundert Jahre Einsamkeit* gelesen hatte, kein Buch mehr mit Gabriel, sondern eines über ihn schreiben wollte; eines über diesen genialen Roman, über den Gedanken, dass ein neuer Gott der Literatur geboren war, ein zügelloser, ausschweifender, unersättlicher Gott namens Gabriel García Márquez.

Viele Jahre zuvor, noch bevor er Mercedes geheiratet hatte, noch bevor er dreißig Jahre alt war, hatte diesem das Zügellose, Ausschweifende, Unersättliche eine Menge Ärger eingebracht, als er in Rom, London und

Paris lebte; vor allem in Paris, wo er arm, sehr arm gewesen war. Er sang dort in Metrostationen und bettelte. Die Polizei hielt ihn oft genug für einen Algerier ohne Pass, verprügelte ihn auf dem Polizeirevier und nahm seine Fingerabdrücke, als wäre er tatsächlich der zottelhaarige, schnauzbärtige Algerier, wie der er aussah. Bis zum Erscheinen von *Hundert Jahre Einsamkeit* war García Márquez überzeugt, dass Misserfolg und Pech, die verdammte Geißel Pech ihn verfolgte, sich förmlich an ihm labte.

Pech war es, dass er als Europakorrespondent der kolumbianischen Tageszeitung *El Espectador* arbeitslos wurde, weil in seinem Land ein Diktator diese Zeitung schließen ließ; dass er für einen Algerier gehalten und verprügelt wurde; dass er so arm war, dass er auf Parkbänken nächtigen und in Metrostationen für ein Almosen singen musste. Pech war es auch, dass er mit seinem Freund Plinio Apuleyo Mendoza in einem klapprigen alten Auto durch das kommunistische Deutschland fuhr, nach Wien, Prag und Warschau, ohne – wo er doch die Huren so liebte – die Bordells in diesen Städten besuchen zu können, da sie nicht einmal Geld für Benzin und Essen hatten und in dem altersschwachen Auto schlafen mussten, das Plinio halb blind chauffierte und nur durch ein Wunder nicht völlig zu Schrott fuhr. Und das Pech folgte ihm bis nach New York, wo er – bereits mit Mercedes verheiratet und sein erster Sohn, Rodrigo, schon auf der Welt – seinen Job bei der kubanischen Presseagentur Prensa Latina kündigen musste, weil sie von militanten Kommunisten überlaufen war. García Márquez, der lieber seine journalistische Unabhängigkeit bewahren wollte, nahm daraufhin seine Familie und fuhr mit dem Bus in die mexikanische Hauptstadt.

Aber erst jetzt, als sein Roman *Hundert Jahre Einsamkeit* im Verlag Sudamericana, in Buenos Aires, erschienen war und allein in dieser Stadt monatlich zehn-, zwölf-, fünfzehntausend Exemplare verkauft wurden, hatte er eines Nachts im August, als die Leute ihn in einem Theater der argentinischen Hauptstadt erkannten, von ihren Sitzen aufsprangen, applaudierten und »Genie, Genie, Genie!« skandierten, das Gefühl, ein Schmetterling, den nur er sehen konnte, flattere von der Decke des Theatersaals herab, ließe sich auf seinem Haupt nieder und beende in genau diesem Augenblick die elende Pechsträhne und löse eine Erfolgswelle aus, die bis zu seinem Lebensende anhalten sollte.

»Ich werde Dorita alleine besuchen«, sagte Vargas Llosa zu seiner Freundin Susana, dem jungen Model, das sich jetzt nicht mehr auf den Laufstegen zeigte. »Es wäre mir lieber, du bliebst im Hotel.«

Sie waren in einem Appartement am Pool des hochherrschaftlichen Beverly Hilton Hotel untergekommen, für das ihnen der Geschäftsführer, der ein Freund und Leser von Vargas Llosa war, einen Rabatt gewährt hatte. Vargas Llosa pflegte seine Mutter nicht mit Mama oder Mami, sondern mit ihrem Vornamen, Dorita, anzusprechen. Auch seinen Vater nannte er nicht Papa oder Papi, sondern Ernesto, und seine Söhne hatte er ebenfalls so erzogen, ihn mit Mario anzureden.

»Ich würde deine Mutter so gerne kennenlernen«, sagte Susana und machte ein enttäuschtes Gesicht. »Warum nimmst du mich nicht mit? Schämst du dich für mich?«

»Das ist es nicht«, antwortete Mario. »Ich gehe lieber allein. Ich will nicht, dass Dorita merkt, dass ich Patricia verlassen habe. Das würde sie sehr schmerzen, verstehst du?«

»Wie du meinst, mein Geliebter«, gab Susana nach.

»Ich werde einen Spaziergang machen, irgendwo etwas essen, und dann findest du mich am Swimmingpool.«

Früh am Morgen, als Susana noch schlief, hatte Mario, der stets um sechs Uhr aufstand, selbst an Wochenenden und Feiertagen, bei seinen Eltern angerufen. Zum Glück hatte Dorita den Hörer abgenommen.

»In bin in Los Angeles«, sagte Mario. »Ich möchte dich sehen und lade dich zum Mittagessen ein.«

Dorita Llosa, Marios Mutter und Patricias Tante, war zu Marios und Patricias Hochzeit eingeladen gewesen; nicht jedoch Ernesto Vargas, Marios Vater, der seinem Sohn Tod und Hölle wünschte, ihn der Blutschande bezichtigte, einen Perversen nannte, einen Satyr im Kreis der Familie.

»Damit machst du mir eine große Freude«, sagte Dorita zu ihrem Sohn. »Wir können gleich heute, Samstag, mit dir zu Mittag essen. Dein Vater wird sich so darüber freuen.«

»Nein«, widersprach Mario. »Ich will mit dir zu Mittag essen, nicht mit Ernesto.«

»Aber Mario, um Gottes willen, das kannst du deinem Vater doch nicht antun!«, flehte Dorita. »Wir haben dich seit Jahren nicht gesehen. Dein Vater ist so stolz auf dich.«

»Ich will Ernesto nicht sehen«, bestimmte Mario. »Nur du und ich gehen essen.«

»Wie du willst, mein lieber Sohn«, antwortete Dorita betrübt. »Ich werde deinem Vater eine fromme Lüge auftischen müssen. Wenn er es erfährt, bringt er mich um.«

»Sag ihm besser nicht, dass ich in der Stadt bin«, schlug Vargas Llosa vor. »Sag, du triffst dich mit einer Freundin.«

»Das werde ich tun, mein Lieber.«

»Für uns ist es besser, wenn Ernesto nichts erfährt. Er ist imstande, uns eine Eifersuchtsszene zu machen.«

»Du hast recht, liebster Sohn.«

Dorita Llosa kannte es nicht anders, als dass Ernesto Vargas sie misshandelte, beschimpfte, schlug und penetrierte, ohne zu fragen, ob sie Lust dazu hatte. Sie hatte sich damit abgefunden, sich seinen Launen und Gelüsten zu unterwerfen, zu leiden und zu weinen, weil er der Mann war, den Gott, dachte sie, ihr bestimmt hatte, um die wahre Liebe kennenzulernen; und das war nicht die Liebe der Leidenschaft und Fleischeslust, sondern die des Opfers und der selbstlosen Hingabe.

»Sind Patricia und die Kinder mitgekommen?«, fragte sie.

»Nein, ich bin allein«, antwortete Mario. »Sie sind alle in Lima geblieben, Patricia war sehr erschöpft.«

Sie verabredeten sich um eins in einem italienischen Restaurant in Beverly Hills, das der Geschäftsführer des Hotels Vargas Llosa empfohlen hatte:

»Dort trifft man die berühmtesten Filmstars von Hollywood. Da musst du dich sehen lassen, Mario; jetzt, wo du selbst ein Star bist.«

Makellos gekleidet, das Haar mit Brillantine zurückgekämmt, stolz auf seinen vom Friseur getrimmten Schnurrbart, die Schuhe im Hotel selbst auf Hochglanz gebürstet, machte sich Vargas Llosa auf den Weg zum Restaurant. In dieser Stadt würde er nie leben können, dachte er. Das war keine Stadt für Fußgänger, sondern allein für Autofahrer.

Vargas Llosa besaß kein Auto und wollte auch keines. Ein Auto, sagte er, bedeute Ausgaben, Ärger und Probleme; doch er genoss es durchaus, mit dem BMW-Cabrio seines Freundes García Márquez in Barcelona herumzufahren.

Dorita kam pünktlich und umarmte ihn unter Tränen. Sie hatte ihn seit Jahren nicht mehr gesehen, zum letzten Mal in Lima, nachdem er seine Arbeit in London aufgegeben hatte und auf Anraten seiner Agentin, Carmen Balcells, nach Barcelona gezogen war, um sich in ihrem Stab ausschließlich dem Schreiben zu widmen.

»Wie geht es dir, mein geliebter Sohn, mein Marito, mein König?«, rief Dorita gerührt und küsste Mario, ihren einzigen Sohn, mehrmals auf die Wange.

Ernesto Vargas, ihr Ehemann und Marios Vater, hatte zwei weitere Söhne von einer anderen Frau, mit der er in Los Angeles zusammengelebt hatte. Seine beiden kalifornischen Söhne sah Ernesto regelmäßig. Sie nannten Dorita Tante, doch für Dorita waren sie nicht mehr als zwei Läuse, Zwerge, Pygmäen, ohne das Talent und die Eleganz ihres Mario, den König der Welt, den Großschriftsteller, den Unerreichbaren.

Sie setzten sich an einen Tisch auf der Terrasse, jedoch im Schatten, da Dorita eine empfindliche Haut hatte und die Sonne nicht vertrug. Mario war achtunddreißig Jahre alt und bereits ein Klassiker, Autor dreier Meisterwerke, ein literarisches Genie der spanischen Sprache. Nur zwei Jahre später, kurz vor seinem vierzigsten Geburtstag, sollte er in einem Kino der mexikanischen

Hauptstadt García Márquez mit einem Fausthieb auf die Bretter schicken.

»Sieh nur die Zeitungsausschnitte, die ich dir mitgebracht habe«, sagte Dorita und öffnete eine lederne Aktenmappe, der sie behutsam Ausschnitte aus englischen Zeitschriften entnahm. »Sieh nur, was für herrliche Dinge sie in diesem Land über dich schreiben. Sie sagen, du bist ein Genie, mein Sohn, mein einziger.«

Sie reichte jeden einzelnen Ausschnitt an ihn weiter: lobende Kritiken aus der *New York Times*, der *Washington Post*, der *Los Angeles Times*, hymnische Artikel in den Zeitschriften *Time* und *Newsweek*, *The New Yorker* und *Life*; in Letzterer mit zahlreichen Fotos des peruanischen Schriftstellers, des größten literarischen Talents weit und breit, dessen Werke in viele Sprachen übersetzt worden waren, selbstverständlich auch ins Englische.

»Danke, Dorita, du bist ein Schatz«, sagte Mario, die Artikel durchblätternd, die er schon aus den Pressemappen kannte, welche die Agentur Balcells ihm regelmäßig zuschickte. Um seine Mutter nicht zu enttäuschen, tat er, als lese er sie zum ersten Mal. Dorita hatte sie zum Teil selbst ausgeschnitten, teils wurden sie ihr von Freundinnen weitergegeben: Sieh nur, Dorita, was sie über deinen Sohn, das Genie, in der Zeitung schreiben.

»Und wie geht es dir?«, fragte Mario. »Fühlst du dich gut? Bist du gesund?«

Dorita stand kurz vor ihrem sechzigsten Geburtstag. Sie war eine elegante schlanke Frau, heiter, duldsamen Blickes, voller Güte und Unschuld. Dora Llosa glaubte an Gott, an die Sonntagsmesse, die Familie und die Arbeit; daran, die Dinge gut zu machen, ernsthaft und mit Würde. Und sie glaubte, das Beste, das ihr im Leben passiert war, war Marios Mutter zu sein, das Schlimmste hingegen, Ernestos Frau zu sein, Marios Vater – das Kreuz, das sie zu tragen hatte, die Strafe, die ihr auferlegt worden war.

»Müde«, sagte Dorita. »Sehr müde.«

»Ist die Arbeit in der Fabrik so schwer?«, fragte der Sohn.

»Warum sollte ich lügen, Mario? Ja, sie ist hart; abends bin ich völlig fertig. Aber schlimmer wäre es, keine Arbeit zu haben, meinst du nicht?«

Mario bestellte eine Limonade für seine Mutter und für sich ein Glas Milch.

»Und was tust du in der Fabrik?«, fragte er.

Dorita seufzte, bevor sie mit müder Stimme antwortete:

»Ich klebe die Sohlen an den Schuhen fest. Ich führe die Schnürsenkel durch die Löcher eines jeden Schuhs. Und wenn alles fertig ist, putze ich sie blank, bis sie glänzen.«

»Und was tut Ernesto?«

Dora Llosa und Ernesto Vargas arbeiteten von Montag bis Freitag täglich zwölf Stunden in der Schuhfabrik eines peruanischen Freundes, eines pensionierten Generals, der im Namen der peruanischen Revolution Geld unterschlagen und in den ersten Jahren der Diktatur Velasco Alvarados davon sowjetische Waffen gekauft hatte. Mario Vargas Llosa hatte die Revolution anfänglich unterstützt, weil er geglaubt hatte, es handle sich um eine Revolution wie die kubanische. An den

Wochenenden arbeitete Ernesto Vargas auch noch in einem Hotel.

»Dein Papa macht etwas von allem«, antwortete Dorita. »Er ist ein unermüdlicher Arbeiter. Bewundernswert. Er ist wie du, ohne Arbeit kann er nicht leben.«

Mario winkte ärgerlich ab und fragte:

»Bist du zufrieden damit, mit ihm zusammen zu sein und mit ihm zusammen zu arbeiten? Bereust du es nicht, nach Los Angeles gegangen zu sein?«

Dorita dachte lange über ihre Antwort nach, als wollte sie ihren Sohn nicht verletzen, ihren Prinzen, den Unerreichbaren.

»Zufrieden bin ich nicht«, entgegnete sie. »Du kennst deinen Vater. Er ist ein schwieriger Mann. Er ist wie ein wilder Stier.«

Vargas Llosa betrachtete sie voller Trauer, voller Zorn, mit wachsendem Ärger.

»Ich habe ihn nie zähmen können«, fügte Dorita hinzu.

»Behandelt er dich immer noch schlecht?«, fragte Mario, der die Antwort schon kannte. »Schlägt er dich noch? Beschimpft er dich?«

Dorita senkte den Blick, strich über das Album mit den Zeitungsausschnitten und dachte an die Triumphe ihres Sohnes, ging lieber nicht auf Einzelheiten ein.

»Hin und wieder rutscht ihm die Hand aus«, sagte sie. »Aber er hat sich gebessert. Ein bisschen. Er ist nicht mehr so wie früher.«

Als sie noch in Lima wohnten, als Mario zehn, elf, zwölf Jahre alt war, bevor Ernesto Vargas ihn in die Kadettenanstalt schickte, wurden Dorita und ihr Sohn regelmäßig von ihm verprügelt. Er ohrfeigte sie, schlug sie, manchmal sogar mit der Faust. Er beschimpfte sie aufs Übelste, mit den schlimmsten Worten, die ein Mann zu seiner Frau, seinem Sohn sagen konnte. Als Kind ertrug Vargas Llosa das alles, steckte die Schläge ein und ließ die Beschimpfungen über sich ergehen. Doch als er in der Militärschule war, ein »Hund«, ein Kadett, und seine Fäuste zu gebrauchen lernte, traute sich Ernesto nicht mehr, die Hand gegen ihn zu erheben.

»Ich verstehe nicht, warum du bei ihm bleibst, Dorita«, sagte Mario ungeduldig. »Ich verstehe nicht, warum du ihn nicht verlässt.«

»Weil er der Mann ist, den mir der liebe Gott an die Seite gegeben hat, mein Sohn. Weil es mir als gläubige Christin bestimmt ist, deinen Vater zu lieben und bis ins Grab zu begleiten. Das ist für mich der einzige Weg in den Himmel.«

»Ich hoffe nur, dass du ihm dort nicht wieder begegnest«, sagte Mario bitter.

Dorita gab keine Antwort. Sie war daran gewöhnt, zu schweigen, zu heucheln, ihre Gedanken und Gefühle zu verbergen, ihr Schicksal dem Herrn und der Heiligen Jungfrau anzubefehlen.

»Wenn du Ernesto verlässt, werde ich für dich sorgen, du wirst nicht mehr arbeiten müssen«, versprach ihr Vargas Llosa. »Du gehst nach Lima zurück, wirst Mitglied im Regatta-Club, kannst deine Freundinnen sehen, deine Familie und es dir gutgehen lassen. Du musst dich von ihm trennen, Dorita. Das Leben ist kurz, und es vergeht wie im Flug. Wir sind nicht auf der Welt, um zu leiden, sondern um glücklich zu sein.«

Dorita betrachtete ihren Sohn mit inniger Liebe, mit der einzigen aufrichtigen Liebe, die ihr gegeben war. Sie seufzte und sagte:

»Es wäre schön, nach Lima zurückzugehen. Aber im Moment ist es unmöglich. Dein Vater will in diesem Land sein Glück machen, und du weißt, wie bockig und halsstarrig er ist.«

Vargas Llosa gab es auf und wechselte das Thema, erwähnte während des Mittagessens mit Dorita seinen Vater nicht noch einmal. Zu dem Zeitpunkt wusste er noch nicht, dass er am nächsten Tag, dem Sonntag, seinem schrecklichen Vater unter ganz unvermuteten Umständen gegenüberstehen würde; diesem furchteinflößenden Mann, der mit finsterer Miene, stets einem obszönen Wort auf den Lippen und mit geballter Faust durchs Leben ging.

Es passierte auf eine Art und Weise, die sich selbst Vargas Llosa in seiner schier unerschöpflichen Fantasie kaum hätte ausdenken können. Er und seine Freundin Susana Diez Canseco saßen im Restaurant des Beverly Hilton Hotel, inmitten von auffallend schönen Frauen und gutaussehenden Herren, wie Macht und Vermögen sie hervorzubringen pflegen. Mario las die Tageszeitung, Susana las sein Buch über García Márquez, den Engel Gabriel, der in den hohen Gefilden der Kunst zum Gottesmörder wurde, um sich selbst als allmächtiger, schöpferischer Gott zu erheben. In diesem Moment trat ein Kellner zu ihnen, der die Uniform der Hotelangestellten trug: hellblaues T-Shirt, hellbraune Shorts, weiße Turnschuhe, auf der linken Brustseite des T-Shirts der aufgedruckte Name.

Auf Englisch, mit deutlichem Akzent, fragte er:

»Möchten die Herrschaften bestellen?«

Ohne den Blick von seiner *Los Angeles Times* zu erheben, sagte Vargas Llosa:

»Bestell dir, was du willst, Susana.«

Sie warf einen Blick auf die Karte und sagte:

»Einen Thunfischsalat.«

»Für mich einen Hamburger mit Pommes frites«, bestellte Vargas Llosa.

»Zu trinken?«, fragte der Kellner.

»Ich nehme ein Glas Weißwein, gut gekühlt«, sagte Susana.

»Für mich bitte kalte Milch«, sagte Mario.

»Mit Schokolade, der Herr?«

»Nein, nur Milch.«

Da nahm der Kellner – ein älterer Mann mit grau meliertem Haar, dürren Beinen und einer von Überdruss und Erschöpfung verfinsterten Miene – seine Sonnenbrille ab, musterte Vargas Llosa eingehend und fragte auf Englisch:

»Sind Sie nicht der berühmte Schriftsteller?«

»Ja, der bin ich«, antwortete Vargas Llosa ohne aufzublicken, da er es gewohnt war, erkannt und in Restaurants, Flughäfen, Diskotheken, Flugzeugen und überall angesprochen zu werden.

Der Kellner räusperte sich, trat zwei Schritte zurück, als bevorzuge er einen anderen Blickwinkel, nahm seinen ganzen Mut zusammen, suchte nach den richtigen, angemessenen Worten und sagte dann, immer noch auf Englisch:

»Ich bin Ihr Vater, Herr Vargas Llosa.«

Susana Diez Canseco schaute lächelnd auf, weil sie die Bemerkung des Kellners für einen Scherz hielt. Vargas Llosa legte die Zeitung beiseite, nahm seine Lesebrille ab, betrachtete den grauhaarigen müden Herrn, der sich kaum auf den Beinen halten konnte, und seine Miene wurde eisig, seine Stirn umwölkt, sein Lächeln verschwand.

»Hallo, Ernesto«, sagte er, erhob sich und gab dem Mann förmlich die Hand. »Ich wusste nicht, dass du hier arbeitest. Was für eine Überraschung.«

»Schön, dich zu sehen, Mario«, sagte Ernesto Vargas nervös, beinahe stotternd, weil er nicht wusste, was er noch sagen sollte. »Sehr erfreut, Señorita«, fügte er dann hinzu und gab Susana die Hand.

Mario, aufrecht und unbeweglich wie eine Statue, umarmte ihn weder noch lächelte er.

»Eine Freundin«, sagte er nur.

»Ich bringe den Herrschaften gleich die Bestellung«, sagte Ernesto Vargas und verfiel wieder ins Englische, als distanziere er sich in dieser Sprache von seinem Sohn, nehme erneut die prekäre Stellung eines Kellners ein.

»Unverzüglich, bitte«, sagte Mario.

Der Mann zog sich zurück, taumelnd beinahe, als hätte er drei Schüsse in die Brust bekommen, in sein himmelblaues T-Shirt mit dem aufgedruckten Namen Ernesto.

»Wie kannst du so gefühllos mit deinem Vater sprechen!«, rief Susana empört. »Unmöglich, wie du den armen Alten gedemütigt hast!«

Vargas Llosa bedachte sie mit einem zornigen Blick, flammend wie das unauslöschliche Feuer, das seit Kinderzeiten in seinem Innern brannte.

»Halt bitte den Mund! Kein weiteres Wort!«

So lernte Susana Diez Canseco die dunkle Seite, die schwärende Wunde kennen, die in der Seele ihres Freundes nistete. Sie schwieg.

»Du hast keine Ahnung von all den schlimmen Dingen, die er mir als Kind angetan hat! Also schweig!«

Als Ernesto Vargas mit bebendem Tablett zurückkam, auf dem das Weinglas und das Glas Milch klirrend aneinanderstießen, schaute sein Sohn ihn kalt an und sagte:

»Du riechst nach Achselschweiß, Ernesto. Du stinkst.«

Ernesto Vargas senkte den Blick. Jetzt hatte Mario, sein Sohn, die Macht: die Macht des Wortes, die Macht des Geldes, die physische Macht, die Macht, ihn zu verprügeln, wenn es ihm beliebte.

»Ist mir nicht aufgefallen, Mario. Ich bitte tausend Mal um Entschuldigung.«

»Benutzt du kein Deodorant?«

»Nein, Mario«, antwortete Ernesto auf Spanisch. »Dafür reicht mein Geld nicht.«

Vargas Llosa zog seine Brieftasche, nahm mehrere Scheine heraus und gab sie ihm.

»Kauf dir bitte ein Deodorant, auf der Stelle!«, sagte er. »So kannst du nicht als Kellner arbeiten.«

»Ganz wie du meinst, Mario«, sagte Ernesto Vargas und zog sich zurück, als würde er am liebsten auf der Stelle im Erdboden versinken.

Er ging nicht in den Laden des Hotels, um ein Deodorant zu kaufen, und er kam auch nicht mehr ins Restaurant zurück. Er schloss sich im Umkleideraum der Angestellten ein und schlug mit den Fäusten gegen die

Wände, bis seine Knöchel bluteten. Mario hatte gewonnen, hatte ihn gedemütigt; er war ein erbärmlicher Verlierer, ein Domestik, der nach Achselschweiß stank und vergeblich dem amerikanischen Traum nachjagte.

Vargas Llosa bewunderte García Márquez so sehr, dass er sich, als er mit seiner Familie nach Barcelona zog, eine Wohnung mietete, die nur einen halben Block von der des Kolumbianers entfernt lag. Die Vargas Llosas zogen in die Calle Osio Nummer 50, einen Steinwurf von den García Márquez' entfernt, die seit zwei Jahren in der Calle Caponata Nummer 6 wohnten.

»Gabriel ist Gott«, sagte Mario zu Patricia. »Ich will in Gottes Nähe wohnen. Ich will ihn jeden Tag sehen.«

García Márquez stand früh auf, brachte seine Söhne zu Fuß ins englische *Kensington College* im Sarrià-Viertel, zog sich nach der Heimkehr einen blauen Mechanikeroverall an und schrieb an seinem Roman *Der Herbst des Patriarchen*. Es war nicht leicht, etwas zu schreiben, das auf der Höhe von *Hundert Jahre Einsamkeit* war, und manchmal dachte er, dass er fünf, zehn Jahre warten sollte, bis er ein neues Buch veröffentlichte, da er fürchtete, Leser und Kritiker zu enttäuschen, nachdem er die Latte so hochgelegt hatte. Vargas Llosa sagte ihm, *Hundert Jahre Einsamkeit* sei der beste in spanischer Sprache veröffentlichte Roman aller Zeiten, besser sogar als *Don Quijote*, und darum schrieb er auch voll überbordender

Begeisterung den in Lobeshymnen schwelgenden Essay *Historia de un deicidio* (Geschichte eines Gottesmords).

García Márquez' Söhne waren älter als die von Vargas Llosa. Als Mario und Patricia nach Barcelona kamen und sich nur ein paar Schritte von Gabriel und Mercedes entfernt niederließen, war Rodrigo schon elf und sein Bruder Gonzalo acht Jahre alt. Wegen des Altersunterschieds waren sie mit Álvaro und Gonzalo Vargas Losa – damals vier und drei Jahre alt – nicht sehr befreundet. Sie spielten mehr mit den drei Töchtern von Luis und Leticia Feduchi, einem spanischen Ehepaar – er aus Madrid, sie aus Málaga – und gute Freunde der García Márquez'. So wie das Schreiben García Márquez' große Leidenschaft war, war es das Fußballspiel für seine Söhne. Sie waren Fans des Clubs mit dem blau-weißen Wellensittich, dem Español Barcelona, dessen Stadion sie an den Wochenenden besuchten. Sie spielten sogar, ohne Erfolg, in den unteren Ligen dieses Clubs. García Márquez ging nicht mit ihnen ins Stadion, Fußball interessierte ihn nicht. Aber Vargas Llosa, Fan von Real Madrid, besuchte das Stadion ab und zu, wenn dort die Holländer Cruyff und Neeskens spielten und ein paar Jahre später auch der Peruaner Hugo Sotil.

Wenn seine Söhne um halb drei aus der Schule kamen, hörte García Márquez auf zu schreiben und legte Musik auf. Er hatte sich eine hochwertige Anlage zugelegt, die ein Vermögen gekostet hatte. Er besaß eine beeindruckende Sammlung klassischer Musik und heimatlicher Volksmusik. Beim Mittagessen mit Mercedes und seinen Söhnen trällerte er gut gelaunt vor sich hin und tanzte manchmal sogar. Er schien der glücklichste

Mensch der Welt zu sein und war es vermutlich auch. Besuch empfing er erst ab vier Uhr nachmittags. Dann verdunkelte er Wohn- und Esszimmer, schenkte sich das erste Glas Champagner – stets Champagner – ein und begrüßte die Freunde: die Feduchis, mit denen er Gedichte rezitierte, Lieder sang und tanzte; die Vargas Llosas, die nicht so musikalisch waren, da Mario weder sang noch tanzte, obwohl er manchmal erzählte, dass er während seiner ersten Jahre in Paris so arm gewesen war, dass er mit einer afro-peruanischen Tanzgruppe auftrat, und die Muñoz Suays, die davon träumten, Gabriels neuesten Romanerfolg, *Hundert Jahre Einsamkeit*, in die Kinos zu bringen.

Da García Márquez sich unter zu vielen Menschen unwohl fühlte, kamen an einem Tag die Feduchis, an einem anderen die Vargas Llosas und an wieder einem anderen die Muñoz Suays. Er lud sie nie alle zusammen ein, denn viele Leute verwirrten ihn, sodass er still wurde und sich zurückzog. Sechs Leute waren für ihn bereits eine Menschenmenge. Die Feduchis waren ihm mit ziemlicher Sicherheit die Vertrautesten, was so weit ging, dass er mit ihnen – und nur mit ihnen – Marihuana rauchte. Er bekam es in hochwertiger Qualität von dem kolumbianischen Konsul und Fotografen Guillermo Angulo, der es zu Carmen Balcells brachte, die es wiederum diskret García Márquez zukommen ließ. Wenn er geraucht hatte, ging Gabriel aus sich heraus, sang und tanzte wie ein begnadeter Künstler, und er tat es mit einer solchen Anmut, dass Luis Feduchi einmal sagte, er müsse unbedingt eine Platte mit Boleros und Vallenatos aufnehmen. Nur ein einziges Mal boten Gabriel und Mercedes auch Mario und Patricia Marihuana an. Das war einige Monate nach deren Ankunft in Barcelona. Vargas Llosa jedoch trat überrascht einen Schritt zurück und antwortete ernst und steif:

»Nein, vielen Dank. Wir rauchen kein Cannabis, Gabriel.«

Sogleich verwahrte García Márquez den Joint in einer Schachtel mit Fotos, die sein diskreter Lieferant und bedingungsloser Freund Angulo ihm geschenkt hatte. Und er rauchte ihn an dem Abend auch nicht.

»Ich kann nicht schreiben, wenn ich keinen klaren Kopf habe«, verteidigte sich Vargas Llosa. »Ich halte auch nichts von der romantischen Theorie, dass ein Schriftsteller am besten schreibt, wenn er betrunken ist, unter Drogen steht oder an Selbstmord denkt.«

Aber García Márquez wollte gar nicht kiffen und dann schreiben; er hatte den ganzen Vormittag über geschrieben und Mario bis vier Uhr nachmittags, der Zeit, zu der er gewöhnlich vom Schreibtisch aufstand und das Treffen mit seinen literarischen Dämonen für beendet erklärte. Nein, Gabriel wollte sie dazu bringen, mit ihm zu singen und zu tanzen und herumzualbern. Gabriel rauchte Marihuana, um die Last des Berühmtseins abschütteln zu können, die ihn manchmal niederdrückte, der er sich nicht gewachsen fühlte. Ein Gewicht oder eine Last oder eine Schattenseite, die, sagte er, noch schlimmer war als das Gewicht der Macht, der absoluten Macht eines Diktators. Wenn er mit seiner Frau herumalbern konnte, mit den Feduchis oder mit seinen Söhnen, die ihn Marihuana rauchen sahen, ohne dass er es vor ihnen verbarg, dann war García Márquez glücklich, zog sich gelegentlich verschiedenfarbige Socken an oder ging in seinem Mechanikeroverall auf die Straße.

»Ihr habt noch nie gekifft?«, fragte Mercedes.

»Nein«, antwortete Patricia sofort.

»In Lima habe ich einmal Pichicata probiert«, gestand Mario.

»Was ist das?«, fragte Gabriel interessiert.

»Kokain«, sagte Mario. »Aber nur ein einziges Mal. War nichts für mich.«

Seitdem wussten die García Márquez', dass sie nur mit den Feduchis oder den Muñoz Suays oder sogar auch mit Carmen Balcells kiffen konnten, der Großen Mama, die vor gar nichts zurückschreckte. Sie war die Hexe und Prophetin, die Hellseherin und Alchimistin; ein größeres Genie als Gabriel und Mario zusammen. Mit den strengen und steifen Vargas Llosas kam Kiffen nicht mehr infrage. Manchmal, wenn er mit Luis und Leticia Feduchi geraucht hatte, wurde García Márquez unvermittelt müde; dann legte er sich vor seiner fabelhaften Plattensammlung auf den Teppich und schlief ein, derweil die anderen weiter sangen und tanzten.

»Der große Fehler meines Lebens ist es, kein Wort Englisch gelernt zu haben«, sagte er zu seiner Frau.

»Wir lernen es irgendwann«, tröstete ihn Mercedes.

»Unmöglich«, antwortete García Márquez, »wir sind zu alt.«

Vargas Llosa hatte ein paar Jahre in London gelebt und sprach ein fließendes, vornehmes Englisch, wenngleich mit hartem Akzent. Seine Frau Patricia sprach es nicht ganz so gut. Gabriels und Mercedes' Söhne hingegen sprachen es sehr gut, da sie es im englischsprachigen *Kensington College*, in Sarrià, gelernt hatten, in das sie jeden Morgen gingen.

»Irgendwann gehen wir für zwei Jahre nach London und lernen dort Englisch«, sagte Gabriel.

»Das ist keine gute Idee«, antwortete ihm Luis Feduchi. »Wenn du Englisch lernst, füllst du dir den Kopf mit englischen Wörtern und vergisst dann spanische, weil das Gedächtnis nur eine begrenzte Anzahl von Wörtern aufnehmen kann.«

Für García Márquez bedeutete es eine ungeheure Strapaze, jeden Vormittag einen oder zwei Absätze zu Papier zu bringen. Er musste etwas seinem letzten Roman Gleichwertiges oder Besseres liefern, und das belastete ihn ungemein. Beim Schreiben an *Der Herbst des Patriarchen* schwebte ihm hauptsächlich der venezolanische Diktator Juan Vicente Gómez vor; aber er dachte auch an Pérez Jiménez, an Somoza, an Rojas Pinilla: das faszinierende Bild war für ihn ein alter, hinfälliger Diktator, allein und von allen verlassen, der in seinem Garten Käfige aufgestellt hatte, in denen er wilde Tiere und politische Feinde gefangen hielt, denen er jeden Morgen Essen brachte. Er warf ihnen Früchte, rohes Fleisch, Käsestücke und Brot hinein. Einen halben Häuserblock entfernt schrieb unterdessen Vargas Llosa ernst und konzentriert an einem humoristischen Roman, der im peruanischen Urwald spielte. Damit wollte er García Márquez und Mercedes zum Lachen bringen; eine Art Hommage an seinen Freund, um ihm zu sagen, dass er ihn für seinen größten Lehrmeister hielt, größer noch als Flaubert oder Dumas, seine fantasievollste, göttliche Inspiration; einen Gott mit Schnauzbart und

Mechanikeroverall, der kolumbianisches Gras rauchte und Vallenatos sang, dass ihm selbst beinahe die Tränen kamen.

Nichts deutete darauf hin, dass sie sich ein Jahr nach Ankunft der Vargas Llosas in Barcelona entfremden würden. Wegen der kubanischen Diktatur stritten sie sich über Politik. Fidel Castro hatte in Havanna den kubanischen Dichter Heberto Padilla ins Gefängnis werfen lassen. Auf der Durchreise in Paris verfasste Vargas Llosa einen Brief an Fidel Castro (er begann mit: »Lieber Fidel«), in dem er schrieb, dass die unten genannten, »mit den Prinzipien und Zielen der kubanischen Revolution solidarischen Unterzeichner« ihre Sorge um die Verhaftung Padillas ausdrückten, da sie der Meinung seien, »die repressiven Methoden gegen Schriftsteller und Intellektuelle, die allein ihr Recht auf Kritik wahrnehmen, würden in der imperialistischen Welt einen zutiefst negativen Widerhall auslösen«, und er schloss mit der Bemerkung, die kubanische Revolution sei in Lateinamerika »ein Symbol, eine hoch erhobene Fahne«. In dem Schreiben an seinen »lieben Fidel« bat Vargas Llosa um die Freilassung Padillas. Dieser Aufruf wurde noch in Paris von den Schriftstellern Juan Goytisolo, Julio Cortázar, Octavio Paz, Juan Rulfo, Jorge Semprún, Plinio Apuleyo Mendoza und Carlos Fuentes sowie von Jean-Paul Sartre, Simone de Beauvoir, Susan Sontag und weiteren unterschrieben. Jedoch fehlte die Unterschrift von García Márquez. Ohne sie würde der Brief lahmen, unvollständig sein. Gabriel war das große Genie, der Magier unter den lateinamerikanischen Autoren, und Carmen Balcells pflegte zu sagen:

»Vargas Llosa ist der Klassenbeste; aber Gabo ist das Genie.«

Da García Márquez nicht ans Telefon ging (er war mit Mercedes und den Feduchis nach Perpignan gefahren, um sich dort Filme anzusehen, die in Barcelona nicht gezeigt wurden, da sie der franquistischen Zensur unterlagen), verkündete Plinio Apuleyo Mendoza euphorisch und jenseits jeden Zweifels:

»Ich unterschreibe in seinem Namen. Ich kenne Gabito besser als seine eigene Frau. Ich weiß, dass er diesen Aufruf unterschreiben würde.«

»Du unterschreibst nichts!«, schrie Carmen Balcells am Telefon Vargas Llosa an, als sie seinen Aufruf las. »Halte dich aus der Politik heraus! Du bist Schriftsteller, kein Politiker, vergiss das nicht!«

»Es ist meine moralische Pflicht, mich zu äußern«, wandte Vargas Llosa ein.

»Deine moralische Pflicht ist es, ein guter Autor zu sein«, schalt ihn Balcells. »Wenn du dich in die Politik einmischst, schadest du dir als Schriftsteller, das muss dir klar sein!«

Doch Mario hörte nicht auf sie, unterschrieb den Aufruf und veröffentlichte ihn – mit dem Namen von García Márquez – am nächsten Tag in einer französischen Tageszeitung. Plinio Apuleyo Mendoza, der alte Freund, mit dem García Márquez in Cartagena, Barranquilla, Bogotá, Caracas und New York als Journalist gearbeitet hatte, mit dem er in einem klapprigen Auto durch das kommunistische Europa gefahren war, hatte für García Márquez unterschrieben.

Als dieser am nächsten Tag seinen Namen bei den

Unterzeichnern des Aufrufs an Fidel Castro fand, rief er sofort Plinio an:

»Was hast du getan, zum Teufel?«, schrie er ihn an. »Wer, glaubst du, bist du, dass du in meinem Namen unterschreibst, ohne mich zu fragen?«

»Ich dachte, du wärst damit einverstanden, Gabito«, antwortete Plinio bestürzt. »Entschuldige, es war keine böse Absicht.«

»Ich befehle dir, meinen Namen auf der Stelle zurückzuziehen!«, rief García Márquez erbost. »Sag der Presse, dass du ohne meine Zustimmung für mich unterschrieben hast und dass ich mit diesem Aufruf nicht einverstanden bin.«

»Ich bitte tausend Mal um Entschuldigung, Gabito.«

»Du hast überhaupt keine Ahnung von Politik, Plinio! Und von Literatur genauso wenig! Es ist traurig, mitanzusehen, wie du zu Vargas Llosas Stiefellecker geworden bist!«

Plinio schwieg beschämt. Seinen besten Freund auf diese Weise auszunutzen, war nicht seine Absicht gewesen.

»Das sind doch alles Idioten!«, schrie García Márquez außer sich. »Wenn sie wollen, dass Padilla freigelassen wird, hätten sie mich anrufen sollen. Ich hätte mit Fidel gesprochen und ihn davon überzeugt, das es besser wäre, Padilla freizulassen. Die kennen Fidel nicht! Jetzt wird er ihn nie im Leben freilassen. Fidel versteht von Politik und Literatur mehr als ihr Unterzeichner dieses verdammten Aufrufs alle zusammen!«

Als Plinio später Vargas Llosa davon erzählte, wie wütend García Márquez geworden war und befohlen hatte, dessen Unterschrift zurückzuziehen, war Mario zutiefst enttäuscht. Am nächsten Tag gaben Plinio und Mario bekannt, dass García Márquez den Brief an Fidel Castro nicht unterschrieben und seine Unterschrift ausdrücklich zurückgezogen hatte, da er mit dem Aufruf nicht einverstanden war. In Paris drückte jetzt auch Julio Cortázar sein Missfallen über den Aufruf aus. Seitdem ging Vargas Llosa auf Distanz zu García Márquez und Cortázar. Sie blieben zwar Freunde und trafen sich regelmäßig in García Márquez' Wohnung, doch über Politik wurde nicht mehr gesprochen. Gabriel hielt bedingungslos zu Fidel und nannte Mario politisch naiv, unfähig, Zwischentöne wahrzunehmen. Einen Monat nach dem berühmten Aufruf wurde Padilla freigelassen, nur um bei einem rührseligen Auftritt zerknirscht einzugestehen, dass er »ein gemeiner Konterrevolutionär« sei, »ungerecht und undankbar Fidel gegenüber, was mir ewig leidtun wird«, und dass er »der Revolution nicht gerecht geworden« sei. Enttäuscht hörten die Vargas Llosas daraufhin auf, nach Havanna zu fahren und Fidel Castro ihre Reverenz zu erweisen, während die García Márquez' dem kubanischen Diktator weiterhin öffentliche Bewunderung bekundeten. Unter Vertrauten beklagte Vargas Llosa zwar, dass Gabriel Castros Höfling, sein Lakai geworden war; doch ins Gesicht sagte er es ihm nicht. Dieses Thema wurde zwischen ihnen nie mehr angesprochen.

Als Vargas Llosa drei Jahre nach dem öffentlichen Brief an Fidel Castro, der eine endgültige Trennlinie zwischen den beiden gezogen hatte, ankündigte, mit seiner Familie Barcelona zu verlassen und nach Lima zu ziehen, erschienen die García Márquez' ganz selbstverständlich auf der Abschiedsparty, zu der Carmen Balcells in der berühmten Diskothek Bocaccio eingeladen hatte. In jenen glorreichen Jahren des *Boom* der lateinamerikanischen Literatur traf man dort die originellsten, mächtigsten und schwelgerischsten Stimmen der spanischsprachigen Literatur, zu denen natürlich García Márquez und Vargas Llosa gehörten, aber auch Carlos Fuentes, Jorge Edwards, José Donoso, die Brüder Juan und Luis Goytisolo, die Verleger Carlos Barral und Jorge Herralde, die Verlegerin Beatriz de Moura, Juan Marsé, Pere Gimferrer – der Dichter mit dem Hut – sowie der mythische Verleger José Manuel Lara, vom Verlag Planeta, der García Márquez und Carmen Balcells mehrere Millionen Peseten geboten hatte, wenn der Kolumbianer zu Planeta käme. In jener Nacht im Bocaccio sagte der vom besten Champagner leicht berauschte und geistsprühende García Márquez zu Vargas Llosa, der nicht mehr als einen Whisky getrunken hatte:

»Geh nicht nach Lima, Bruderherz. Du hast mir selbst gesagt, dass die Leute in Lima nerven.«

Vargas Llosa lachte herausfordernd:

»Keine Sorge, Gabriel, ich lasse mich nicht nerven.«

»Wenn du da drüben genug hast, lass uns alle zusammen nach London ziehen«, sagte Gabriel.

»Und was sollen wir in London?«, fragte Vargas Llosa.

»Die Ägypterin und ich ziehen in ein paar Wochen dahin«, entgegnete Gabriel. »Es ist noch geheim. Wir wollen dort Englisch lernen.«

»Nehmt ihr Rodrigo und Gonzalo mit?«

»Nein, die bleiben hier bei den Feduchis. Sie wollen nicht nach London.«

»Großartig«, sagte Mario, »wenn Lima mich schlecht behandelt, sehen wir uns in London wieder.«

Am nächsten Tag begab sich nur eine stark dezimierte Schar Besucher jener Fiesta im Bocaccio mit schwerem Kater zum Hafen von Barcelona, um dort die Vargas Llosas mit Küssen und Umarmungen zu verabschieden. Mario und Patricia fuhren mit ihren Söhnen und der kleinen Morgana und mit Marios Büchern nach Lima, wo sie mit vielen Bediensteten bestimmt glücklich werden würden. Carmen Balcells war da, Jorge Edwards und Gabriel García Márquez mit seiner Frau Mercedes. Als er Mario zum letzten Mal umarmte, sagte Gabriel zu ihm:

»Fahre nicht, Bruder. Ich habe ein ungutes Gefühl. Irgendwas Schlimmes kann passieren.«

Susana Diez Canseco, das junge Model, das schreckliche, das böse Mädchen, befand sich bereits auf dem Schiff. Als sie ihr Gepäck registrieren ließ, hatte sie von ferne Vargas Llosa erspäht.

Das wird ein Spaß, mit diesem Genie zu reisen, sagte sie sich.

»Du könntest in Teneriffa von Bord gehen«, ließ García Márquez nicht locker. Die unter italienischer Flagge fahrende *Rossini* würde in Santa Cruz de Tenerife einen Zwischenstopp einlegen, bevor sie den Atlantik überquerte und die Vargas Llosas in Callao, dem Hafen von Lima, entließ.

Ihre politischen Differenzen vergessend und ebenso die Vorbehalte, die er manchmal García Márquez' Herumalbern in der Öffentlichkeit entgegenbrachte, schloss Vargas Llosa seinen Freund in die Arme. Er wusste da noch nicht, dass dies ihre letzte Umarmung sein würde und dass er zwei Jahre später, in einem Kino der mexikanischen Hauptstadt, García Márquez mit einem Fausthieb bewusstlos schlagen und, von Zorn übermannt, ihn anschreien würde: »Dies ist für das, was du Patricia angetan hast!«

»Erster Schultag!«, begeisterte sich García Márquez nach dem Frühstück. »Das letzte Mal habe ich in Bogotá die Schulbank gedrückt und Gesetzestexte gepaukt, unglaublich.«

»Wir lernen nie im Leben Englisch«, sagte Mercedes.

»In der Akademie heißt es, die Methode sei unfehlbar«, antwortete ihr Gabriel lächelnd. Ihm war leicht ums Herz, weil er an diesem Vormittag nicht schreiben musste. »In einem halben Jahr sprechen wir besser Englisch als Shakespeare.«

»Mir würde es schon reichen, es besser als die Vargas Llosas zu sprechen«, ulkte Mercedes.

Beider Plan war, allein, ohne die Kinder, die bei den Feduchis in Barcelona geblieben waren, so lange in London zu bleiben, bis sie Englisch gelernt hatten oder es sogar besser sprachen als Mario und Patricia. Falls nötig, würden sie ein ganzes Jahr bleiben, oder auch zwei Jahre, sagte Gabriel. Sie waren in einem Fünf-Sterne-Hotel in Warwick Gardens untergebracht, fußläufig zur Sprachschule Callan in der Oxford Street, nicht weit von Hyde Park und Kensington Gardens entfernt. García Márquez fühlte sich ungewohnt leicht, sorgenfrei und glücklich, weil er das Schreiben am *Herbst des Patriarchen* wenigstens für ein halbes Jahr unterbrochen hatte und seinem Gefühl nach Urlaub machte. Er wohnte in einer Stadt, in der ihn kaum ein Mensch erkannte und belästigte; einer Stadt, in der er beim Spazierengehen zu seiner Überraschung zahllosen Einwanderern begegnete. Sie kamen hauptsächlich aus den ehemaligen Kolonien – Leute mit Turbanen, arme, mittellose, zerlumpte Menschen, in deren Augen er keinen Funken Hoffnung sah, nicht den entferntesten Optimismus.

»Wenn ich hier durch die Straßen laufe, fühle ich mich wie in Cartagena oder Barranquilla«, sagte er zu Mercedes, während sie durch die Oxford Street spazierten. Überall harte Akzente, die er nicht verstand, und eine Vielfalt von Gerüchen, die ihn an seine Jahre in der Karibik erinnerten. »Das hier ist nicht London, verdammt, das ist Panama!«

Der Englischunterricht begann um acht Uhr morgens und endete um zwei Uhr nachmittags, mit einer halben Stunde Pause um elf, in der die Schüler angehalten waren, Englisch und nicht ihre Muttersprache zu sprechen. Es gab nur wenige Spanier und Latinos dort, und der eine oder andere erkannte García Márquez. Doch der – stets zu einem Spaß auf eigene Kosten aufgelegt – lenkte sie auf eine falsche Fährte:

»Nein, ich bin nicht Gabriel García Márquez, zum Glück. Das ist mein älterer Bruder. Er kommt nicht nach London, weil er Kommunist ist und die Monarchie hasst. Der Herr lebt in Kuba, ist ein Lakai Fidel Castros.«

Mit der Zeit merkten Gabriel und Mercedes, dass sie

in einem Semester noch kein Englisch sprechen würden und dass die sogenannte »unfehlbare Methode« bei ihnen beiden doch wohl fehlbar war. Davon indes ließen sie sich nicht entmutigen, besuchten weiterhin die Kurse und lernten ein paar Wörter, die ihnen kurios vorkamen, ganz besonders die ausfälligen und vulgären. Wenn sie nach dem Unterricht ins Hotel zurückkamen, telefonierten sie lange mit ihren Söhnen, mit den Feduchis, mit Carmen Balcells, mit Freunden aus aller Welt. Ihre Telefonrechnung war so hoch, dass das Hotel darauf bestand, sie alle drei Tage begleichen zu lassen, weil man fürchtete, ihre karibischen Gäste könnten verschwinden, ohne zu bezahlen. Die Leute verstanden einfach nicht, wie dieses kolumbianische Ehepaar Hunderte von englischen Pfund vertelefonieren konnte. Waren das Waffen-, Drogen- oder Frauenhändler? Woher hatten sie so viel Geld? Warum telefonierten sie so oft mit Cartagena, Barranquilla, Caracas, Havanna? Waren sie auf der Flucht vor dem Gesetz, waren das gefährliche Kriminelle, Gentleman-Gauner? Und wenn sie so viel Geld allein fürs Telefonieren hatten, warum kleidete sich der Herr mit dem Schnauzbart dann so, als wäre er ein Clown, der sich für seinen täglichen Auftritt im Hyde Park umgezogen hatte? Denn dieser Herr, sagten die Angestellten und sagte der Direktor des Hotels, war schon eine extravagante Person, ein seltener Vogel, der singend durchs Hotel lief und knallbunte Jacken in Schwarz-Rot, in Gelb und in Rosa trug und eine schwarz-weiß karierte Jacke, die wie ein Schachbrett aussah. Kleidungsstücke, die im Londoner Abendlicht sogar zu schimmern und zu glänzen schienen.

Während Vargas Llosa und seine Freundin Susana Diez Canseco die kalifornische Küste von Los Angeles nach San Francisco abfuhren und Patricia Llosa mit ihrer Mutter Olga eine Hexe aufsuchte, damit sie Mario mit einem Liebeszauber belegte, fühlten sich die García Márquez' wie auf Urlaub in London, wo sie zwar kein Englisch lernten, es aber genossen, unerkannt durch die Straßen zu bummeln und sich frei zu fühlen, wie es ihnen anderswo, selbst in Havanna, nicht mehr möglich war. Und ihnen schwoll die Brust vor Freude, wenn sie eine Buchhandlung betraten und dort die englischen Übersetzungen von *Hundert Jahre Einsamkeit* und manchmal sogar von *Der Oberst hat niemand, der ihm schreibt* ausliegen sahen.

»Ich mag den Klang von *One hundred years of solitude*«, sagte García Márquez. »*Solitude* ist ein hübsches Wort. Was mir gar nicht gefällt, ist *No one writes to the colonel*. *Colonel* klingt doch nicht nach Oberst! Es klingt nach billigem Rasierwasser, nach Schmuggelware.«

Gabriel und Mercedes hatten seltsamerweise das Gefühl, beim Lesen dieser Übersetzungen mehr Englisch zu lernen als in ihrem Englischunterricht. Oft unterstrich Gabriel Wörter, die ihm gefielen, obwohl er sie nicht verstand.

»Ich fange Wörter ein, als wären es gelbe Schmetterlinge«, sagte er zu Mercedes. »Ich mag es auch, wenn man mich einen *mesmerizer* nennt, einen Hypnotiseur.«

Eines Nachts besuchten sie die Bar *Mexican Tavern*. Sie setzten sich an einen Tisch im Hintergrund und bestellten Getränke – Champagner für Gabriel, Whisky für Mercedes. Unangekündigt trat ein magerer, bärtiger junger Sänger auf, der gar nicht wie ein Mexikaner aussah und auch nicht wie ein Mexikaner sang. Er schien eher Spanier zu sein und sang auch wie ein Spanier, wie ein Spanier aus Andalusien. Nur er und seine Gitarre, nur er mit seinem schwarzen Bart und dem entrückten Blick. Der junge Mann war aus Spanien geflohen, wo er von der franquistischen Polizei gejagt wurde. Wäre er nicht geflohen, säße er längst im Gefängnis. Er wurde gesucht, weil er in Granada aus Protest gegen die Diktatur, die neun baskische Terroristen zum Tode verurteilt hatte, in einer Zweigstelle der Bank von Bilbao eine Bombe gelegt hatte. Dieser Junge, der da mit einer heiseren, nach durchzechter Nacht klingenden Stimme auf Spanisch sang, weil er, genau wie die García Márquez', nicht mehr als ein Dutzend Worte Englisch sprach, war der Verfolgung durch die spanische Polizei nur dadurch entkommen, dass ein Freund – Mariano Zugasti, der große Ähnlichkeit mit ihm besaß – ihm seinen Pass geschenkt hatte. Mit diesem Ausweispapier kam der andalusische Sänger nach London, wo er unter dem Namen seines Freundes in Bars, in Hotels, in Restaurants und Parks und sogar in der Metro sang und damit seinen Lebensunterhalt bestritt. Die García Márquez' betrachteten ihn erstaunt, und der Junge mit dem falschen Pass und der tieftraurigen Stimme sang:

»*Geboren im Süden, am Guadalquivir, wo Kastilien begraben wird – wohl darum sehne ich mich nach dem Meer.*«

Dieser Sänger sehnte sich nach dem Meer, wie die García Márquez' sich nach dem Meer sehnten; nach allen Meeren dieser Welt, den stillen und den wildbewegten, den warmen und den kalten, dem der Karibikküste und dem der Küsten von Girona und Tarragona, so wie der Sänger mit dem falschen Namen sich nach Cádiz sehnte und dem Meer an dessen Küste.

»*Ich habe Vögel gefangen, Oliven von den Bäumen geschlagen und in mondhellen Nächten die Mädchen geküsst, oben in einem Taubenschlag.*«

»Der Kerl ist ein Dichter«, flüsterte Gabriel Mercedes zu. »Der ist einer von uns.«

»Er schreibt schöner als Neruda«, bestätigte Mercedes.

Der andalusische Sänger lebte zwar in London, weil er in Spanien verhaftet worden wäre, hatte sich aber damit abgefunden, nie im Leben Englisch zu lernen und auf Englisch zu singen, obwohl er eine englische Freundin hatte, Leslie, deren Vater ein südafrikanischer Rassist war. Der hatte den mageren »Mariano Zugasti« aus Mitleid bei sich aufgenommen, da der halbverhungerte junge Mann zwar Spanier war, aber wenigstens kein Schwarzer, kein Brauner, kein Araber, kein Maure. Leslie sprach Spanisch, weil sie ein Jahr in Granada gelebt und sich dort in den Sänger verliebt hatte, als der Sänger noch kein Sänger war und noch nicht wusste, dass er einmal Sänger sein würde. Damals war er nur ein Junge namens Joaquín Martínez, Sohn eines Polizisten, der Schriftsteller werden wollte und nicht ahnte, dass er schreiben und später das, was er geschrieben hatte, singen konnte. Nun sang er und warf ab und zu einen Blick zu García Márquez hinüber, den er erkannt hatte, den er gelesen hatte, dem er aber nicht aufdringlich erscheinen wollte. Nicht, dass der Schriftsteller sich bedrängt fühlte, plötzlich aufstand und das Lokal verließ. Nein, der Sänger wusste, dass er den kolumbianischen Autor, den Magier, den nach London in diese mexikanische Taverne gekommenen Melquíades unbehelligt lassen musste.

»*Mein Erbe war jahrelang Beschiss, die Gegenwart erbärmlich, die Zukunft ungewiss.*«

»Zum Teufel auch!«, rief Gabriel und flüsterte Mercedes zu:

»Ich muss diesem Sänger sagen, dass er da *Hundert Jahre Einsamkeit* singt.«

Als der Sänger endete, erhoben sich Gabriel und Mercedes und applaudierten begeistert, und sie bat den Andalusier an ihren Tisch.

»Du verdammter Kerl schreibst besser als Lorca, Neruda und Vallejo zusammen«, sagte García Márquez zu ihm.

»Aber niemals so gut wie Sie«, sagte der Sänger und bestellte einen doppelten Whisky, derweil sich sein Hut, der neben dem Mikrofonständer auf dem Boden stand, mit Münzen und ein paar Scheinen füllte. »Für mich, Don Gabriel, sind Sie ein Gott, der verfluchte Chef des Ganzen.«

»Lass das blöde Sie, du kannst mich duzen«, sagte García Márquez.

»Wie heißt du?«, fragte Mercedes.

»Hier heiße ich Mariano Zugasti, weil ich von der Polizei gesucht werde«, sagte der Sänger. »Mein richtiger Name ist Joaquín Martínez.«

»Und warum wirst du von der Polizei gesucht?«, fragte Gabriel.

»Ich werde von meinem Vater gesucht, der ist Polizist«, antwortete der Sänger schmunzelnd. »Und Francos Polizei sucht mich, weil ich eine Bombe gelegt habe.«

»Dann sind wir Kollegen!«, rief Gabriel beschwingt aus.

»Kollegen, Meister!«, entgegnete Martínez. »Kommunisten, Terroristen, Antifranquisten und Freunde der kubanischen Revolution!«

»Und warum sucht dich dein Vater?«, fragte Mercedes. »Oder war das nur ein Scherz?«

»Nein, kein Scherz«, antwortete der Sänger. »Mein Vater ist Polizist in Úbeda, meinem Geburtsort. Als ich das erste Mal im Gefängnis war, hatte mich mein Vater verhaftet. Er hat mich in den Knast nach Granada gebracht.«

»Und warum hat man dich verhaftet?«, fragte García Márquez. »Wegen der Bombenlegerei?«

»Und weil ich Kommunist bin«, sagte der Sänger. »In Spanien würde man mich sofort wieder ins Loch stecken. Ich kehre erst zurück, wenn Spanien ein freies Land ist.«

»Respekt, Dichter«, sagte Gabriel. »Dasselbe habe ich von Chile gesagt: Ich betrete das Land erst wieder, wenn Pinochet gestürzt ist.«

»Ich fürchte nur, dass Franco unsterblich ist«, erwiderte der Dichter.

»Das ist er nicht«, sagte Gabriel. »Und falls doch, helfen wir beim Sterben ein wenig nach. Wie sagen die Dominikaner: Wir modifizieren seine Gesundheit.«

Mit einem Mal wurde García Márquez still, nachdenklich, als erspähe er den Horizont, als sähe er die

Zukunft vor sich. Dann erhellte sich seine Miene und er sagte lächelnd, wie erleichtert:

»Jetzt verstehe ich: Wir sind nicht nach London gekommen, um Englisch zu lernen; das lernen wir nie. Wir sind hierhergekommen, um dich kennenzulernen, Dichter. Wir sind hierhergekommen, um deine Freunde zu sein, Freunde fürs Leben.«

»Danke, Meister«, sagte der Dichter gerührt und gab García Márquez einen Kuss auf die Stirn, küsste Mercedes mit liebenswerter Unbekümmertheit auf die Lippen.

»Was für eine schöne Uhr Sie haben«, fügte er mit einem Seitenblick hinzu.

García Márquez trug eine Armbanduhr von Cartier, nicht aus Gold, niemals aus Gold, Gold war fürchterlich und brachte Unglück. Carmen Balcells hatte ihm die Uhr geschenkt, als die ersten hunderttausend Exemplare von *Hundert Jahre Einsamkeit* verkauft waren.

»Gefällt sie dir?«, fragte er.

»Eine herrliche Uhr«, sagte der Sänger.

Gabriel nahm die Uhr ab, schaute dem Sänger liebevoll in die Augen, wie er seine Söhne angeschaut haben würde, und überreichte sie ihm.

»Sie gehört dir.«

Gerührt legte Joaquín Martínez sie an. Zwei dicke Tränen rannen über sein Piratengesicht.

»Wie, sagtest du, ist dein Name?«, fragte Gabriel.

»Joaquín Martínez«, antwortete der Sänger.

»Eines Tages wirst du berühmt«, sagte García Márquez, »sehr berühmt in deinem Land, in Spanien. Berühmter als ich.«

»Mein Künstlername wird Joaquín Sabina sein«, erwiderte der Sänger. »Das ist der Familienname meiner Mutter.«

»Wir werden unser Leben lang Freunde bleiben«, prophezeite Mercedes.

»Und eines Tages singen wir im Duett«, ergänzte García Márquez.

»Wir fahren nach Santo Domingo«, sagte Vargas Llosa zu Susana Diez Canseco. »Man hat mir angeboten, dort einen Dokumentarfilm zu drehen.«

Nachdem sie ein paar Tage in San Francisco verbracht hatten, wohnten sie jetzt im Hotel Carlyle, in New York. Vargas Llosa war zufrieden und voller Optimismus; er hatte das Gefühl, die Welt habe sich endlich seinem Talent gefügt. Sein letzter, im Vorjahr veröffentlichter Roman *Der Hauptmann und sein Frauenbataillon* hatte sich hunderttausend Mal verkauft, und die weiteren Verkäufe überstiegen immer noch seine Erwartungen und die seiner Agentin Balcells. Die Columbia-Universität hatte ihn für ein Semester als Gastprofessor verpflichtet und zahlte ihm für ein paar Monate mehr, als er in einem Jahr mit seinen Büchern verdiente. Und gerade hatte Carmen Balcells ihn angerufen und ihm mitgeteilt, die Gulf + Western Company habe ihr ein saftiges Angebot dafür gemacht, dass Mario das Drehbuch zu einem Dokumentarfilm schreibe und auch die Regie übernehme. Es sollte eine Doku über die neuere Geschichte der Dominikanischen Republik werden, über die Ära des Diktators Trujillo, der das Land über dreißig Jahre mit eiserner Hand regierte, und auch über die Kultur des Rums in diesem Land, in dem Vargas Llosa noch nie gewesen war.

»Die Gulf + Western zahlt uns für den Dokumentarfilm das Doppelte, was Seix Barral für deinen Roman *Der Hauptmann und sein Frauenbataillon* gezahlt hat«, sagte Carmen Balcells. »Es ist ein ganz außergewöhnliches Angebot, Mario. Du verbringst vier bis sechs Wochen in der Dominikanischen Republik, interviewst Leute über die Zeit der Diktatur Trujillos und über den Rumkonsum im Land, das alles wird von Radio Télévision Française gesendet und von denen dann weltweit vermarktet. Ist das nicht herrlich?«

Der in Gelddingen generöse Vargas Llosa, getrennt von seiner Ehefrau, Vater von drei Kindern, antwortete ihr:

»Die Hälfte des Geldes, das sie uns zahlen, soll für Patricia und die Kinder sein. Ich bitte dich, das Geld, so schnell du kannst, nach Lima zu überweisen.«

»Nicht die Hälfte«, sagte Balcells. »Sechzig Prozent für Patricia.«

»Wie du meinst«, stimmte Mario zu.

Von Los Angeles aus hatte er seiner Agentin mitgeteilt, dass er sich in Susana Diez Canseco verliebt und sich von Patricia getrennt hatte. Er hatte sie gebeten, Patricia monatlich die Hälfte aller für ihn eingehenden Zahlungen zu überweisen. Er hatte ihr auch gesagt, das neue Haus in Barranco solle Patricia gehören, und sie möge bitte selbst mit ihr sprechen und ihr versichern, dass sie sich keine Geldsorgen zu machen brauche.

»Das werde ich tun«, sagte Carmen Balcells. »Doch

das Dringendste scheint mir jetzt zu sein, Patricias Zugang zu deinen Bankkonten zu sperren.«

Den Anweisungen seiner Agentin folgend, die intelligent und gerissen war und stets legale Wege fand, der franquistischen Diktatur so wenig Steuern wie möglich zu zahlen, unterhielt Vargas Llosa Bankkonten in Barcelona, Amsterdam und Genf. Eine Viertelstunde nach ihrem Telefonat blockierte Balcells für Vargas Llosas Frau den Zugang zu all seinen Konten. Dennoch kam sie zu spät. Ein Bankkonto auf Patricias und Marios Namen bei einer Bank in Barcelona war von Frau Llosa bis auf den letzten Centavo geleert und das ganze Geld auf eines ihrer Konten in Lima überwiesen worden.

»Macht nichts«, sagte Vargas Llosa, als Balcells ihm davon berichtete. »Lass sie nur. Sie ist verletzt. Das kann man verstehen. Sie soll das Geld behalten. Und überweise ihr immer die Hälfte von allem. Das ist nur gerecht.«

Vargas Llosa und García Márquez waren geniale Erzähler suggestiver, hypnotischer Geschichten, doch was das schnöde Verwalten der Finanzen anging, hegten sie beide eine große Abneigung dagegen, waren großzügig und freigiebig, jede Habsucht war ihnen fremd, ebenso wie der Trieb, immer mehr verdienen, kaufen, mit ihrem Geld angeben zu wollen. Darum überließ Mario seiner Stieftante Julia Urquidi auch sämtliche Rechte an seinem Roman *Die Stadt und die Hunde*; und García Márquez trat seine Rechte an der Erzählung *Bericht eines Schiffbrüchigen* an den kolumbianischen Überlebenden ab, der ihm die Geschichte erzählt hatte. So talentierte Künstler wie sie, brauchten sich nicht ums Geld zu kümmern, das Geld würde ganz von alleine zu ihnen kommen, so wie es jetzt zu Vargas Llosa kam: mit dem Dokumentarfilm der Gulf + Western, der Professur im kommenden Jahr an der Columbia-Universität in New York, mit den überwältigenden Verkäufen des Romans *Der Hauptmann und sein Frauenbataillon*.

Mario und Susana nahmen einen Direktflug von New York nach Santo Domingo, wo sie im Hotel Jaragua abstiegen, mitten in der vibrierenden Hafenatmosphäre des Malecón. Dort erreichte sie ein triumphierender Anruf von Carmen Balcells, die, ihres robusten Äußeren zum Trotz, zu schweben schien.

»Die Paramount bietet uns ein Vermögen für die Filmrechte am *Hauptmann* … Kannst du das glauben?«

Vargas Llosa, passionierter Kinogänger, rief begeistert:

»Das ist fantastisch! Was für eine Nachricht! Ich kann es nicht glauben!«

Dann verriet Balcells ihm die Einzelheiten:

»Sie bieten nicht das Doppelte, nicht das Dreifache, sondern das Zehnfache dessen, was Carlos Barral uns als Vorschuss für den *Hauptmann* … bezahlt hat. Das Zehnfache, Mario! Noch nie hat man uns für eines deiner Bücher so viel Geld geboten!«

»Nimm das Angebot sofort an, Carmen. Ich stimme allem zu. Mach schnell den Vertrag mit ihnen.«

Balcells schwieg ein paar Sekunden und sagte dann:

»Ich habe eine bessere Idee.«

»Lass hören.«

»Was hältst du davon, wenn ich ihnen sage, dass sie das Doppelte von dem bezahlen sollen, was sie jetzt anbieten, und du dafür bei dem Film Regie führst und mitspielst?«

Vargas Llosa brach in Gelächter aus; seine Eitelkeit war geschmeichelt, und zugleich überraschte ihn die Kühnheit seiner Agentin.

»Aber ich bin kein Cineast, Carmen. Ich weiß nicht, wie man bei einem Film Regie führt. Und ich bin auch kein Schauspieler.«

»Das kannst du alles lernen. Du lernst schnell. In drei Tagen hast du gelernt, Regie zu führen. Wir könnten auch einen Regisseur verpflichten, der dich dabei berät.«

»Und kannst du dir mich als Schauspieler vorstellen?«

»Aber natürlich!«, rief Balcells begeistert. »Du bist der geborene Schauspieler! Wir Frauen beten dich an! Wir füllen die Kinosäle, nur um dich zu sehen!«

Das überzeugte Vargas Llosa.

»Einverstanden. Wenn sie ihr Angebot verdoppeln, führe ich Regie in dem Film und übernehme eine Rolle. Aber nicht die des Hauptmanns! Ich will nicht der Hauptmann sein, Carmen.«

»Welche Rolle schwebt dir vor?«

»Sage ihnen, ich spiele einen Offizier, den Vorgesetzten des Hauptmanns.«

»Fantastisch! Als Offizier machst du bestimmt eine gute Figur!«

»Und bitte keine Nacktszenen«, spaßte Mario.

»Bist du sicher?«, fragte Balcells und brach in Gelächter aus.

Dann sagte sie:

»Wenn die Paramount uns bezahlt, soll ich dann die Hälfte davon an Patricia überweisen?«

Vargas Llosa antwortete nicht sofort.

»Das ist eine Menge Geld, Mario.«

»Du ziehst ihr die Hälfte von dem ab, was sie ungerechtfertigterweise von unserem gemeinsamen Bankkonto in Barcelona abgehoben hat«, sagte Vargas Llosa. »Das ist nicht viel. Und ja, von dem, was uns die Paramount zahlt, überweist du ihr die Hälfte.«

»Werdet ihr euch scheiden lassen?«, fragte Balcells.

»Ich nehme es an«, antwortete Mario. »Ich liebe Susana sehr. Ich könnte nicht zu Patricia zurückkehren. Täte ich das, würde ich mich als Schriftsteller aufgeben, Carmen. Ich würde mich fühlen wie lebendig begraben.«

»Verstehe«, erwiderte Balcells. »Und Patricia kann sich nicht beklagen. Du überlässt ihr das Haus in Barranco, und sie bekommt die Hälfte aller deiner Einnahmen.«

»Trotzdem wird sie mich hassen, bis sie eine neue Liebe findet«, prophezeite Mario.

In Santo Domingo konnte Vargas Llosa auf die Hilfe eines Ehepaars zählen, das er in Paris bei Radio Télévision Française kennengelernt hatte: Marianne de Tolentino, Französin, Kunstkritikerin der dominikanischen Sonntagszeitung *Listín Diario*, und deren Ehemann, Mario Tolentino, dominikanischer Staatsbürger und angesehener Arzt. Sie hatten sich angeboten, ihm die Stadt zu zeigen, Leute für die Interviews zu seiner Doku zu finden und ihn in ihrem Auto nach Santiago, nach Puerto Plata und Punta Cana zu fahren. Ihnen hatte er es zu verdanken, dass er den Schriftsteller und Historiker José Israel Cuello kennenlernte, einen ehrenhaften großzügigen Mann und brillanten Denker, der sich mit Vargas Llosa anfreundete und der die schmutzigsten und schaurigsten Geschichten über den Diktator Trujillo kannte. Der Despot, im Volksmund »der Ziegenbock« genannt, war nach über dreißig Jahren an der Macht von fünf mutigen Männern ermordet worden, für die er eine Beleidigung, ein Affront, eine Demütigung der dominikanischen Bevölkerung war. Wenn er mit den Tolentinos im Auto unterwegs war, machte sich Vargas Llosa Notizen zu Cuellos unglaublichen Geschichten.

»Man kann es wirklich kaum glauben; aber während der ganzen Ära Trujillo haben sowohl die Reichen als auch die Armen dem Diktator ihre jungfräulichen Töchter angeboten, wenn sie dreizehn, vierzehn Jahre alt waren. Sie wollten, dass sie von Trujillo entjungfert, vergewaltigt wurden. Aber Trujillo war mit so vielen jungen Mädchen überfordert. Angeblich bekam er manchmal keine Erektion mehr, und das machte ihn depressiv und bösartig.«

Und weiter erzählte Cuello:

»Mit den pubertierenden Jungfräulein, die ihm seine Parteigänger zuführten, gab er sich nicht zufrieden. Er tat sich auch gern an den Ehefrauen seiner Minister gütlich. Er schickte die Minister auf Reise, besuchte dann deren Frauen und vergewaltigte sie; vielmehr vergewaltigte er sie nicht, sondern sie boten sich ihm an, gaben sich ihm hin. Wenn die Minister von der Reise zurückkamen, rühmte sich Trujillo damit, ihre Frauen befriedigt zu haben. So ein gottverdammter Hundesohn!«

Diese Geschichten fachten Vargas Llosas kreatives Feuer an, reizten seine lodernde Fantasie, und er bat seine Gastgeber, ihn zum Haus von Trujillos Nachfolger, des Dichters und Präsidenten Don Joaquín Balaguer, zu fahren. Der war der Vertraute des ermordeten Diktators gewesen, und obwohl er blind war, oder gerade deswegen, erkannte er Verschwörungen, Intrigen, Verrat und Treuebruch früher als jeder andere Politiker seines Landes. Als sie zu Balaguers Haus kamen, las Vargas Llosa dort ein Schild, auf dem stand:

»Niemand soll hoffen, solange Balaguer atmet.«

Das hieß, die immer noch zahlreichen – vielleicht sogar mehrheitlichen – Bewunderer des ermordeten Diktators waren der Meinung, Balaguer solle Präsident bleiben, solange er wollte. Denn egal, ob blinder Dichter oder lediger Liebhaber seiner Schwestern, er besaß eine Poesie und Kultur, eine Intelligenz und Anständigkeit, die ihn unendlich höherstellten als jeden anderen politischen Erben des Diktators. Vor den laufenden Kameras des Dokumentarfilms und mit den Tolentinos und José Israel Cuello im Gefolge stellte Vargas Llosa Balaguer eine Frage, die niemand sonst zu stellen gewagt hätte:

»Wie kann es sein, dass Sie, ein gebildeter, ehrenhafter, anständiger Mann, einem Diktator gedient haben, der minderjährige Mädchen und die Frauen seiner Minister vergewaltigte, der wahre Orgien feierte?«

Balaguer saß ungerührt, verzog keinen Muskel seines Gesichts, wie ein Priester oder Bischof, der daran gewöhnt ist, im Beichtstuhl die unvorstellbarsten Dinge zu hören. Seine Schwestern hatten ihm die bislang vier Romane Vargas Llosas vorgelesen, und besonders der letzte, über den Hauptmann Pantaleón Pantoja und die verführerischen Besucherinnen im peruanischen Urwald, hatte ihn zum Lachen gebracht. Vielleicht bewunderte er Vargas Llosa und antwortete deswegen geduldig, bescheiden und mit leiser Stimme:

»Ich habe nie einen Menschen vergewaltigt. Ich habe nie an einer Orgie teilgenommen. Ich habe nie etwas gestohlen. Ich bin ein armer Mann.«

»Aber dieses Haus hat Ihnen Trujillo geschenkt«, hakte Vargas Llosa nach.

»Das stimmt«, gab Balaguer zu. »Aber verstehen Sie, ich konnte es nicht ablehnen. Er hätte mich ins Gefängnis gesteckt.«

»Bereuen Sie es, Trujillo gedient zu haben?«

»Nein«, antwortete Balaguer mit leiser, verzagter Stimme, die so gar nicht zu einem Staatsmann passte. »Ohne meine Anwesenheit, ohne meine Mitarbeit, wäre alles viel schlimmer geworden.«

Dann fügte er noch hinzu:

»Wenn wir jetzt eine Demokratie haben und Sie mir diese Fragen stellen können, dann deswegen, weil ich den Übergang organisiert habe.«

Als sie Balaguer verließen, war Vargas Llosa begeistert von dem Material, das er für seinen Dokumentarfilm bekommen hatte. Er sagte zu José Israel Cuello:

»Eines Tages schreibe ich vielleicht einen Roman über Trujillo.«

»Und einen anderen über Balaguer«, sagte Cuello.

»Nein«, antwortete Mario ihm. »Den schreibst du.«

Susana Diez Canseco begleitete Vargas Llosa nicht auf seinen fieberhaften Reisen kreuz und quer durch die Dominikanische Republik. Sie zog es vor, im Hotel Jaragua am Pool zu liegen und zu lesen. Trotz ihrer Jugend war sie eine unersättliche Leserin mit ungezügeltem Appetit auf große Romane. *Der Hauptmann und sein Frauenbataillon* hatte ihr selbstverständlich gefallen, und sie hatte viel gelacht auf dem Schiff, als sie Vargas Llosa kennenlernte, doch am meisten bewegt hatte sie der Roman *Gespräch in der »Kathedrale«*; diese schaurigen Geschichten, die der alte Chauffeur und Leibwächter Ambrosio dem jungen Zavala in einer Bar mit dem Namen *Die Kathedrale* erzählt. Am Pool des Hotels Jaragua dachte Susana manchmal:

»Mario liebt mich zwar; aber vor allem liebt er seine Bestimmung, Schriftsteller zu sein. Das steht für ihn an erster Stelle.«

Susana hatte schnell begriffen, dass Vargas Llosa sie nur lieben konnte, wenn er sein tägliches Arbeitspensum, seine künstlerische Selbstmordmission, seinen schriftstellerischen Kamikazeflug zufriedenstellend beendet hatte. Vargas Llosa war in diesen Wochen geblendet von der Landschaft der Insel Hispaniola, voller Staunen über die ausufernden Geschichten, die ihm erzählt wurden, sehr angetan von der Sprache der einfachen Leute. Er schrieb jetzt nicht mehr von acht Uhr morgens bis zwei Uhr nachmittags, da er ja den Film drehen und die Interviews aufnehmen musste. Aber wenn er zu eigenen Beobachtungen allein auf der Insel unterwegs war, machte er sich Notizen zu einem Roman, den er eines Tages vielleicht schreiben würde: den großen Roman über Trujillo, über die letzten Jahre des Diktators, wie Cuello und die Tolentinos es ihm immer wieder vorschlugen. Er blieb vier Wochen in der Dominikanischen Republik, dann informierte er seine Reisebegleiter und Gastgeber, dass die Arbeit beendet war. Jetzt war es an ihnen, sie zu bearbeiten, mit Musik zu unterlegen und zum Leben zu erwecken. Natürlich entlohnte Vargas Llosa sie großzügig, Carmen Balcells war bereits Anweisung erteilt worden.

Am Vorabend ihrer Abreise von Santo Domingo nach Madrid – Vargas Llosa hatte beschlossen, eine Weile in Barcelona zu bleiben, obwohl seine Freundin lieber in New York gewesen wäre – ging Mario kurz zum Swimmingpool hinunter, wo Susana ihn im Bikini und mit großem Strohhut erwartete. Sie war eine traumhafte, göttliche Schönheit, von der ihr Freund, der berühmte Schriftsteller, immer noch geblendet war. Er liebte sie jede Nacht, ausgenommen die Zeiten, in denen er unterwegs war und Interviews und Filme aufnahm. Doch dies waren stets nur kurze Reisen von zwei, drei Tagen, dann kam er zurück ins Jaragua, um bei dem schrecklichen, dem bösen Mädchen Susana Diez Canseco zu sein. Im Schatten am Pool trank Susana Tomatensaft mit Wodka und Mario einen Milkshake, als Susana auf eine Frau deutete, die ganz in Weiß gekleidet war und sich am Rand des Pools in Richtung Bar bewegte.

»Weißt du, wer das ist?«, fragte sie Vargas Llosa.

Mario schaute hin und antwortete:

»Nein, ich weiß nicht, wer das ist. Ich habe nicht die geringste Ahnung.«

»Das ist Isabel Preysler«, sagte Susana. »Sie ist Philippinin, die Frau von Julio Iglesias.«

»Und wer, bitte, ist Julio Iglesias?«

»Was, du kennst Julio Iglesias nicht, Mario?«, lachte Susana. »Der Sänger, der Frauenheld, der große Verführer!«

»Klar, natürlich«, entgegnete Vargas Llosa sarkastisch. »Ich bin nur nicht so musikalisch wie García Márquez. Und ich lese keine Illustrierten, Susanita.«

Als sie mit einem Getränk in der Hand von der Bar zurückkam, warf ihnen Isabel Preysler von fern einen Blick zu, als ob sie Vargas Llosa erkannt hätte. Doch in ihrer eleganten, vornehmen Art war dies nur ein kurzer Blick aus den Augenwinkeln, dann schwebte sie, einer übernatürlichen Erscheinung gleich, dem Aufzug entgegen. Sie wohnte mit ihrem Mann, Julio Iglesias, der an diesem Abend in Santo Domingo ein Konzert gab, im Hotel Jaragua, dem besten der Stadt, zusammen mit ihren Kindern Isabel und Julio José; ihr Sohn Enrique würde erst im nächsten Jahr zur Welt kommen.

»Sie ist sehr schön«, sagte Vargas Llosa. Er wusste da noch nicht, dass er zwölf Jahre später, in San Luis, Missouri, Isabel Preysler persönlich kennenlernen würde, wo diese ihn für die Zeitschrift *Hola* interviewte – eine Publikation, von der Mario sich brüstete, sie nicht einmal im Wartezimmer seines Zahnarztes zu lesen.

An der Hochzeit von Mario Vargas Llosa, neunundzwanzig Jahre alt, und seiner Cousine Patricia Llosa, noch keine neunzehn, nahmen in der kleinen Kirche von Miraflores nur knapp ein Dutzend Personen teil: Vargas Llosas Mutter Dorita, klein, schüchtern, doch bereit, für das Glück ihres Sohnes einen Krieg vom Zaun zu brechen; Patricias Eltern, Luis Llosa und Olga Urquidi, er groß und ernst, elegant und resigniert, stolz und gebrochen, großer Fürsprecher seines Neffen und jetzigen Schwiegersohns, der für ihn ein künstlerisches Genie war und an dessen Zukunft er unverbrüchlich glaubte, und Olga, die Mutter, die dem Brautpaar zwar zu Füßen lag, jetzt jedoch ein wenig angeschlagen wirkte, als könne sie einfach nicht glauben, was da gerade passierte, dass ihr Neffe Mario, offenbar ein diskreter Don Juan, die Stirn besaß, zuerst ihre Schwester, seine Tante Julia Urquidi, und jetzt ihre jüngste Tochter Patricia zu heiraten, die ein weißes Brautkleid und hochtoupierte Haare trug. In einer Bankreihe der ansonsten menschenleeren Kirche standen die treuesten, jedoch agnostischen oder atheistischen Freunde des Paares, die weder niederknien noch mit dem Priester beten wollten. Das waren

Javier Silva Ruete, so alt wie der Bräutigam und schon Agrarminister in der Regierung Belaunde. Bereits zehn Jahre zuvor hatte er in dem Dörfchen Chincha, südlich von Lima, vor einem Priester, der eigentlich Fischer war, bei Marios Hochzeit mit dessen Tante Julia als Trauzeuge fungiert. Der Schriftsteller Luis Loayza, vom Bräutigam »Der Borgianer von Petit Thouars« genannt, war ein alter Freund des Brautpaars, ein Jahr älter als Mario, mit dem er in Madrid und Paris die Abenteuer der Jugend erlebt hatte, der in Paris dann die Französin Rachel geheiratet hatte, mit Vargas Llosa als einzigem Trauzeugen. Hier nun fungierten die beiden, Rachel und Luis, als Trauzeugen bei der zweiten Hochzeit des »tapferen kleinen Sartre«. Ebenfalls zugegen war der Schriftsteller Abelardo Oquendo, alias »der Delfin«, unzertrennlicher Freund von Vargas Llosa und Loayza, sechs Jahre älter als der Bräutigam, Literaturkritiker und Universitätsprofessor, begleitet von seiner Gemahlin Carmen Heraud. Der Schriftsteller Sebastián Salazar Bondy, einundvierzig Jahre alt, das pomadisierte Haar straff zurückgekämmt, lange spitze Nase, trauriger, todtrauriger Blick. Er hatte ein Jahr zuvor das Buch *Lima, die Furchtbare* veröffentlicht und starb wenige Wochen nach der Hochzeit seines peruanischen Freundes, zu der ihn seine Lebensgefährtin, Irma Lostaunau, begleitete. Der Schriftsteller, Universitätsprofessor und Ex-Kanzler Raúl Porras Barrenechea, ein kluger lebhafter Mann mit außergewöhnlichem Gedächtnis, der dem Bräutigam das Madrid-Stipendium besorgt hatte und das literarische Talent seines Schülers und Schützlings als eine Naturgewalt betrachtete, wie sie höchstens alle zwei oder drei Jahrhunderte zum Vorschein kam. Außerdem anwesend war Patricias kleiner Bruder Luis, »Lucho« Llosa, knapp vierzehn, ein hübscher, aufgeweckter Junge und großer Bewunderer Marios, dessen Roman *Die Stadt und die Hunde* er staunend, leidend und voller Zorn gelesen hatte. Er litt immer noch unter dem Tod seiner großen Schwester Wanda, die drei Jahre zuvor bei einem Flugzeugunglück ums Leben gekommen war. Die peruanische Zeitschrift *Caretas* schrieb zwei Wochen nach der Hochzeit:

»Die kürzliche Heirat Mario Vargas Llosas fand ganz im familiären Rahmen statt: Er heiratete seine Cousine Patricia Llosa. Nur sechs geladene Gäste waren anwesend.«

Die Mutter des Bräutigams, Dorita Llosa, war guter Dinge, zufrieden, erleichtert. Sie liebte ihren einzigen Sohn so sehr, dass sie ihm alles verzieh; sogar, dass er alle gesellschaftlichen Konventionen missachtend und hart am Inzest vorbei seine Cousine geheiratet hatte. Außerdem mochte sie Tante Julia nicht. Als sie erfuhr, dass Julia, elf Jahre älter als Mario, diesen heimlich geheiratet hatte, sagte sie voller Wut auf Julia zu Mario:

»Mein lieber Kleiner, was hat dir diese unverschämte geschiedene Alte bloß angetan?«

Jetzt, nach den literarischen Erfolgen ihres Sohnes in Spanien, wo er einen Preis für seinen Band mit Erzählungen und einen anderen für seinen ersten Roman bekommen hatte, war sie stolz auf seine Entschlossenheit und Kühnheit und dachte:

Mein liebes Kind ist ein Künstler, und Künstler machen seltsame Dinge, wie zuerst die Tante und dann die Cousine heiraten. Wenigstens ist er kein schwules Jüngelchen geworden, wie sein Vater immer gesagt hat. Er ist schon ein richtiger Mann, mein Marito, und weiß genau, was er will, kämpft für das, was er will, arbeitet hart, fällt immer auf die Füße, erreicht etwas. Nicht wie mein Mann Ernesto, der alles anfängt und nichts zu Ende bringt, immer nur jammert und schimpft.

Ernesto Vargas war nicht zur Hochzeit eingeladen und hielt sich vermutlich in Los Angeles auf, wieder einmal wütend auf seinen Sohn und beschämt über ihn. Er hatte sich von Dorita getrennt und in Los Angeles eine Deutsche kennengelernt, mit der er zwei Kinder hatte. Tante Julia hingegen war von Mario und Patricia zwar eingeladen worden, aber nicht gekommen, weil sie immer noch darunter litt, dass Mario sie im Jahr zuvor so plötzlich verlassen und sich seiner heißblütigen stupsnasigen Cousine zugewandt hatte. Sie war nicht zur Hochzeit erschienen, weil sie fürchtete, ohnmächtig zu werden, in Tränen auszubrechen und eine Eifersuchtsszene heraufzubeschwören, denn tief im Innern, im Grunde ihres Herzens, liebte sie Mario immer noch, und mehr als ihm zürnte sie Patricia, beschuldigte sie, mit ihren fünfzehn Jahren Vargas Llosa in Paris auf perverse Art verführt zu haben, während er immer noch mit ihr, Julia, verheiratet war.

Gut, dass Neffe Mario keine Kinder mit meiner Schwester Julia gehabt hat, dachte Olga Urquidi, die Brautmutter, als sie Mario und Patricia so verliebt vor dem Altar stehen und sich schon auf die Hochzeitsreise nach Arequipa freuen sah, der Stadt, in der Mario geboren war. Später würden sie nach Paris reisen und sich dort eine Wohnung nehmen.

Gut, dass Julia ihr Kind verloren hat, als sie schwanger war. Aber würden Patricia und Mario Kinder haben? Und wenn sie welche bekommen, Cousin und Cousine, die sie sind, werden es normale, gesunde Kinder werden? Oder werden sie beschränkt, zurückgeblieben, schwachsinnig sein? Davor fürchte ich mich. Dabei war Mario als Kind in Cochabamba und in Piura so zart, so schüchtern. Und jetzt ist mein Neffe zu einem wahren Don Juan Tenorio und Porfirio Rubirosa geworden, lässt die beiden als Liebling der Frauen noch weit hinter sich, der große Galan, kein Wunder, dass meine Patricia, meine Patita, für ihn sterben würde. Lieber Gott, ich flehe dich an, lass ihre Kinder, wenn sie welche bekommen, nicht schwachsinnig sein, und lass Mario sich nicht in noch eine Frau aus unserer Familie verlieben.

Zu Beginn dieses Jahres, kurz vor seinem neunundzwanzigsten Geburtstag, hatte Vargas Llosa zwei Monate in Havanna verbracht, allein, ohne Patricia, die sich auf die Hochzeit vorbereitete. Er war als Juror für den Literaturpreis Casa de las Américas in die kubanische Hauptstadt eingeladen worden. Als noch junger, aber schon berühmter Autor war er im vornehmen Viertel Cubanacán in einem Gästehaus der Regierung untergebracht, das einem reichen Unternehmer gehört hatte, der nach Fidel Castros Machtübernahme und der Flucht des Tyrannen Batista das Land verlassen hatte. Es verfügte über einen Pool, einen Garten und allen erdenklichen Luxus, mit Hausdiener und Köchin. Im Gegenzug erwartete man, dass der berühmte Autor von *Die Stadt und die Hunde* die kubanische Revolution unterstützte, was dieser auch tat. Im Februar jenes Jahres gab er der Tageszeitung *Revolución* ein Interview, in dem er sagte:

»Zum ersten Mal war ich hier vor vier Jahren während der Raketenkrise. Nach diesem Besuch fühlte ich mich mit der Revolution solidarisch, fühlte mich ihr verpflichtet. Jeder Lateinamerikaner weiß, dass die kubanische Revolution für unsere Länder einen Neubeginn bedeutet. Ich bewundere die gewaltigen Sprünge, die die Revolution auf den Gebieten der Bildung und der Kunst vollbracht hat. In der Kulturpolitik Kubas wurden nicht dieselben Fehler gemacht wie in anderen sozialistischen Ländern. Kuba ist ein Vorbild.«

Während dieses Besuchs in Havanna empfing Vargas Llosa im Gästehaus der Regierung eine schöne Frau, die man ihm geschickt hatte, um seiner Eitelkeit als großer Verführer zu schmeicheln. Doch Jorge Edwards, der chilenische Schriftsteller, Freund und Vertraute Vargas Llosas, der als Diplomat in Havanna lebe, warnte ihn:

»Fidel wird dir Frauen schicken. Schöne Frauen. Lass dir nicht einfallen, sie flachzulegen, Mario. Wenn du das tust, wird es gefilmt. In allen Gästehäusern hat Fidel verborgene Kameras installieren lassen, die die sexuellen Eskapaden der Gäste aufzeichnen.«

Deswegen beschied Vargas Llosa der unerwarteten Besucherin:

»Vielen Dank für deinen Besuch; aber ich bin beschäftigt. Außerdem heirate ich in ein paar Wochen. Ich bitte dich also, wieder zu gehen.«

War García Márquez, Jahre später, bei seinen Besuchen in Havanna genauso vernünftig wie Vargas Llosa und verzichtete darauf, in den Gästehäusern mit den ihm von Fidel geschickten Frauen zu schlafen? Oder besaß der kubanische Diktator Videoaufnahmen von dem Luxusnutten vögelnden kolumbianischen Autor? Nach dem Fall Padilla, als Mario mit Fidel Castro brach und García Márquez immer noch fest zu ihm hielt, fragte Edwards Vargas Llosa:

»Kann es sein, dass García Márquez nicht mit Fidel brechen kann, weil er weiß, dass es Videoaufnahmen von ihm mit kubanischen Nutten gibt?«

In dem Interview, das er der kubanischen Tageszeitung *Revolución* kurz vor seiner Hochzeit gab, sagte Vargas Llosa, der zu der Zeit noch nicht wusste, dass er seine Meinung schon bald ändern sollte:

»Sartre ist einer der von mir am meisten bewunderten Autoren. Camus regt mich auf, er ist ein alter Autor, seine Philosophie ist überholt.«

In der schlichten Kirche in Miraflores stand hoch aufgerichtet Lucho Llosa Ureta und betrachtete mit finsterer Miene, gerunzelter Stirn und von Nebeln verschleiertem Blick seine Tochter Patricia, die im Begriff stand, seinen Lieblingsneffen Marito zu heiraten.

In wenigen Wochen werde ich fünfzig Jahre alt, und schon jetzt fühle ich mich, als wäre ich neunzig, dachte er. Ich bin fertig, geschafft, völlig am Ende. Es hat zu viele Verluste, zu viele Skandale in dieser Familie gegeben. Vor drei Jahren erst ist Wandita von uns gegangen, als sie von Paris kam, um in Lima zu heiraten. Gerade achtzehn Jahre alt! Und jetzt verliebt sich Patricia in Marito und heiratet ihn! Wenn das mein Vater, Don Pedro, erführe, bekäme er einen Herzinfarkt genau wie meine Mutter vor einigen Jahren. Gut, dass Maritos und Patitas Großmutter das alles nicht mehr erleben musste, und auch das mit Wanda nicht mehr. Jetzt sind sie sicher alle zusammen im Himmel und lachen sich tot, wenn sie Mario und Patita, die sich Atheisten nennen, sich hier vor dem Priester ewige Treue schwören hören. Welch ein Witz! Das Leben ist eine Komödie, verdammt, und der liebe Gott ist ein Clown. Was wird meine Schwägerin Julia, in Cochabamba, von alldem denken? Sie muss vor Eifersucht doch wahnsinnig werden. Dieser Mario traut sich wirklich was. Respekt. Wir alle haben ja in Gedanken an die Tante masturbiert, das war in diesem Alter ganz normal, wir waren wie brünstige Esel im Frühjahr; aber nur Mario hat diese Fantasien Wirklichkeit werden lassen und die Tante geheiratet. Und danach die Cousine. Dieser brünstige Hengst – zum Teufel mit allen!

In diesem Augenblick kam jemand in die Kirche gestürmt und schrie:

»Diese Ehe ist ungültig! Aufhören, sofort! Alle raus hier, oder ich verpasse euch eine Kugel!«

Es war Ernesto Vargas, der Vater des Bräutigams, der mit finsterer Miene und geballter Faust durchs Leben ging. Heimlich, ohne die Familie zu informieren, war er von Los Angeles nach Lima geflogen, als er erfahren hatte, dass sein ältester Sohn, von Tante Julia geschieden, jetzt seine Cousine Patricia heiraten wollte. Ernesto Vargas hatte daraufhin einen seiner berüchtigten Wutanfälle bekommen und seinen Sohn Mario verflucht, der in seinen Augen ein Satyr war, ein verdorbenes, verkommenes Subjekt, das die eigene Familie korrumpierte und zum zweiten Mal Inzest beging. Darum war er mit der Pistole in der Hand in die Kirche gestürmt, fest entschlossen, die Hochzeit zu verhindern, bereit, Blut zu vergießen.

»Alle auf den Boden!«, schrie er. Doch seine Stimme hatte keine Autorität, war hoch und schrill wie die einer aufgeregten alten Dame. »Alle auf den Boden, oder es fließt Blut!«

Von den sechs Gästen blieb nur einer stehen: Javier Silva Ruete, der Agrarminister. Er wusste, dass Ernesto Vargas ein Wichtigtuer und Sprücheklopfer war.

Der drückt nie im Leben ab, dachte er.

Raúl Porras jedoch verkroch sich sogleich hinter die Bank, und alle anderen folgten seinem Beispiel.

»Ernesto, was machst du denn? Leg die Pistole weg!«, rief Dorita.

Weder Vargas Llosa noch Patricia noch deren Eltern ließen sich vom Geschrei des alten Ernesto einschüchtern. Sie blieben auch noch stehen, als der Priester hinter dem Altar in die Hocke ging.

»Sie können die beiden nicht verheiraten, mein Herr!«, rief Ernesto dem Priester zu, der ihn entsetzt anstarrte. »Sie sind Cousin und Cousine! Diese Heirat ist Ketzerei, eine Blasphemie! Die katholische Kirche verbietet die Heirat zwischen Cousin und Cousine!«

Beschämt betrachtete Mario seinen Vater, und sein Blick war voller Hass – einem uralten Hass, der aus seinen Kindertagen herrührte und bis in alle Zeit anhalten würde.

»Alle raus hier, verdammt noch mal!«, schrie Ernesto und schoss zwei Mal an die Decke, von der ein feiner weißer Staubregen herabrieselte. »Diese Hochzeit wird rückgängig gemacht! Sie ist eine Respektlosigkeit gegen Gott!«

Mein armer Ernesto macht sich wie immer zum Gespött der Leute, dachte Dorita.

»Er wird Mario umbringen«, sagte Patricia erschrocken.

»Der Blödmann von Ernesto macht seinem Sohn wieder mal das Leben schwer«, knurrte Lucho Llosa, der Brautvater, wütend.

Mario hatte sich umgedreht und schritt entschlossen auf seinen Vater zu, entwand ihm mit einem schnellen Griff die Pistole, packte ihn mit der anderen Hand am Kragen und sagte bestimmt und ohne die Stimme zu heben:

»Wenn du nicht sofort verschwindest, blase ich dir das Hirn weg.«

Bleich, gedemütigt, unfähig, den Mut seines Sohnes zu übertreffen, stolperte Ernesto Vargas wie ein alter Papagei aus der Kirche und ward nicht mehr gesehen.

Mario übergab die Pistole seinem Schwiegervater Lucho und rief:

»Ich bitte tausend Mal um Entschuldigung. Machen wir weiter, bitte!«

Der Priester war sich jedoch nicht sicher, ob er sein Versteck hinter dem Altar verlassen sollte, und musste erst einen großen Schluck Messwein trinken, bevor er sich ein Herz fasste.

Ob die beiden wirklich Cousin und Cousine sind?, fragte er sich, ohne überhaupt daran zu denken, die Frage laut zu stellen.

Noch mehr als dem Priester war dem Schriftsteller Salazar Bondy der Schreck in die Glieder gefahren. Er hatte Vargas Llosa in der Sankt-Markus-Universität kennengelernt, wo er Literatur unterrichtete. Mario hatte ihm erzählt, er habe sein ganzes Werk gelesen, und er bat ihn sogar um ein Autogramm. Als er Vargas Llosas Erzählungen und später dessen ersten Roman las, begriff Salazar Bondy, dass es der Junge, der ihn um ein Autogramm gebeten hatte, weit – sehr weit – bringen würde. Darum war er auch zu Marios und Patricias Hochzeit gekommen. Mit Anzug und Krawatte, das Haar mit Pomade straff zurückgekämmt, mit der Adlernase und dem schwermütigen Blick des trotz seines unleugbaren Talents kaum bekannten Schriftstellers. Nur wenige Wochen später starb er, erst einundvierzig Jahre alt, in der Redaktion der Zeitschrift *Oiga* an einem Herzinfarkt. Die Zeitschrift gehörte dem Journalisten Francisco Igartua, und Salazar Bondy schrieb gerade an einer literarischen Rezension, als er über seiner Schreibmaschine zusammenbrach. Der letzte Satz dort lautete:

»Wie schön wäre das Leben mit leiser Hintergrundmusik.«

Als er von Salazar Bondys Tod erfuhr, schrieb Vargas Llosa:

»Seinen Tod empfinde ich als Beleidigung, als eine Verstümmelung. Lima wird jetzt hässlicher, deprimierender, ungebildeter sein.«

Zu der Zeit befanden sich Mario und Patricia nach ihrer Hochzeitsreise nach Arequipa bereits wieder in Paris. Im selben Monat, in dem Salazar Bondy in Lima starb, wurde Patricia in Paris schwanger mit einem Kind, das den Namen Álvaro Augusto Vargas Llosa tragen würde – Sohn von Mario Vargas Llosa und Patricia Llosa. Er sollte in Paris zur Welt kommen; doch wie das Schicksal so spielt, wurde er in Lima geboren, der Stadt, die nach Salazar Bondys Tod noch hässlicher geworden war.

Während Vargas Llosa sich mit seiner Freundin Susana in Madrid befand, wo er im Hotel Wellington, dem Hotel der Toreros, wohnte und seine Agentin Carmen Balcells ausdrücklich gebeten hatte, Patricia Llosa nichts von seinem Aufenthalt und seinen Plänen zu verraten, hatte diese sich mit ihren Söhnen und der kleinen Tochter in dem Haus in Barranco eingerichtet. Mutter Olga und Vater Lucho halfen ihr, so gut sie konnten. Beide waren zutiefst empört über das, was Mario ihrer Tochter angetan hatte: sie mit den Kindern in Lima allein gelassen und dem Tratsch der Stadt ausgesetzt, während er sich selbst mit einem jungen Mädchen davongemacht hatte, das er auf dem Schiff kennengelernt hatte. Patricia rächte sich jetzt jeden Tag, indem sie die wertvollsten Bücher ihres Mannes zerriss und ins Kaminfeuer warf. Bücher mit den Widmungen von Borges und Cortázar, Fuentes und Monterroso, Cela und Umbral, García Márquez und Mutis, Ribeyro und Bryce Echenique; Bücher, die er als seinen größten Schatz ansah. Patricia Llosa wusste nicht, dass genau zehn Jahre zuvor, als Vargas Llosa in Paris seine Frau Julia – die auch seine Tante war – verließ, nachdem er ihr einen Brief geschrieben und darin mitgeteilt hatte, dass er sich in ihre Nichte Patricia verliebt hatte, Julia in ihrer Verbitterung ähnliche Rache genommen hatte. Damals packte sie Vargas Llosas Lieblingsbücher in einen großen Koffer und fuhr frühmorgens mit dem Taxi auf eine Seinebrücke, von der sie weinend und ihren Mann verfluchend eines nach dem anderen in den Fluss warf. Das war ihre Rache.

Wenn Mario doch noch einmal nach Hause kommt, um seine Kinder zu sehen, dachte Patricia, die ihren Zorn wie einen empfindlichen Bonsai pflegte, wird er staunen, wenn seine Bibliothek nicht mehr existiert. Sein Gesicht möchte ich dann sehen.

In Lima herrschte eine Atmosphäre steter politischer Anspannung und systematischer Beschneidung der wenigen Freiheiten, die es noch gab, seit der linke General Velasco Alvarado sechs Jahre zuvor durch einen Putsch an die Macht gekommen war, den ehrenwerten Präsidenten Belaunde ins Exil geschickt und die Demokratie zerstört hatte. Kurz nachdem Mario und Susana mit dem Schiff in Lima angekommen waren, und genau an dem Tag, als sie das Flugzeug nach Los Angeles bestiegen, hatte der Diktator Velasco verkündet, dass die peruanische Revolution – wie seine Stiefellecker das Regime nannten – die wichtigsten Zeitungen des Landes konfiszieren würde: *El Comercio, La Prensa, Correo, Ojo* und *Última Hora* sowie die Zeitschriften *Oiga* und *Caretas*. Vargas Llosa, der General Velascos Putsch unterstützt und seine Angriffe auf Privatbesitz, wie die Agrarreform, die die Großgrundbesitzer von ihren Haziendas vertrieb, gutgeheißen hatte, applaudierte seinem Freund, dem General, diesmal nicht. Und dennoch: Trotz dieses

Schlages gegen die Pressefreiheit, der untertänige Journalisten und willfährige Schreiberlinge in die Redaktionen der Zeitungen und Zeitschriften spülte, bekannte sich Mario weiterhin dazu, Parteigänger dieser Tyrannei zu sein.

»Es stimmt nicht, dass ich ein Feind der peruanischen Revolution bin«, schrieb Vargas Llosa Monate nach der Enteignung der unabhängigen Medien. »Ich identifiziere mich voll und ganz mit ihren Reformen und solidarisiere mich mit diesen ohne Vorbehalt.«

Zuvor hatte er jedoch erklärt:

»Es ist beklagenswert, dass die Revolution, die bei ihren wirtschaftlichen und sozialen Reformen kühn und einfallsreich gewesen ist und eigene Lösungen für unsere Probleme gefunden hat, nicht dazu imstande ist, abweichende Meinungen und Kritik zuzulassen.«

Außerdem forderte Vargas Llosa die freie Verbreitung von Presseerzeugnissen:

»Aber nicht zugunsten der enteigneten Besitzer, sondern zugunsten der Revolution.«

Zwar distanzierte sich Vargas Llosa letztlich von dem Angriff auf Presse- und Meinungsfreiheit, erneuerte jedoch sein Bekenntnis zur linken Diktatur, die für ihn immer noch eine Revolution war.

»Ebenso klar, wie ich mein Einstehen für die Agrarreform, die antiimperialistische Politik und das Gemeineigentumsgesetz sowie alle fortschrittlichen Maßnahmen der Regierung formuliert habe, möchte ich hier meine vollkommene Ablehnung des zunehmenden Autoritarismus bekunden, den wir hinsichtlich der Meinungsfreiheit erleben.«

Damit forderte er nicht die Rückkehr zur Demokratie, sondern im Eigeninteresse der sogenannten Revolution eine freie Presse, die die »unvermeidlichen Exzesse eines jeden revolutionären Prozesses« verurteilte.

»Ende nächsten Jahres wird Mario mit seiner kleinen Freundin brechen, dich um Verzeihung bitten und zu dir zurückkommen«, sagte Rosa Chang, die angesehenste Wahrsagerin Limas, zu Patricia Llosa, als diese sie nach ihrer Zukunft befragte. »Aber es wird nicht Mario sein, der seine Freundin verlässt, sondern sie wird sich von ihm trennen, weil sie genug von ihm hat, denn dein Mario ist ein unverbesserlicher schwanzfixierter Sexprotz«, fuhr Rosita fort, während Patricia sie ungläubig anschaute. »Du wirst sehen, Mario wird mit eingekniffenem Schwanz zu dir zurückgekrochen kommen.«

»Und ich werde ihm verzeihen?«

»Ja«, antwortete Rosita ohne zu zögern. »Du wirst ihm verzeihen, und ihr werdet wieder glücklich miteinander.«

»Und wird er mich weiterhin betrügen?«

Rosa Chang stieß einen tiefen Seufzer aus, ordnete die Tarotkarten neu, schloss die Augen und schien in die Zukunft zu entschwinden. Dann sagte sie:

»Ja, dein Mario wird sich nicht ändern, Kindchen. Hin und wieder wird er dich betrügen; aber das wird dich nicht mehr so verletzen. Jedenfalls wird er dich nicht verlassen und noch viele Jahre mit dir zusammen sein.«

Patricia wusste nicht, dass ihr Mann im Hotel Wellington, in Madrid, von seiner Agentin Balcells die Bestätigung bekommen hatte, dass Paramount damit einverstanden war, dass er das Drehbuch zu *Der Haupt-*

mann und sein Frauenbataillon schrieb und dass der Film genauso heißen sollte wie der Roman. Außerdem war man bei der Paramount begeistert von der Aussicht, dass der Autor eine Rolle im Film übernehmen würde. Patricia wusste nicht, dass Mario in Madrid mit dem Drehbuch gut vorankam, weil er von einer Idee besessen war, die ihn in fiebernde Fantasien trieb. Die Rolle der »Brasilianerin« sollte von der peruanischen Schauspielerin Camucha Negrete gespielt werden. Sie war dreißig Jahre alt, und Mario fand sie umwerfend attraktiv. Patricia wusste nicht, dass Mario – mit Susana in Madrid – schon davon träumte, fantasierte und fluchend herbeisehnte, Camucha Negrete während der Dreharbeiten flachlegen zu können. Darum wollte er auch nicht, dass der Film in Peru gedreht wurde. Zudem fürchtete er, dass der Film, in dem die Militärs als notgeile Trottel dargestellt wurden, beim General nicht gut ankommen würde.

Eines Tages nahm Patricia Llosa ihre beiden sich schon früh für die Literatur und den Fußball interessierenden Söhne Álvaro und Gonzalo – die Kleine ließ sie in der Obhut ihrer Mutter Olga in dem Haus in Barranco – mit zu einem Besuch bei Clementina Bryce Echenique, der älteren Schwester des Schriftstellers Alfredo Bryce Echenique, verheiratet mit dem Journalisten Francisco Igartua, dem Verleger der Zeitschrift *Oiga*. Wenige Wochen nachdem seine Zeitschrift eingezogen worden war, hatte man ihn nach Mexiko ausgewiesen, wo er zwei Jahre später bei einer Privatvorführung in einem Kino Zeuge des Fausthiebs wurde, mit dem Vargas Llosa García Márquez auf die Bretter schickte. Clementina, seine Frau, war in Lima geblieben, weil sie das Ende des Schuljahres ihrer Kinder Maite und Esteban abwarten wollte, um dann mit ihnen nach Mexiko nachzukommen. Zugleich konnte sie so noch einige Monate auf die Hunde und Katzen aufpassen, die sie und ihr Mann in ihrem Haus mit einem großen Garten voller Geranien, Bougainvilleen und Eukalyptusbäumen am Stadtrand von Lima bewohnten. Die Hunde waren ein Dobermann, ein Rottweiler und eine weiße argentinische Dogge, denn Igartua fürchtete sich vor den Schlägern der Diktatur und fühlte sich mit den zum Beißen von Eindringlingen abgerichteten Hunden sicherer. Katzen gab es vier, den des Landes verwiesenen Igartua nicht mitgerechnet, der mit seinem Poncho und Hut manchmal wie ein dicker Kater aussah. Als Patricia mit ihren beiden Söhnen bei Clementina klingelte, öffnete ihnen zu ihrer Überraschung Alfredo Bryce Echenique, der sie lächelnd begrüßte und schon um drei Uhr nachmittags betrunken war. Er kippte einen Wodka nach dem anderen, rauchte eine Zigarette nach der anderen, riss Witze, erzählte Anekdoten, giftigen Tratsch und humorvolle kleine Geschichten auf so drollige Art, dass Clementina und Patricia sich vor Lachen bogen. Die Jungen, Álvaro und Gonzalo, spielten unterdessen mit Maite und Esteban.

Esteban Igartua Bryce schlich, von den Älteren unbemerkt, in das Schlafzimmer seiner Eltern, zog unter dem Bett eine Illustrierte hervor, steckte sie ein und schlich in das Zimmer zurück, in dem sich seine Schwester und die Vargas-Llosa-Kinder befanden. Unter Vorkehrungen, damit seine Mutter und Onkel Alfredo nicht aufmerksam wurden, ließ er sie durch die Zeitschrift blättern. Vorsicht zu wahren war kein Kunststück, da Mutter und

Onkel schon recht angeheitert waren, nicht jedoch Patricia, die tagsüber keinen Alkohol trank. In der Illustrierten waren nackte Männer zu sehen, die ihre großen steifen Schwänze zeigten. Den Vargas-Llosa-Kindern, die noch nie Bilder von nackten Männern gesehen hatten, verschlug es die Sprache. Erhitzt, mit gerötetem Gesicht, plötzlich von frühreifer Lüsternheit überwältigt, knöpfte Álvaro, der von allen Alvarito gerufen wurde und den García Márquez »den Großen Englischen Kavalier« nannte, seine kurze Hose auf, zog sich die Unterhose herunter und sagte zu Maite:

»Sieh dir mal meinen steifen Pimmel an.«

Es hieß, Álvaro hätte in Lima mit einer ansehnlichen Erektion das Licht der Welt erblickt, was als Zeichen für Glück und Wohlergehen gedeutet wurde. Maite zuckte zurück, während Esteban und Gonzalo in schallendes Gelächter ausbrachen.

»Na, wie gefällt dir mein steifer Pimmel?«, fragte Álvaro.

Da ließ Maite einen gellenden Schrei hören, gefolgt von Gelächter und wogenden Leibern, da der feurige Álvaro sich auf sie geworfen hatte, als ob er sie flachlegen wollte; so ein frühreifer Halunke war der älteste Vargas Llosa. Die weiße argentinische Dogge indes glaubte Maite wohl in großer Gefahr, kam herangestürmt und biss Álvaro brutal zwischen die Beine und traf zielgenau sein männliches Gehänge …

»Nein! Nicht meinen Pimmel!«, schrie Álvaro entsetzt und wälzte sich vor Schmerzen.

Aber zu spät. Die argentinische Dogge hatte ihm einen Hoden abgebissen, er wälzte sich zwischen den

Beinen blutend am Boden, die Erwachsenen kamen herbeigerannt und betrachteten die Szene voller Entsetzen.

»Was hat man dir nur angetan, mein Lieber!«, rief Patricia, fiel auf die Knie und umarmte ihren Sohn, während die anderen Kinder weinten und alle Hunde erregt und wütend bellten.

»Sucht das Ei!«, schrie Alfredo Bryce. »Wir müssen Alvaritos Ei finden!«

Dann folgte der Schriftsteller den Spuren der argentinischen Dogge und versuchte, den herausgerissenen, den durch einen brutalen Biss amputierten Hoden des Jungen zu finden.

»Unmöglich, Onkel«, sagte Maite. »Der Hund hat Alvaritos Ei schon gefressen.«

Doch während Patricia und Clementina dem Jungen die Hosen hochzogen und ihn davontrugen, um ihn vom Notarzt in die nächste Klinik bringen zu lassen, stieß Alfredo Bryce mit einem Mal einen Jubelschrei aus, als hätte er nach langen Monaten auf hoher See endlich Land gesichtet:

»Das Ei! Das Ei! Ich habe Alvaritos Ei gefunden!«

Er kniete sich hin, nahm den blutenden Hoden in die Hand und lief damit stolz zu Patricia und Clementina.

»Schnell in die Klinik, damit das Ei wieder angenäht wird!«

Alle fuhren in die Klinik, nur Esteban und Maite blieben zurück. Esteban versteckte das Pornoheft schnell wieder unter dem Bett der Eltern, da er sich die Schuld an dem Unglück gab.

Als die Ärzte in der Klinik erfuhren, dass sie es mit dem ältesten Sohn des Großschriftstellers Mario Vargas

Llosa zu tun hatten, schläferten sie den Jungen mit einer großzügigen Morphindosis ein und konnten den herausgerissenen Hoden nach einer langen komplizierten Operation wieder annähen.

»Mann, wie mich das freut!«, rief Alfredo Bryce Echenique betrunken und trotz allem lachend. »Mein Neffe Álvaro wird gottseidank kein eineiiger Mann.«

»Halt doch den Mund, Alfredo!«, wies ihn seine Schwester Clementina zurecht.

»Nein, im Ernst«, sagte Bryce. »Hitler, Napoleon und Franco, sie alle waren eineiige Männer.«

»Verzeih mir, Remedios!«, schrie García Márquez in einem Albtraum am frühen Morgen. »Wir wollten dich nicht töten!«, rief er, und Mercedes weckte ihn, um ihm weitere Qual zu ersparen. Gabriel fuhr aus dem Schlaf hoch und stellte fest, dass er weinte.

Nachdem sie in London ein paar Monate vergeblich versucht hatten, Englisch zu lernen, kehrten die García Márquez' nach Barcelona zurück, um dort den Jahreswechsel mit ihren Söhnen, mit den Feduchis und mit Carmen Balcells zu feiern und Patricia Llosa zu überreden, die Feiertage mit ihnen zu verbringen. In Paris legten sie einen Zwischenstopp ein, um Tachia Quintanar und deren Ehemann, Charles Rosoff, sowie deren neunjährigen Sohn Juan zu besuchen. Dank des weltweiten Erfolgs von *Hundert Jahre Einsamkeit*, der auch den Verkauf der anderen Bücher von García Márquez befördert hatte, besaßen sie jetzt eine elegante Wohnung in der Rue Bac, Ecke Rue de Montalembert, und zwar nur ein Stockwerk unter der Wohnung von Tachia, Charles und Juanito, dessen Taufpate Gabriel war. Der Junge schlief schon, weil er am nächsten Tag Schule hatte, und so aßen die Quintanars und die García Márquez' zu Abend in einem nahe gelegenen Restaurant, dem La Coupole.

»Möge eurer Liebe ein langes Leben beschieden sein«, brachte Gabriel einen Trinkspruch auf Tachia und Charles aus.

»Auf die Liebe, die niemals stirbt«, ergänzte Mercedes.

Gerührt trank Tachia von ihrem Champagner, plötzlich mit Tränen in den Augen. Sie hatte Charles im Vorjahr geheiratet, und Gabriel, den sie immer nur so nannte, niemals Gabo, war ihr Trauzeuge gewesen. Außerdem war er zu der Zeit bereits der Taufpate ihres Sohnes Juanito.

»Ich kann es immer noch nicht glauben«, sagte Tachia gerührt. »Wer hätte gedacht, dass der Gabriel, den ich hier in Paris kennengelernt habe, der weltbekannte Schriftsteller werden würde, der er jetzt ist. Es ist wie in einer deiner Geschichten, Gabriel. Purer magischer Realismus.«

»Der Kolumbianer, der im Morgengrauen die Mülltonnen der teuren Pariser Restaurants nach Essen durchsuchte und uns jetzt in ebendiesen Restaurants zum Essen einlädt«, ergänzte Charles.

Gabriel und Tachia hatten sich in Paris kennengelernt, als er neunundzwanzig Jahre alt und Korrespondent der kolumbianischen Tageszeitung *El Espectador* war. Sie war zu der Zeit siebenundzwanzig. Tachia hieß eigentlich Concepción und war in Eibar, im Baskenland, geboren. Als Kind wurde sie Conchita gerufen. Als junges Mädchen verliebte sie sich in den Dichter Blas de Otero, der sie Tachia nannte und ihren Nachnamen von

Quintana in Quintanar änderte. Es war eine stürmische Beziehung, da Blas de Otero ein Schürzenjäger und ihr ständig untreu war. Als sie ihn verließ, zog Tachia nach Paris, wo sie als Hilfskraft im Hotel de Flandre Arbeit fand. Dort lernte sie einen mageren, halbverhungerten kolumbianischen Schriftsteller mit dichtem Schnurrbart kennen, der in dem Hotel wohnte und den alle für einen Algerier hielten.

»Nie war ich so arm wie in diesem Jahr in Paris«, sagte García Márquez, der Kaviar als Vorspeise und Ente als Hauptgang bestellt hatte und dazu den besten Champagner des Hauses. »Es gab Tage, da hatte ich nichts zu essen oder tröstete mich mit einer deiner Wassersuppen, weißt du noch, Tachia?«

Tachia nahm damals Schauspielunterricht und träumte von einem Leben als Schauspielerin. Sie lebte in einer winzigen Wohnung, nur wenige Meter vom Jardin de Luxembourg entfernt. Gabriel war arbeitslos geworden, als der Diktator Rojas Pinilla den *Espectador* schloss, deren Herausgeber sich nun um ihren Paris-Korrespondenten sorgten, den kolumbianischen Starreporter, und ihm ein Heimflugticket nach Bogotá schickten. Doch García Márquez ließ sich in einem Akt übermenschlichen Selbstvertrauens das Geld für dieses Flugticket auszahlen und blieb in Paris. Er wollte erst nach Kolumbien zurückkehren, wenn er den Kurzroman *Der Oberst hat niemand, der ihm schreibt*, an dem er wie besessen arbeitete, fertiggestellt hatte.

»Ich kaufte ein viertel Kilo Hackfleisch, weichte altes Brot in Milch ein und machte Bouletten, die wir in meinem Zimmer aßen«, erinnerte sich Tachia.

»Oft waren wir zu viert, fünft oder sechst, weil immer deine Freunde kamen, um die schon berühmten Buletten zu essen«, wusste Gabriel noch. »Wir saßen dabei auf leeren Apfelsinenkisten. Es gab ja keine Möbel in deiner Wohnung, nur das Bett und die Apfelsinenkisten.«

Singen tat Gabriel noch lieber als Schreiben. Er sang Vallenatos und Cumbias mit großer Anmut und bemerkenswert sicher und überraschte damit alle, die ihn nur als Schriftsteller kannten. Er sang in Bars und Restaurants und manchmal sogar in der Metro, wo er mit dem Hut herumging, und auf den Festen, die sein einziger Freund mit Geld öfter gab, Hernán Vieco, der eine Wohnung und ein Auto besaß und blind an García Márquez' Talent und dessen Zukunft als Schriftsteller glaubte. Am Ende eines dieser Feste fragte er ihn einmal:

»Wie viel schuldest du eigentlich der Besitzerin deines Hotels?«

García Márquez stieg jeden Morgen sieben Stockwerke im Hotel de Flandre hinunter und fragte, ob sein Scheck aus Kolumbien angekommen sei. Der Scheck kam allerdings nie, würde auch nie kommen, und die Schulden bei seiner Wirtin wuchsen und wuchsen. Gabriel war peinlich berührt und wollte nicht antworten. Vieco schrieb daraufhin wortlos einen Scheck aus und ließ ihn in die Jackentasche seines Freundes gleiten, der damit seine Schulden im Hotel begleichen konnte: dreihundert Dollar für neun Monate.

»Gabito hat immer Albträume von Remedios«, sagte Mercedes, die Mutter, die Mutter Oberin, wie ihr Mann sie nannte und ihr dabei einen vor Liebe schmelzenden Blick zuwarf.

Als Gabriel sich in Tachia verliebte – beide waren arm, beide litten Hunger, beide ließen nicht ab von ihren Träumen –, nannte er sie »die Generalin«, denn Tachia, unbezähmbare Baskin, besaß einen eisernen Charakter. Trotz ihrer Armut wollte sie nicht nach Spanien zurückkehren, wollte sich in Paris als Schauspielerin durchsetzen.

»Das tut mir so leid«, sagte Tachia tieftraurig. »Ehrlich, Gabriel, es tut mir so leid.«

Gabriel schaute Charles an, Tachias Ehemann, einen französischen Ingenieur, Sohn russischer Exilanten, dreizehn Jahre älter als er, der Spanisch gelernt hatte.

»Wir beide sind Waisen einer Tochter, musst du wissen, Charles.«

Charles nickte nachdenklich, sagte aber nichts, weil er nicht die Geister der Trauer wecken wollte. Gabriel bezog sich auf die Abtreibung, der sich Tachia in der achtzehnten Schwangerschaftswoche in der Pariser Port-Royal-Entbindungsklinik unterzogen hatte. Sie war von García Márquez schwanger, und sie würden Eltern eines Mädchens werden, wussten aber nicht, ob sie sie zur Welt kommen lassen sollten, da sie so arm waren.

»Ich war es, die es nicht wollte«, sagte Tachia und ergriff Gabriels Hand. Mercedes schenkte ihnen einen Blick voller Respekt und Liebe. »Du hast dich vorbildlich verhalten, Gabriel. Du hast gesagt, du würdest zu mir stehen, wie immer ich mich entscheide.«

»So traurig, dass unsere Remedios von uns gegangen ist«, sagte Gabriel mit tränenfeuchten Augen. »Sie wäre jetzt hier bei uns und eine Freundin meines Patensohns Juanito.«

Gabriel meinte damit, dass Tachia kein Kind bekommen hatte, wie Remedios die Schöne, aus *Hundert Jahre Einsamkeit*. Dieses Trauma trennte das Paar im Dezember desselben Jahres, und Tachia reiste mit dem Zug nach Madrid. Hätte sie ihre Schwangerschaft nicht abgebrochen, wäre die Tochter Remedios an diesem Abend im La Coupole achtzehn Jahre alt gewesen. Ihre Brüder Rodrigo und Gonzalo kamen drei und fünf Jahre, nachdem sie nicht geboren war, zur Welt.

»Remedios ist jetzt unter uns«, sagte Mercedes. »Und wir alle lieben sie, lieben uns. Und sie weiß es.«

Als Tachia untröstlich und noch blutend, mit acht schweren Koffern, die das Ausmaß ihres Scheiterns in Paris enthielten, nach Madrid fuhr, bereute sie vielleicht schon, dass sie abgetrieben hatte. García Márquez, von der Tragödie erschüttert, beendete seinen Roman, kehrte nach Barranquilla zurück und heiratete Mercedes, zu der er, als sie zehn und er vierzehn Jahre alt war, gesagt hatte:

»Du sollst meine Frau werden.«

Damas erschrak Mercedes und begann zu weinen. Jetzt war sie seine Frau, und obwohl Gabriel Tachia geliebt hatte und in gewisser Weise immer noch liebte, war Mercedes nicht eifersüchtig, wenn die beiden sich sahen. Im Gegenteil: Sie war klug und hatte ein großes Herz; sie verstand, dass Gabriel Tachias Nähe brauchte, ihr seine Zuneigung schenken, sie beschützen und mit dem wohltuenden Licht wärmen wollte, das er über jene ergoss, die er am meisten liebte. Deswegen hatte er eine Wohnung in dem Haus gekauft, in dem Tachia wohnte; deswegen war er der Taufpate ihres Sohnes Juanito geworden und Trauzeuge bei der Hochzeit von Tachia und Charles. Nun endlich, achtzehn Jahre später, konnte Gabriel dieser poetischen, tapferen Baskin all das geben, was er ihr nicht hatte geben können, als sie beide arm waren. Damals, übrigens, waren sie beide Kommunisten gewesen, und sie waren es jetzt immer noch.

»Gibt es schlechte Kommunisten und gute Kommunisten?«, hatte Tachia Gabriel gefragt, als sie von ihm schwanger war.

»Nein«, hatte García Márquez geantwortet und war sehr ernst geworden. »Es gibt Kommunisten und Nichtkommunisten. Wir beide sind Kommunisten.«

Gabriel kam zum Bahnhof, als Tachia Tage später nach Madrid abfuhr. Er war zu Tode betrübt und weinte hemmungslos, als er die Frau abreisen sah, die er damals mehr als alles liebte; die einzige, mit der er in gewisser Weise als Paar zusammengelebt hatte. Und sie, allein wenn sie ihn anschaute und sich in seinen Augen eines fahrenden Sängers zu verlieren schien, ertrug nicht länger den Schmerz, der dann in ihrem Herzen, in ihrem ganzen Innern wühlte. Jetzt jedoch waren sie Freunde und Nachbarn, waren zusammen, und alles hatte ein gutes Ende genommen, ihre leidvolle Geschichte hatte ein Happy End bekommen.

In jener Nacht, als die vier zusammensaßen und Weihnachten vorfeierten, obwohl sie alle Atheisten waren, wusste García Márquez noch nicht, dass er einige Jahre später den Nobelpreis für Literatur bekommen würde. Und Tachia, Charles und Juanito würden mit ihm und Mercedes in Stockholm sein, alle wie eine große vereinte Familie. Unter dem ungebügelten Liqui-

liqui – einer Art traditioneller Guayabera mit Hose –, die García Márquez trug, als der schwedische König ihm den Preis überreichte, sollte er eng anliegende Thermounterwäsche tragen, die Tachia in Paris für ihn gekauft und nach Stockholm mitgebracht hatte, um ihn vor dem schwedischen Winter zu schützen. Er konnte auch nicht ahnen, dass ein kleiner Park, nur wenige Schritte von dem Haus entfernt, in dem Tachia und er Nachbarn waren, einmal seinen Namen tragen würde: Place Gabriel García Márquez, wo jetzt, nach dem Abendessen, Mercedes einen Augenblick verweilen und eine Zigarette rauchen wollte. Gabriel jedoch rauchte nicht. Er hatte, dank der Überredungskünste seines Freundes Vargas Llosa, vier Jahre zuvor damit aufgehört. Als Mario von London nach Barcelona gekommen war, hatte er seine letzte Zigarette geraucht.

»Ich werde Sie immer lieben, Mademoiselle Chocolat«, sagte Gabriel zu Tachia und küsste ihr die Hand.

Als Tachia und Gabriel ein Liebespaar waren, trafen sie sich oft im La Coupole, und er nannte sie »Mademoiselle Chocolat«, weil ihr Geld nur reichte, um eine heiße Schokolade zu bestellen, während er einen Kaffee trank.

»Verzeih mir, Remedios!«, schrie García Márquez an diesem Morgen im Schlaf, weinend, bevor Mercedes ihn weckte und tröstete. »Das hätten wir dir nicht antun dürfen!«

»Mein ältester Sohn hat nur noch ein Ei«, sagte Vargas Llosa zu seinem Freund, dem chilenischen Schriftsteller Jorge Edwards. »Patricia will, dass ich nach Lima komme.«

»Fahr nicht«, sagte Edwards. »Wenn du fährst, wirst du nicht mehr schreiben können.«

Sie hatten gerade auf einem Sandplatz des Königlichen Tennisclubs in Barcelona Tennis gespielt, nicht weit vom Sarrià-Hotel entfernt, in dem Mario und seine Freundin Susana wohnten. Edwards lernte Susana im Hotel kennen, als er seinen Freund abholte, und war geblendet von ihrer Schönheit.

»Sie ist wunderschön«, sagte er zu Vargas Llosa, während sie ganz in Weiß, mit Tennisschuhen und kurzen Hosen, zum Club gingen, wo sie ihre Schläger abholten und den Platz bezahlten. »Ich kann gut verstehen, dass du dich in sie verliebt hast.«

»Meine Beziehung zu Patricia hat sich verschlechtert, weil sie unbedingt Kinder haben wollte«, sagte Mario, als würde die Erinnerung an seine Frau ihm den Nachmittag verderben, seinen Geist verdunkeln. »Ich wollte keine Kinder, das weißt du. Mit drei Bälgern im Haus kann ich nicht schreiben. Soll Patricia sich um sie kümmern, sie wollte sie ja auch haben. Ich wollte nie Vater werden. Ich habe sie angefleht, wenigstens vier oder fünf Jahre ohne Kinder zusammen zu sein. Aber du siehst ja, was geworden ist: Jetzt haben wir drei Kinder, und Patricia schnürt mir die Luft ab, ich kann nicht mehr atmen.«

»Bleib hier in Barcelona«, riet Edwards ihm nach dem Match, während er sich mit einem weißen Handtuch den Schweiß von der Stirn wischte und einen Krug mit Bier und süßem Zitronensaft trank.

Edwards spielte besser Tennis als Vargas Llosa. Er bewegte sich überraschend geschmeidig und behände, obwohl er fünf Jahre älter war als Mario, weit mehr Alkohol trank und hin und wieder auch rauchte. Aber er spielte schon seit Kindertagen Tennis und hatte gegen seinen peruanischen Freund problemlos gewonnen. Vargas Llosa trank so gut wie nie Alkohol, und während der vier Jahre, die er in Barcelona wohnte, besuchte er nur ein einziges Mal die Diskothek Bocaccio, in der stets berühmte Schriftsteller und angesagte Künstler anzutreffen waren. Jorge Edwards und Carlos Barral, Juan Marsé, Beatriz de Moura und die García Márquez' waren Stammgäste dort.

»Hier in Barcelona wird niemand empört sein, weil du Patricia verlassen hast«, fuhr Edwards fort. »Niemand wird dich verurteilen. Du stehst ja in dem Ruf, ein Don Juan zu sein. Und dies ist nur ein weiterer Streifen für den Tiger. Wenn die Leute dich mit Susana sehen, werden sie sofort auf deiner Seite sein, und Carmen Balcells als Erste.«

Edwards lebte erst ein knappes Jahr in Barcelona. Er hatte soeben ein Buch mit Erinnerungen veröffentlicht, *Persona non grata*, in dem er die Monate der Folter beschrieb, die er als diplomatischer Repräsentant der Regierung Salvador Allendes in Havanna erlitten hatte. In nur dreieinhalb Monaten dort war er Zeuge geworden, wie die Diktatur Diplomaten, Schriftsteller und Künstler ausspionierte, wie Fidel Castro seine Gegner verfolgte und einsperren ließ. Daher war er nicht überrascht, als ein Jahr nach seiner überstürzten Abreise der Dichter Heberto Padilla verhaftet, gefoltert und in einem erniedrigenden Schauprozess zu einem unwahren Schuldbekenntnis gezwungen wurde. Fidel Castro hatte Edwards angeschrien, beschimpft und bedroht, doch der Chilene hatte überraschenderweise die Ruhe bewahrt und sich nicht einschüchtern lassen. Er trat der gewalttätigen Ungerechtigkeit des kubanischen Regimes weiterhin als Kritiker entgegen. Darum war Edwards *persona non grata* für Fidel und musste nach nicht einmal vier Monaten seinen diplomatischen Posten verlassen. Aber er tat es mit reinem Gewissen und unangetasteter Würde. Damals rettete ihn Pablo Neruda, der chilenischer Botschafter in Paris war und Salvador Allende bat, Edwards einen Job in der Botschaft zu geben. Und Allende, der seine Präsidentschaft in gewisser Weise Neruda verdankte, da der seine Kandidatur zurückgezogen hatte, um Allendes Wahlsieg zu ermöglichen, ernannte Edwards daraufhin zum Ersten Botschaftssekretär. Neruda war mit vielen seiner Freunde befreundet und hielt Edwards für einen moderat linken und bedachtsamen Autor, der den Künsten zugewandt war und für

Freiheit eintrat, ohne sich an die pistolenschwingende, chauvinistische, homophobe Linke zu verkaufen, die Fidel Castro im Kampfanzug anführte, der Máximo Lider, der siebenstündige Ansprachen hielt, weil er sich selbst gern reden hörte, und der seine Feinde wie auch Freunde erschießen ließ.

»Ich werde nicht nach Lima ziehen«, sagte Vargas Llosa, ernst, als sähe er die Zukunft deutlich vor sich. »Ich bin wütend auf Velasco. Er hat Zeitungen und Zeitschriften verboten. Einer solchen Barbarei kann ich nicht noch applaudieren.«

»Du darfst ihn auch nicht weiter unterstützen«, sagte Edwards. »Er ist ein Handlanger Fidels. Du solltest dich von ihm distanzieren. Wir sind zwar beide Linke; aber wir sind auch Schriftsteller, und die Freiheit ist nicht verhandelbar. Wir sind gegen Pinochet; aber wir müssen auch gegen Velasco Alvarado sein. Daran geht kein Weg vorbei.«

»Weißt du, in Lima habe ich nie schreiben können«, gestand Vargas Llosa. »Nicht eine Zeile. Alles, was ich geschrieben habe, habe ich in Madrid, in Paris, in London und in Barcelona geschrieben. Wenn ich nach Lima, zu Patricia und den Kindern zurückkehre, werde ich keine einzige Zeile mehr schreiben. Das wäre mein Ende als Schriftsteller, Jorge. Ich wäre ein pensionierter, ein vorzeitig pensionierter Autor.«

»Außerdem, Mario, bist du doch immer nur deinem schon legendären ›Schwänzchen‹ gefolgt«, sagte Edwards, und beide lachten. »Du musst zugeben, dass wir uns beide in dieser Hinsicht ähneln. Beide denken wir mit dem Schwanz, wir schreiben mit dem Schwanz, wir verlieben uns mit steifem Schwanz und nicht mit kühlem Kopf.«

Vargas Llosa lachte immer noch. Von allen Autoren des lateinamerikanischen *booms* empfand er Edwards als älteren Bruder; als jemand, der nicht neidisch auf ihn war und kein Rivale, dem er blind vertrauen konnte.

»Du bist der sinnenfreudigste Autor in spanischer Sprache«, fuhr Edwards fort. »Darum hast du so viel Erfolg. Weil du mit quijoteskem Geist deinen Trieben folgst. Weil du dich ohne Überlegen und Vernunft verlieben kannst. Weil du mit dem Schwanz denkst und schreibst. Verrate mir mal, welcher Autor deines Kalibers imstande ist, zuerst seine Tante und dann seine Cousine zu heiraten! Und die verlässt du jetzt für ein junges Model!«

»Weißt du schon, dass ich in dem Film *Der Hauptmann und sein Frauenbataillon* eine Rolle übernehme?«, fragte Vargas Llosa.

»Eine gute Idee«, antwortete Edwards. »Aber könntest du Susana überreden, ein paar erotische Szenen mit dir zu drehen, würdest du reicher als García Márquez.«

Wieder mussten beide lachen. In letzter Zeit waren sie mehr aus politischen als aus literarischen Gründen einander nahe. Vargas Llosa erging sich in Lobeshymnen über Edwards' kubanische Memoiren, und beide hatten sie anlässlich des Skandals um den Dichter Heberto Padilla mit Fidel gebrochen. Zugleich waren sie enttäuscht von Autoren wie García Márquez und Cortázar, die sich zu Fidel bekannten, obwohl sie wussten, dass in Kuba Schriftsteller verfolgt und eingesperrt und Homosexuelle in Konzentrationslager geschickt wurden.

Außerdem beklagte Vargas Llosa immer noch, dass Edwards vor Jahren, noch bevor er in Havanna und danach in Paris als Diplomat tätig war, für seinen Roman *Das Gewicht der Nacht* nicht den Biblioteca-Breve-Preis des Verlags Seix Barral bekommen hatte. Ihre Freundschaft hatte sich in letzter Zeit so verfestigt, dass Edwards im Haus der Vargas Llosas übernachtete, wenn er in Barcelona war, und wenn Mario nach Paris kam, traf er sich jedes Mal mit Jorge, um über Bücher zu reden, politische Ränke zu schmieden und sich gegenseitig auf dem Laufenden zu halten. Außerdem hatte Edwards es arrangiert, dass Vargas Llosa Neruda in seinem Haus in Isla Negra kennenlernen durfte. Jetzt jedoch war Neruda tot; er war vor einem Jahr gestorben, im Jahr des Militärputsches von General Pinochet. Edwards zeigte Haltung und trat noch am Tag des Putsches von seinem Diplomatenposten in Paris zurück. Nun war er ein vorzeitig pensionierter Diplomat, zweiundvierzig Jahre alt und ohne Pension. Er beschloss, in Barcelona als Schriftsteller zu reüssieren. Wenn García Márquez das geschafft hatte, wenn Vargas Llosa das geschafft hatte, warum sollte nicht auch er es schaffen?

Susana Diez Canseco war im Hotel Sarrià geblieben, das keine zwanzig Blocks von dem Viertel entfernt lag, in dem Mario Vargas Llosa und Gabriel García Márquez Nachbarn gewesen waren. Sie beschäftigte sich mit dem, was sie am liebsten tat: Kleider zeichnen, Schuhe zeichnen, Handtaschen zeichnen. Eines Tages würde sie eine berühmte Modedesignerin und reich, sehr reich sein. Sie träumte von einem Leben als erfolgreiche, ungebundene, starke Frau, die von keinem Mann abhängig wäre. Während sie luftige Kleider entwarf und sich in eine Zukunft in der Modewelt hineinfantasierte, erhielt sie einen unerwarteten Anruf von ihrer Mutter aus Lima. Sie informierte sie darüber, dass Andrés, der Mann, den sie verlassen hatte, in Madrid in einer Klinik lag und es ihm sehr schlecht ging. Offenbar hatte er versucht, sich mit Tabletten das Leben zu nehmen.

»Fahr sofort nach Madrid, Susana«, befahl ihre Mutter. »Wenn dein Freund, der Schriftsteller, nicht mitfahren will, dann fährst du alleine. Andrés ist ein herzensguter Mann, und er leidet sehr. Du bist immer noch seine Frau, und es ist deine Pflicht, ihm jetzt beizustehen.«

»Sag mir nicht, was ich zu tun habe«, entgegnete Susana zornig. »Ich weiß sehr gut, was meine Pflicht ist.«

Nachdem sie aufgelegt hatte, überkam sie ein bedrückendes Gefühl von Schuld und von Reue. Zwar liebte sie Andrés nicht; aber sie fühlte sich dafür verantwortlich, dass er nicht mehr leben wollte. Wenn sie schon nicht mehr seine Frau und Geliebte sein wollte, könnte sie vielleicht doch die Kraft aufbringen, eine treue Freundin und Vertraute zu sein. Aber würde Mario, der so eifersüchtig war, sie fahren lassen? Oder sie sogar nach Madrid begleiten? Wenn er nicht einmal nach Lima gefahren war, um seinen ältesten Sohn zu besuchen, als dem ein Hund den Hoden abgebissen hatte, wie sollte er da mit ihr nach Madrid fahren, um ihren Mann zu trösten und wieder ins Leben zurückzuholen? Auf dem Rückweg ins Hotel bat Vargas Llosa unterdessen Edwards darum, das Drehbuch für den Film *Der Hauptmann und sein Frauenbataillon* zu lesen, das er geschrieben hatte.

»Mit Vergnügen«, sagte Edwards zu. »Aber ich rate dir, lass den Film nicht in Peru drehen. Der General und Patricia werden dir das Leben dort schwer machen. Die Militärs lässt du wie die Trottel aussehen, die sie ja auch sind, und Patricia hast du zutiefst gekränkt. Denk daran, Mario, es gibt nichts Gefährlicheres als eine rachsüchtige Frau.«

Vargas Llosa gab keine Antwort.

»Fahr nicht nach Peru«, beharrte Edwards. »Und sage mir nicht, dass es dort eine revolutionäre Regierung gibt. Es ist eine Diktatur. Velasco Alvarado ist ein Diktator. Begib dich nicht in diesen Sumpf, Mario. Du kommst beschmutzt heraus. Vergiss Peru für eine Zeit.«

»Und wenn wir den Film in der Dominikanischen Republik drehen?«, sagte Vargas Llosa wie zu sich selbst. »Ich war einen Monat da und ich war fasziniert, Jorge. Es ist eine wundervolle Insel, und die Leute sind ganz herzlich, weißt du? Ich habe dort viele Freunde gefunden, darunter sogar Präsident Balaguer. Seine Schwestern haben ihm meine Romane vorgelesen.«

Am Hotel angekommen, umarmten sich beide und verabredeten sich für den nächsten Abend, nach dem nachmittäglichen Schreiben. Als Vargas Llosa das Zimmer betrat, bemerkte er gleich, dass etwas nicht stimmte: Susana war nicht da, auch ihre Sachen fehlten, und auf dem Bett lag ein Zettel, auf dem stand:

»Ich fahre nach Madrid. Es hat einen Unfall gegeben.«

»Ich will bei Mercedes im Bett schlafen«, sagte der chilenische Dichter Pablo Neruda zu García Márquez.

Gabriel und seine Frau Mercedes lachten über Nerudas Respektlosigkeit, aber er hatte es ernst gemeint.

»Ich kann nicht allein schlafen.«

»Dann schlafen wir eben alle zusammen«, sagte Mercedes, entzückt von der Anmaßung und der kindlichen Naivität ihres berühmten Besuchers.

Es war fünf Uhr morgens. Neruda war auf der Durchreise in Barcelona. Er war mit dem Dampfer *Verdi* aus Valparaiso gekommen. Es war sein erster Besuch in Spanien nach dem Bürgerkrieg. Er hatte García Márquez gesagt, er käme in Barcelona vorbei, doch der Kolumbianer hatte ihm nicht geglaubt oder es für eine spaßige Bemerkung gehalten und deshalb vergessen, ihn frühmorgens am Hafen abzuholen.

»Ich schlafe im Wohnzimmer«, sagte Gabriel, der sich durch Nerudas Besuch geehrt fühlte. »Die Kinder stehen um sieben auf.«

Neruda hatte um fünf Uhr morgens geklingelt und Gabriel und Mercedes aufgeweckt. Sie waren erschrocken und empfingen ihn im Pyjama.

»Ich brauche nur zwei Stunden Schlaf«, sagte der Dichter.

Sie führten ihn in ihr Schlafzimmer. Neruda gab Anweisungen über Beleuchtung und Zimmertemperatur: den Vorhang da schließen, dies Fenster dort öffnen. Das Zubettgehen war eine Zeremonie, die ihm heilig war. Dann zog er die Schuhe aus und warf sich, groß und massig, wie er war, in die Mitte des Bettes.

Wie ein kranker Elefant, dachte García Márquez.

»Mercedes, komm an meine Seite«, sagte Neruda.

García Márquez' Frau legte sich neben den Dichter. Gabriel betrachtete sie fasziniert. Er hatte Neruda vor einiger Zeit in Caracas kennengelernt, als der Diktator Pérez Jiménez gestürzt wurde. Neruda war damals schon weltberühmt, und García Márquez war nur ein in seinem Geburtsland und vielleicht noch in Venezuela bekannter Journalist. Der auf den Namen Ricardo Neftalí Reyes getaufte, weltweit jedoch als Pablo Neruda bekannte Dichter war sechsundsechzig Jahre alt, als er an diesem frühen Morgen zum ersten Mal seit dem Bürgerkrieg wieder spanischen Boden betrat. Er wollte nur einen knappen Tag bleiben, um die García Márquez' zu besuchen, und Mercedes betrachtete voller Staunen diesen dicken überfressenen Engel in der Mitte ihres Bettes, der schlief wie ein unschuldiges Kind. Natürlich wusste Neruda da noch nicht, dass er im Jahr darauf zum chilenischen Botschafter in Paris ernannt und einige Monate später den Nobelpreis für Literatur gewinnen würde.

Er sieht aus wie ein Papst aus der Renaissance, dachte García Márquez, schloss die Schlafzimmertür und ließ Neruda mit Mercedes allein.

Er wusste, dass der Dichter ein großes, gutmütiges Kind war, treu, großzügig und liebenswert, unfähig zu Hinterlist und Verrat. Als Neruda kaum eine Stunde später erwachte, stand er auf, holte ein Buch aus seinem Handkoffer und schrieb mit einem Füller mit grüner Tinte:

»Für Mercedes in ihrem Bett.«

Später wurden Gabriel und Mercedes vom Lärm der Kinder geweckt. Am Frühstückstisch verlangte Neruda einen Sabberlatz. Ganz im Ernst.

»Ich esse immer mit Sabberlatz«, sagte er. »Wenn ich mir keinen Latz umbinde, beschmutze ich mich überall.«

»Kein Problem, Dichter«, sagte García Márquez. »Leben heißt, schmutzig werden.«

Mercedes fand einen Latz aus Stoff und band ihn ihm stolz lächelnd um. Neruda aß seine Portion und dazu alles, was die anderen übrig ließen. Sein Hunger war offenbar grenzenlos. Rodrigo und Gonzalo gingen ins *English College*, das nur wenige Häuserblocks entfernt lag. Sie waren elf und neun Jahre alt und gingen allein, ihr Vater brauchte sie nicht mehr zu begleiten.

»Gehen wir ein paar gebrauchte Bücher kaufen«, bat Neruda. »Ich war seit meiner Zeit als Konsul nicht mehr in Barcelona.«

Sie brachen auf. Es war nicht kalt. Der Dichter war bester Laune. Er war um einiges größer als die García Márquez'. Er ging mit selig beschwingtem Lächeln, den Blick ins Ungewisse gerichtet, als sähe er dort Dinge, die andere nicht erkennen konnten. Er wusste es nicht; aber er ging zu Allendes Sieg, zur Botschaft in Paris, zum Nobelpreis für Literatur. Er ging auch auf den Prostatakrebs zu, der ihn kurz nach der Nobelpreisverleihung heimsuchte, und auf den Tod, der ihn kurz nach Allendes Fall ereilte. Er hatte noch knapp drei Jahre zu leben; glückliche Jahre des Ruhms, der Demütigungen und Niederlagen. Nachdem sie ein paar Stunden unterwegs waren, in Antiquariaten gebrauchte Bücher gekauft hatten, sagte Neruda:

»Gehen wir schlafen.«

»Aber es ist elf Uhr vormittags, Pablo«, sagte Mercedes.

»Ich brauche alle vier Stunden eine Siesta«, antwortete Neruda.

Sie kehrten zur Wohnung in der Calle Caponata zurück, wo die García Márquez wohnten und den Ruhm von *Hundert Jahre Einsamkeit* genossen – dem Roman, der vor drei Jahren erschienen war und über den Neruda gesagt hatte:

»Das ist der beste auf Spanisch geschriebene Roman seit *Don Quijote*.«

Ohne Schuhe, wieder wie ein Elefant, päpstlich, schlief Neruda innerhalb von Sekunden mühelos ein. Gabriel und Mercedes betrachteten ihn staunend. Der Dichter lag da wie eine in Salzlake gebadete Kreatur des Meeres, wie ein rundlicher verspielter Delfin, ein harmloser Wal, von wütenden Wellen ans Ufer gespült, auf der Suche nach einem Ozean, in dem er sich nach Lust und Laune tummeln konnte, ohne irgendeinen Menschen zu stören. Dann tat García Márquez etwas, das er in seiner Wohnung noch nie getan hatte: Er zog sich auch die Schuhe aus und legte sich zu Füßen des Bettes auf den Boden, um den Schlaf des Dichters zu behüten oder von fantastischen Dingen zu träumen, solange der Dichter schlief. Mercedes ging in die Küche, um den von Neruda bekleckerten Latz zu waschen, den er mit Sicherheit zum Essen, um halb drei nachmittags, wenn die Jungen aus der Schule kamen, wieder benutzen wollen würde. Im Tiefschlaf weinte Neruda und stammelte Worte in einer Sprache, die García Márquez nicht verstand. Vielleicht war es Niederländisch, die Sprache seiner ersten Frau, María Antonieta, mit der er vor vierzig Jahren eine kurze und unglückliche Ehe eingegangen war. Diesmal schlief Neruda gut drei Stunden. Er wachte auf, als Rodrigo und Gonzalo lärmend von der Schule heimkamen und ihren Vater baten, den Plattenspieler anzustellen und ihnen Boleros und Vallenatos vorzusingen. Neruda hörte zu und sagte gleich:

»Verdammt, Gabo, du singst noch besser, als du schreibst.«

»Ich bin ein vereitelter Sänger, Pablo«, sagte Gabriel. »Die Literatur ist ein Hobby für mich.«

Beim Essen mit umgebundenem Kinderlatz warf Neruda einen Blick auf die beiden Jungen und bemerkte traurig:

»Wie gern hätte ich auch solche großartigen Kinder wie ihr!«

»Du könntest doch immer noch ein Kind haben«, ermunterte ihn Mercedes.

»Nein«, antwortete Neruda, »dazu ist es zu spät.«

»Dann betrachte mich als deinen Adoptivsohn«, sagte Gabriel.

»Du bekommst noch einmal den Nobelpreis«, prophezeite Neruda. »Ich nicht, weil ich ein kommunistischer Senator und ein kommunistischer Präsidentschaftskandidat gewesen bin.«

»Du bekommst ihn zuerst«, behauptete García Márquez. »Diese Schweden sind doch alle verkappte Kommunisten.«

»Aber blöd sind sie nicht. Sie essen Lachs und Kaviar wie die Kapitalisten«, entgegnete Neruda.

Sie beide verabscheuten das Fliegen. Neruda reiste viel, aber meistens per Schiff. Zu diesem Zeitpunkt, Anfang der Siebziger, waren die Launen des Schicksals und des Glücks andere als in Caracas, wo sie sich vor zwölf Jahren kennengelernt hatten. García Márquez war jetzt ein weltweit gefeierter Autor, dessen *Hundert Jahre Einsamkeit* sich millionenfach verkaufte und in die entlegensten Sprachen übersetzt wurde. Und Neruda war immer noch der universale Dichter, der in der ganzen Welt gelesen wurde. Beide vereinte die Leidenschaft für Politik, für die kubanische Revolution, für das, was sie »die Befreiung unserer Völker« nannten. García Márquez unterstützte den Präsidentschaftskandidaten Allende, Neruda die unter dem Schutz Fidel Castros entstandene kolumbianische Guerrilla.

»Wie gerne wäre ich Romancier!«, sagte Neruda. »Wie ich Romanschreiber beneide!«

»Pablo, du bist der größte Dichter des 20. Jahrhunderts, in allen Sprachen«, entgegnete Gabriel.

»Aber der Roman ist das Lendensteak der Literatur«, sagte Neruda. »Das ist es, was die Leser kosten wollen.«

»Und was wäre dann die Dichtkunst?«, fragte García Márquez mit dem schelmischen Lächeln dessen, der alles schon hinter sich hat, der mit knapp dreiundvierzig Jahren bereits ein Klassiker war.

»Die Dichtkunst, das weiß ich nicht«, sagte Neruda, so elegant mit Anzug und Krawatte, als ob er ein paar Stunden später als Staatspräsident Chiles vereidigt werden sollte, allerdings immer noch mit dem himmelblauen Latz, den Mercedes ihm umgebunden hatte. »Poesie ist etwas Kurzes, Intimes, Verfeinertes. Sie ist der Kaviar der Literatur, oder die Auster, oder die weiße Trüffel.«

»Ja, die Trüffel!«, rief Gabriel.

Sie unternahmen einen Spaziergang ohne Ziel, folgten Pablos Intuition und Einfällen. Er war begeistert von diesem Viertel, von dieser Stadt, die er seit fast vierzig Jahren nicht mehr besucht hatte. Er wollte gar nicht mehr aufs Schiff nach Valparaíso, er wollte am liebsten noch ein paar Tage bleiben, hielt es aber wohl nicht für machbar. Sie kamen an den Gärten der Villa Cecilia vorbei, wo Kinder spielten. Neruda sprach mit den Tauben, die zu ihm kamen, als hätten sie Vertrauen zu ihm.

Er ist ein König, dachte García Márquez. Alles, was er berührt, wird Poesie.

»Habe ich euch jemals erzählt, dass ich vor vielen Jahren, in Indonesien, wo ich Konsul war, Vater eines Mädchens geworden bin?«, fragte Neruda.

Den García Márquez' blieb der Mund offenstehen.

»Nein, diese Geschichte kannten wir noch nicht«, sagte Mercedes, die Schlange vom Nil, das heilige Krokodil.

»Ich war einmal mit einer Holländerin verheiratet, Maria Antonia«, fuhr Neruda fort. »Sie wurde Maryka genannt, ich rief sie Maruca; mit einer Maryka, oder Marica, verheiratet zu sein, hätte komisch geklungen. Ich lernte sie in Indonesien kennen, wir waren beide noch sehr jung. Ich war sechsundzwanzig, sie dreißig. Vier Jahre nachdem wir geheiratet hatten, wurde in Madrid unsere Tochter, Malva Marina, geboren. Sie kam krank zur Welt, hatte einen Wasserkopf und einen winzigen Körper.«

Die García Márquez' blieben stumm.

»Zwei Jahre später habe ich mich von Maruca getrennt«, sagte der Dichter. »Ich habe sie nie wiedergesehen. Unsere Tochter starb knapp acht Jahre später in Den Haag, als Holland von den Nazis besetzt war. Man sagte mir, sie habe nicht gelitten.«

»Und Maruca lebt noch?«, fragte Mercedes.

»Nein«, antwortete Neruda düster. »Sie ist vor fünf Jahren in Den Haag an Krebs gestorben.«

In den Briefen, die sie Neruda aus Holland schrieb, als die kleine Malva Marina noch lebte, nannte sie den Dichter »mein geliebtes Schwein«. Sie bat ihn, ihr monatlich mehr Geld zu überweisen: »Erfülle deine Pflichten als Vater, mein geliebtes Schwein.« Seiner damaligen Freundin, der Argentinierin Delia del Carril, in die er sich nur wenige Wochen nach der Geburt von Malva Marina verliebt hatte, erzählte Neruda, dass er Maruca sogar über den Tod des Kindes hinaus jeden Monat Geld geschickt hatte. Maruca jedoch beschwerte sich des Öfteren, der Dichter habe sie verlassen, weil ihre Tochter mit einem Wasserkopf zur Welt gekommen sei. Überwältigt von Schmerz, und vielleicht auch voller Zorn auf den Dichter, berichtete sie ihren Freundinnen, Neruda habe beim Anblick seiner soeben geborenen Tochter entsetzt ausgerufen:

»Das ist ja eine Missgeburt! Ein drei Kilo schweres Monster!«

Malva Marinas Kopf schwoll weiter an und füllte sich mit Wasser, und Maruca beschwerte sich, dass Neruda, wenn er von der Kleinen sprach, sie grausamerweise als »Semikolon« bezeichnete.

»Wäre Malva Marina gesund zur Welt gekommen, wäre sie jetzt beinahe so alt wie du, Mercedes. Sie war nur zwei Jahre jünger als du«, sagte Neruda.

»Malva Marina lebt in dir, in deiner Dichtung«, entgegnete García Márquez.

»Alle Frauen, die ich geliebt habe, leben in mir«, sagte Neruda. »Alle Frauen dieser Welt leben in mir.«

Dann erhob er sich wie ein benommener Riese, reckte sich und bat:

»Bringt mich bitte zum Schiff.«

Es sollte seine vorletzte Rückkehr nach Chile sein. Die letzte würde mit dem Flugzeug stattfinden, als er zwei Jahre später von seinem Posten als Botschafter in Paris zurücktrat. In dem Wissen um seine unheilbare Krebserkrankung verabschiedeten ihn die García Márquez' am Flughafen mit Tränen und Umarmungen. Neruda graute vor der Reise im Flugzeug; es war die letzte Rückkehr ins Land seines Herzens, ins Land seiner Dichtung.

»Ich lade dich zu meiner Beerdigung ein, geschätzter Freund«, sagte der peruanische Diktator, General Juan Velasco Alvarado, am Telefon zu Mario Vargas Llosa, der sich auf der Durchreise in Lima aufhielt.

»Aber du lebst, lieber Freund«, antwortete Mario überrascht.

»Wie durch ein Wunder«, sagte Velasco. »Ich werde mein Bein begraben. Ich erwarte dich in meinem Haus in Chaclacayo. Unser Freund Ribeyro wird auch da sein. Enttäusche mich nicht.«

Einige Wochen vor Picassos Tod, einige Monate bevor Neruda starb, ein Jahr bevor Vargas Llosa Susana Diez Canseco auf einem Ozeandampfer kennenlernte und sich in sie verliebte, war der peruanische Diktator Velasco schwer erkrankt. Er war viereinhalb Jahre an der Macht, hatte ein paar Zeitungen und die wichtigsten Fernsehsender stillgelegt, Ölfelder und Raffinerien, Großgrundbesitz, Bergwerke und Banken verstaatlicht und bildete sich etwas darauf ein, Fidel Castros Freund zu sein. Es war Sommer in Lima. Julio Ramón Ribeyro, peruanischer Schriftsteller, Botschafter bei der UNESCO und Freund Velascos, verbrachte seinen Urlaub in der peruanischen Hauptstadt, genau wie Vargas Llosa mit seiner Frau Patricia und den Söhnen Álvaro und Gonzalo; Morgana sollte erst im nächsten Jahr in Barcelona das Licht der Welt erblicken.

»Ich werde da sein, lieber Juan«, versprach Vargas Llosa.

Velasco diktierte ihm sogleich die Anschrift seines Landhauses in Chaclacayo, einem Viertel mit großen Häusern und Baumalleen außerhalb Limas, eine Stunde mit dem Auto von Miraflores entfernt, wo der Schriftsteller wohnte, solange noch an seinem Haus in Barranco gebaut wurde. Im kommenden Jahr gedachte er mit seiner Frau und den Kindern in dieses neue Haus am Malecón Paul Harris zu ziehen. Nachdem er aufgelegt hatte, rief Vargas Llosa, den die Einladung des Diktators überrascht hatte, Juan Ramón Ribeyro an und fragte ihn:

»Gehst du zum Begräbnis von Velascos Bein?«

»Ja, was bleibt mir anderes übrig?«, antwortete Ribeyro resigniert. Jede Versammlung, die mehr als vier Personen umfasste, pflegte er möglichst zu meiden. »Ich bin sein Botschafter in Paris. Wenn ich ihn enttäusche, riskiere ich, auf die Straße gesetzt zu werden.«

Der Diktator Velasco Alvarado, zweiundsechzig Jahre alt, war geschwächt, mit Übelkeit, starken Schmerzen in Bauch und Rücken und ohne jedes Gefühl im rechten Bein in die Notaufnahme des Militärkrankenhauses in Lima gebracht worden. Es ging ihm ausgesprochen schlecht. Sein Freund Fidel Castro schickte sogleich ein Flugzeug mit fünfzehn Ärzten seines Vertrauens und zehn loyalen Krankenpflegern nach Lima und gab ihnen die strikte Anweisung:

»Rettet Velasco Alvarados Leben, egal wie.«

Doch das kubanische Ärzteteam hatte dem General bislang nicht helfen können, und jetzt stand er im Begriff zu verbluten. Darum wurde der bekannte und hochgeachtete peruanische Herzchirurg Marino Molina Scippa herbeigerufen, dem die erste Herztransplantation in Peru gelungen war. Als er den Operationssaal mit dem sterbenden Diktator betrat, sah er zwei Dinge, die ihn entsetzten: eine riesige, unter dem Bett des Diktators sich ausbreitende Blutlache und eine Horde kubanischer Ärzte und Helfer, die darin herumstapften und nicht wussten, was sie tun sollten, um das Leben des Generals zu retten.

»Bitte, meine Herren, lassen Sie mich durch, ab jetzt übernehme ich«, verkündete er selbstbewusst im Wissen um seine Erfahrung und sein Können. Als junger Arzt hatte er sich Anfang der fünfziger Jahre in Schweden und den Vereinigten Staaten auf Herzchirurgie spezialisiert.

Die Situation war kritisch. Velasco hatte viel Blut verloren, und wenn die Blutung nicht gestoppt werden konnte, würde er innerhalb weniger Minuten verbluten. Er hatte schon keinen Blutdruck mehr und benötigte dringend Blut. Molina Scippa nahm den Verband von der Wunde, aus der das Blut bis auf den Boden spritzte. Ohne zu zögern steckte er seine linke Hand in die Wunde und stellte fest, dass Velasco ein geplatztes Aneurysma hatte. Er klemmte die Aorta über dem Aneurysma ab und ersetzte das beschädigte Stück durch ein vierzehn Zentimeter langes künstliches Implantat mit sechzehn Millimeter Durchmesser. Insgesamt bekam Velasco Alvarado eine Bluttransfusion von siebzehn Litern, was dem Dreifachen der Blutmenge entsprach, die er vor dem Blutverlust hatte. Da im rechten Bein des Diktators kein Puls zu spüren war, kein Blut mehr zirkulierte, das Bein praktisch tot war, sagte Scippa:

»Wir müssen das Bein auf der Stelle amputieren.«

Der Chef des kubanischen Ärzteteams, ein Gefäßchirurg, wandte ein:

»Ich würde Fidel niemals ein Bein abnehmen.«

Molina Scippa ließ sich jedoch nicht beirren und antwortete:

»Aber Velasco ist nicht Fidel Castro, und wir sind in Lima, nicht in Havanna. Sie müssen schon entschuldigen, aber hier gebe ich die Anweisungen.«

Der Kubaner entgegnete:

»Bei allem Respekt: Bevor ich dem Präsidenten das Bein amputierte, würde ich ihn um Erlaubnis bitten.«

Unverzüglich ließ Molina Scippa daraufhin Velasco aus der Narkose holen und sagte:

»Herr General, wir haben ein Problem.«

Velasco, der wieder Leben in sich spürte, bedachte ihn mit einem düsteren Blick und sagte:

»Das Bein, ich weiß.«

Molina Scippa erklärte:

»Entweder ich amputiere das Bein, oder Sie sterben.«

»Und wenn Sie es dranlassen?«

»Glauben Sie mir, Herr General, wenn ich es nicht abnehme, verlieren Sie Ihr Leben.«

»Dann nehmen Sie es ab!«, befahl der Diktator. »Aber werfen Sie es nicht weg. Bewahren Sie es für mich auf.«

»Wie Sie wünschen, Herr General.«

»Stecken Sie es in die Gefriertruhe. Ich will es mir ansehen, wenn ich wieder genesen bin.«

»Ganz wie Sie wünschen, Herr General«, wiederholte Marino Molina Scippa gehorsam.

Minuten später amputierte er das rechte Bein des Diktators oberhalb des Knies.

»Er wird ganz neu gehen lernen müssen«, bemerkte der Leiter des kubanischen Ärzteteams.

»Wir passen ihm ein orthopädisches Bein an«, sagte Molino Scippa.

Die kubanischen Krankenpfleger wischten die Blutpfütze auf, schienen jedoch ewig dafür zu brauchen. Als Molina Scippa aus dem Operationssaal kam, sprach er mit der Gemahlin des Diktators, Consuelo Gonzales Posada.

»Wir haben sein Leben gerettet«, sagte er. »Sterben wird er nicht. Aber wir mussten ihm das rechte Bein abnehmen. Eine andere Möglichkeit gab es nicht. Das Bein war schon abgestorben, Señora.«

Schluchzend erwiderte die Frau des Diktators:

»Danke, Doktor, wir werden Sie zum Gesundheitsminister ernennen.«

»Nein, Señora, vielen Dank, aber Politik interessiert mich nicht. Mein Leben ist operieren.«

»Ich biete Ihnen jede Botschaft, die Sie wollen«, beharrte Frau Gonzales Posada.

»Die Botschaft in Venedig wäre nicht schlecht«, scherzte der Arzt. Natürlich hatte Peru keine Botschaft in Venedig, sondern nur in Rom.

»Nun, dann sollen Sie unser Botschafter in Venedig

sein«, verkündete die Dame, der der Scherz entgangen war.

Ein paar Wochen später sollten sich die Erste Dame und Doktor Molina Scippa wiedersehen. General Velasco Alvarado, der sich erholt hatte, über sein orthopädisches Bein jammerte, an Krücken ging und zum Ärger seiner Ärzte nicht zu rauchen aufhörte, hatte Kardinal Juan Landázuri Ricketts, Bischof Luis Bambarén, seine vier Kinder, seinen Schwager Luis Gonzales Posada, seine nächsten Berater und zwei Schriftsteller, deren Freund zu sein er sich rühmte, zu einer religiösen Zeremonie in sein Landhaus in Chaclacayo eingeladen. Die beiden Schriftsteller waren Julio Ramón Ribeyro, ein kettenrauchendes dürres Klappergestell, der des Generals UNESCO-Botschafter in Paris war, und Mario Vargas Llosa, der sich nach dem Fall Padilla zwar von der kubanischen Revolution distanziert hatte, die peruanische Revolution Velasco Alvarado jedoch weiterhin unterstützte, obwohl Raffinerien, Ölfelder, Großgrundbesitz, Bergwerke, Banken verstaatlicht und die Zeitungen *Expreso* und *La Crónica* sowie die Fernsehsender *Canal* 4 und *Canal* 5 geschlossen worden waren.

»Heiliger Herr im Himmel, empfange als revolutionäre Gabe, als Opfergabe zum Wohl der Armen unseres Landes dieses Bein unseres großen Generals und Wohltäters, des Herrn Präsidenten der Republik, Don Juan Velasco Alvarado«, sagte Kardinal Landázuri, während er Weihwasser auf den Sarg aus Edelholz spritzte, in den man das tiefgefrorene Bein des Diktators gelegt hatte. »So sehr liebt unser verehrter Präsident die Armen dieses Landes, dass er sich nicht scheute, ihnen dieses sein rechtes Bein und sogar noch das andere zu opfern, falls Du in Deiner Göttlichen Vorsehung es von ihm fordern solltest«, fuhr der Kardinal in salbungsvollem Ton fort.

Verdammt!, dachte Velasco, da hat mir dieser Narr von Landázuri auch noch das andere Bein abgenommen.

Ungläubig starrten die Anwesenden auf den offenen Sarg mit dem in die Nationalflagge gehüllten Bein. Darauf hatte man eine Soldatenmütze des Generals, ein Kruzifix und ein Foto von Juan Velasco Alvarado noch im Besitz beider Beine gelegt. Das Foto zeigte ihn am Tag seiner Hochzeit mit Consuelo Gonzales Posada, sie knapp zwanzig und er dreißig Jahre alt.

»Gütiger Gott«, sprach der Kardinal weiter, »wir bitten dich um ein langes Leben für unseren Landesvater, den Führer unserer geliebten peruanischen Revolution, den Präsidenten General Velasco Alvarado. Und wenn es Dein Wille ist, ihn aus diesem Tal der Tränen zu erlösen und ihn an Deine Seite zu holen, mögest Du ihm die Gnade erweisen, ihm das verlorene Bein zurückzugeben, damit er auf zwei Beinen und ohne Krücken durch das ewige Leben gehen kann.«

Wenn ich auf ewig einbeinig und mit Krücken im Himmel sein müsste, wäre ich wirklich lieber in der Hölle, dachte Velasco. Bislang hatten seine Schranzen und Speichellecker ihn liebevoll »den Chinesen« genannt; jetzt nannten sie ihn hinter seinem Rücken »den Lahmen«.

»Mit diesem gesegneten Bein, das wir Dir jetzt gen Himmel schicken, damit Deine Engel und Cherubime es dort in bestem Zustand erhalten«, fuhr Kardinal Landázuri fort, der alle Ungerechtigkeiten und Gewalttaten der Diktatur brav abgesegnet hatte, »hat unser geliebter Präsident Velasco sämtliche Imperialisten, Oligarchen, Kapitalisten, Großgrundbesitzer und sonstigen Blutsauger kräftig in den Hintern getreten. Dieses Bein ist für den Fortschritt unseres Landes also überaus nützlich gewesen.«

»Jetzt fehlt nur noch, dass er mit seinem linken Bein«, übernahm Bischof Bambarén die Ansprache, »den Miró Quesadas und den Beltrán Espantosos einen kräftigen Arschtritt gibt und ihnen die Zeitungen *El Comercio* und *La Prensa* wegnimmt, die unserer geliebten Revolution und dem peruanischen Volk so viel Schaden zugefügt haben.«

Dann, sprach Velasco Alvarado, glücklich, seinem eigenen Begräbnis beizuwohnen oder zumindest einem traurigen Vorgeschmack davon:

»Lieber Gott, ich danke Dir für dieses Wunder, dass Du mir ein zweites Leben geschenkt hast, als ich schon tot war, verdammt noch mal. Ich danke auch den Ärzten, die mein Leben gerettet haben. Danke auch für den Segen Deiner beiden Abgesandten Landázuri und Bambarén. Diese Revolution, der ich vorstehe, lieber Gott, ist eine christliche, katholische und humanistische Revolution. Ich befolge nur Deine Lehren. Und ich weiß, lieber Gott, dass Du mit uns bist und ein noch größerer Velasquist und Revolutionär als Landázuri und Bambarén zusammen.«

Die Priester lächelten untertänigst. Velasco bekam, wie schon häufiger, einen heftigen Hustenanfall, räusperte sich mit rasselndem Atem die Brust frei und spie den schleimigen Auswurf aus, als befände er sich auf seiner Hacienda im heimischen Piura.

»Für die Armen meines Landes gebe ich ein Bein, gebe ich beide Beine und sogar mein Herz«, sagte Velasco. »Das Einzige, worum ich Dich bitte, lieber Gott, ist, dass man mir nicht auch die Eier abschneidet.«

Dann ließen vier schwarz gekleidete Männer den Sarg an Seilen sanft in die von den Gärtnern des Diktators ausgehobene Grube gleiten, während seine Frau und die Kinder des Generals Blumen hineinwarfen. Der magere, kettenrauchende Ribeyro nahm die Hand seiner Frau Alida Cordero. Velascos Frau gab ihnen Blumen, die sie auf den Sarg warfen. Neben ihnen stand Vargas Llosa und betrachtete die Szene staunend.

Dieses verrückte Begräbnis eines verfaulenden Beins wäre mir in meinen wildesten Träumen nicht eingefallen, dachte er.

Während sie in Vargas Llosas BMW – ähnlich dem, den García Márquez in Barcelona fuhr, nur dass dies kein Cabrio war und nicht himmelblau, sondern goldfarben – nach Chaclacayo gefahren waren, hatte Ribeyro ihm erzählt:

»Ich glaube, es gab auch einen mexikanischen Diktator, der sein Bein begraben ließ. Er verordnete eine Woche Staatstrauer, nachdem man ihm im Krieg das Bein weggeschossen hatte.«

Ribeyro hatte General Velasco Alvarado vor zehn Jahren in Paris kennengelernt. Der damalige Brigadegeneral war von Präsident Prado als Militärattaché an die Pariser Botschaft versetzt worden. Ribeyro wohnte damals in dieser Stadt und hatte durch Vargas Llosas Vermittlung einen Posten bei der Agence France-Presse bekommen. Es war eigentlich unwahrscheinlich gewesen, dass Ribeyro und der General sich begegneten, da Ribeyro schüchtern und allen gesellschaftlichen Dingen abhold war und der General keine Literatur las. Von Ribeyro hatte er nichts gelesen, er wusste nicht einmal, wer das war. Velascos Frau jedoch, Consuelo Gonzales Posada, hatte sich in Paris mit Ribeyros Freundin, Alida Cordero, angefreundet. Sie hatten sich in einer Kunstgalerie bei der Ausstellung der Bilder eines peruanischen Malers kennengelernt. Und so blieb es nicht aus, dass sie sich hin und wieder zu viert in teuren Restaurants wie dem La Coupole zum Essen trafen. Ribeyro hätte die Rechnungen dort nie bezahlen können; Velasco hingegen verdiente gut, hatte als Militärattaché nichts zu tun und bezahlte jedes Mal. Zu der Zeit ahnte noch keiner von ihnen, dass Velasco knapp fünf Jahre später in Lima einen Staatsstreich anführen und den ehrenwerten Präsidenten Belaunde nach Buenos Aires ins Exil schicken würde. Er erinnerte sich seiner guten Freunde in Paris und ernannte den Schriftsteller Julio Ramón Ribeyro zuerst zum Kulturattaché und später zum Botschafter. Es war ein gut bezahlter Posten mit Dienstwagen und Chauffeur, der das Leben des Schriftstellers zwanzig Jahre lang von Grund auf veränderte und es ihm ermöglichte, ohne jeden finanziellen Druck zu arbeiten. In jenen sechziger Jahren, als General Velasco Militärattaché in Paris war und sich mit Julio Ramón Ribeyro und dessen Frau Alida Cordero anfreundete, war auch deren Freund Mario Vargas Llosa zu den pantagruelischen Essen mit dem General eingeladen. Die beiden Schriftsteller unterstützten damals die kommunistische Guerrilla in Peru, die den demokratisch gewählten Präsidenten Belaunde zu stürzen versuchte. Unter dem Schutzschirm Fidel Castros versuchten sie dessen revolutionäres Modell in Peru zu installieren. Nachdem Ribeyro zwei Wochen in Havanna verbracht hatte, schrieb er an seinen Bruder Juan Antonio:

»Ich war in der Jury des Nationalen Kubanischen Erzähl-Wettbewerbs. Ich habe einen sehr vorteilhaften, manchmal sogar erhebenden Eindruck von Kuba bekommen.«

Die beiden mit Velasco befreundeten Autoren hatten von Paris aus erklärt:

»Wir billigen den von der Revolutionären Linken Bewegung (MIR) begonnenen bewaffneten Kampf. Wir verurteilen die bürgerliche Presse, die die nationalen und volksnahen Ziele der Guerrilla leugnet. Wir lehnen die gewaltsame Repression der Regierung (des demokratisch gewählten Präsidenten Belaunde) ab und stehen mit unserem moralischen Unterpfand den Männern und Frauen zur Seite, die für ein besseres Dasein aller Peruaner heute ihr Leben einsetzen.«

Damals in Paris, als sie mit Velasco Alvarado und dessen Gemahlin Consuelo im La Coupole zu speisen pflegten, ahnten Ribeyro und Vargas Llosa gewiss noch nicht, dass dieser griesgrämige, wortkarge kleine Mann mit dem galligen Blick, der immerzu hustete und schwarze Zigarren rauchte und Wodka trank, der stets die Rechnungen bezahlte und sich rühmte, nur historische Werke über den peruanisch-chilenischen Krieg zu lesen, nur wenige Jahre später Diktator von Peru sein würde, Anführer der sogenannten peruanischen Revolution und ein so guter Freund Fidel Castros, dass dessen Ärzte im Militärhospital von Lima, als der General zu verbluten drohte, sein Leben zu retten versuchten.

»Mein zutiefst empfundenes Beileid für den schmerzhaften Verlust Ihres rechten Beins, Herr General«, sagte Ribeyro zu Velasco, als das feierliche Begräbnis beendet war, die Kerzen gelöscht wurden und endlich das Trinken begann.

»Danke, Julito, mein Bruder«, antwortete der Diktator und umarmte ihn. Danach umarmte er Ribeyros Frau, die unermüdlich dem zurückhaltenden Genie ihres Mannes diente und nie einen Erfolg für sich selbst reklamierte. Nur wenige Tage nach Velascos Staatsstreich war sie nach Lima gereist, um dort die Frau des Diktators, ihre Freundin Consuelo, zu treffen und ihr ohne Umschweife zu sagen:

»Julio Ramón braucht eine gut bezahlte Arbeit, wirtschaftliche Unabhängigkeit und Stabilität. Ernenne ihn doch bitte zum Kulturattaché oder Botschafter in Paris. Wir werden euch bis ins Grab loyal zur Seite stehen.«

Ihre Bitte wurde erhört, und darum umarmte Ribeyro jetzt den Diktator und sagte:

»Lassen Sie mich Ihnen einen Rat geben, General: bewachen, behüten und vertiefen Sie Ihre Revolution.«

Möglicherweise verstand Velasco, dass Ribeyro ihm riet, die noch unabhängigen Zeitungen *El Comercio, La Prensa, Correo* und *Última Hora* zu konfiszieren, was er im darauffolgenden Jahr dann befahl. Vargas Llosa, der dem versehrten General distanzierter begegnete, drückte ihm die Hand und sagte:

»Nicht schwach werden, Juan. Mach weiter so. Wir sind deine Freunde. Wir unterstützen dich.«

»Ich habe mich vor Lachen bepinkelt, als ich *Die Stadt und die Hunde* gelesen habe«, sagte Velasco. »In meinem ganzen Leben ist das der erste Roman, den ich von vorne bis hinten durchgelesen habe«, fügte er laut lachend hinzu und bekam gleich darauf einen Hustenanfall, den er mit einem vulgären Ausspucken beendete. Dann fragte er:

»Stimmt es, dass die Kadetten Wichswettbewerbe veranstalteten, um zu sehen, wer am weitesten spritzen konnte?«

Kardinal Landázuri und Bischof Bambarén standen mit offenem Mund dabei und kicherten wie zwei rundliche Damen in Soutanen, entrüstet und amüsiert zugleich.

»So war das damals, Juan«, antwortete Vargas Llosa, der Velasco nie Herr General oder Herr Kommandant oder Herr Präsident nannte. »In der Kadettenanstalt bin ich zum Mann geworden.«

»Willst du nicht mein Botschafter sein?«, fragte Velasco. »Du wohnst doch immer noch in Paris, wo wir uns kennengelernt haben?«

»Nein«, antwortete Vargas Llosa, »ich lebe in Barcelona. »Aber meine Frau, Patricia, will nach Lima zurück. Wir haben jetzt zwei Kinder, Juan.«

»Willst du dann nicht mein Botschafter in Barcelona werden?«, beharrte Velasco.

»Nein, vielen Dank«, entgegnete Mario lachend. »Ich müsste dann ja Konsul sein, denn in Barcelona haben wir keine Botschaft.«

»Dann ernenne ich dich gleich morgen zu meinem Botschafter in Madrid«, ließ Velasco nicht locker.

»Nein, danke, Juan«, antwortete Vargas Llosa. »Ich fürchte, im nächsten Jahr werden wir wieder hier in Lima wohnen.«

»Ja, ich weiß«, antwortete Velasco mit leuchten Augen und begann wieder zu husten, er hustete eigentlich immer, hörte aber mit dem Rauchen nicht auf. »Ich werde dich zum Direktor des Nationalen Kulturinstituts ernennen.«

»Ich dachte, wir wären Freunde, Juan«, antwortete Vargas Llosa, doch der Diktator verstand den Scherz nicht und verzog keine Miene. Er fragte sich, warum sein Freund Mario keinen diplomatischen Posten und auch keinen gut bezahlten Bürojob wollte, wie sein Freund Julio Ramón, der, dachte Velasco, als Botschafter bei der UNESCO keinen Finger krumm machte, aber ein fettes Gehalt einstrich und sogar einen Dienstwagen mit Chauffeur hatte.

»Dein Körper ist beeinträchtigt, lieber Juan«, sagte Vargas Llosa, als er sich förmlich verabschiedete, »aber deine Seele wird es niemals sein.«

»Du bist ein Goldschatz«, entgegnete Velasco und zwang Vargas Llosa in eine Umarmung.

Auf dem Rückweg nach Lima dachte Ribeyro: Wie hat sich Mario verändert! Er fährt jetzt ein Promi-Auto. Er ist ein Star.

Er bewunderte den Kollegen Vargas Llosa, der sieben Jahre jünger war und eine goldene Luxuskarre fuhr. Ich bin beeindruckt von seiner Sicherheit, seiner Achtsamkeit, seiner Gelassenheit, seiner praktischen Art zu leben, dachte er. Mario ist ein Mann, der seine Probleme klarsichtig und kaltblütig zu lösen weiß.

Er hatte sich allerdings nicht getraut, ihm zu sagen, was er von dem Roman *Gespräch in der ›Kathedrale‹* wirklich hielt und in einem Brief an einen Freund, den deutschen Kritiker und Übersetzer Wolfgang Luchting, geschrieben hatte:

»Ich muss dir gestehen, dass er mich bisher noch nicht so verführt, so blendet und gefangen nimmt wie seine früheren Romane. Ich habe den Eindruck, das Buch schwingt sich nicht empor, oder es braucht noch etwas, um hochzukommen.«

Während er sich auf der Rückfahrt nach Miraflores mit Mario unterhielt, beziehungsweise dessen emphatischen Worten lauschte, dachte Ribeyro: Es wird immer deutlicher, dass Mario sich lieber reden hört als anderen zuzuhören. Er unterbricht einfach ein Gespräch. Er ist meinungsstark und glaubt, die Wahrheit gepachtet zu haben.

Ribeyros Frau, Alida Cordero, machte sich indessen andere Gedanken: Zwar verkaufen sich Marios Bücher besser als die von Julio Ramón; aber dafür hat Julio ein höheres Gehalt als Mario. Als UNESCO-Botschafter verdient er eintausendfünfhundert Dollar im Monat, plus Dienstwagen und Chauffeur. Carmen Balcells zahlt Mario tausend Dollar monatlich, wie er uns erzählt hat. Wir müssen also auf jeden Fall Botschafter bleiben. Ohne Julios Botschaftergehalt sind wir aufgeschmissen.

Ein paar Monate später erkrankte Ribeyro in Paris an Lungenkrebs. Seine Frau hatte kein Geld, um die Operation zu bezahlen. Sie würde fünfzehntausend Dollar kosten, so viel wie Ribeyro in zehn Monaten als Botschafter verdiente. Also rief sie ihre Freundin Consuelo an, General Velascos Frau, und bat sie um den Betrag.

»Morgen hast du das Geld auf dem Konto«, versprach Doña Gonzales Posada. Sie hielt Wort, und Ribeyro überwand den Krebs entgegen allen Voraussagen.

Nachdem er in seiner Wohnung in der Calle Caponata, in Barcelona, den ganzen Vormittag geschrieben, dann mit Mercedes und den Söhnen zu Mittag gegessen und danach eine kurze Siesta gehalten hatte, unternahm García Márquez eine Rundfahrt in seinem metallicblauen BMW-Cabrio. Den verschlissenen blauen Overall, den er immer zum Schreiben anzog, hatte er beim Mittagessen und während des Mittagsschlafs angelassen und trug ihn jetzt immer noch. Er fuhr zu einer Tankstelle, stieg aus und bat einen Angestellten, den Tank zu füllen. Da er den blauen Overall eines Mechanikers trug und der Tankwart ihn nicht erkannte, sagte der:

»Haben Sie ein Glück, dass Sie das Auto Ihres Chefs fahren dürfen!«

»Ja, ich habe großes Glück«, antwortete García Márquez lächelnd.

»Ihr Chef muss einen Haufen Kohle haben«, bemerkte der Tankwart.

»Einen Haufen«, bestätigte Gabriel.

Im Auto musste er lachen. Während der Jahre extremer Armut in Paris, als er die Küchenabfälle von Restaurants durchsuchte, hielt ihn die Polizei für einen Algerier ohne Papiere. Jetzt hielt man ihn an Barcelonas Tankstellen für einen Mechaniker, der das Auto seines Chefs fahren durfte. Man konnte sich einfach nicht vorstellen, dass er mit seinem Aussehen eines karibischen Piraten, mit seinem Bolerosängerschnurrbart, mit diesem schäbigen Blaumann bekleidet, der Eigentümer eines so teuren Autos war.

García Márquez war nach Barcelona zurückgekehrt, nachdem er ein paar Wochen allein, ohne Mercedes, in Havanna verbracht hatte. Fidel Castro hatte ihn eingeladen, wollte ihn kennenlernen, ließ ihm ausrichten, er habe *Hundert Jahre Einsamkeit* gelesen und sei fasziniert. In Barcelona rang García Márquez mit seiner Einbildungskraft und seinem unerschöpflichen Erinnerungsreichtum, um den Roman des einsamen, greisen, dementen Diktators zu schreiben: *Der Herbst des Patriarchen*. Er hoffte, Fidel Castro könne ihm als Inspiration dienen; zumeist dachte er aber an den venezolanischen Diktator Juan Vicente Gómez, wenn er an seinem teuflischen Werk arbeitete. Nach Castros Einladung zögerte er nicht, trotz seiner Flugangst nach Havanna zu fliegen. Seine Gastgeber brachten ihn im Luxushotel Nacional, direkt am Malecón, unter. Castro und er hatten sich vierzehn Jahre zuvor auf dem Flughafen von Camagüey flüchtig kennengelernt, als García Márquez noch als Reporter für *Prensa Latina* arbeitete. Nur er erinnerte sich noch an das Treffen und das kurze Gespräch, das er mit Castros Freundin, Celia Sánchez, geführt hatte. Der Diktator war übel gelaunt gewesen, weil er sein Brathähnchen nicht bekam, und er hatte dem Reporter keine Beachtung geschenkt, weil er ihn für einen von vielen anderen hielt. Darum erinnerte er sich nicht an ihn und glaubte, ihm nie persönlich begegnet zu sein. Bei ihrem zweiten Zusammentreffen fuhren sie mit Castros Yacht aufs Meer zum Fischen. Der Schriftsteller hatte dem Diktator ein Exemplar von *Dracula* geschenkt. Auf dem Meer stellte Castro bald fest, dass García Márquez mehr Glück beim Fischen hatte als er. Seine Stimmung sank, denn er konnte nicht verlieren, niemand durfte besser sein als er. Er war verärgert, gab jedoch vor, es scherzhaft zu meinen, als er García Márquez, der mit Badehose und T-Shirt bekleidet war, über Bord schubste und rief:

»Ins Wasser mit dir! Eine Erfrischung tut dir gut!«

García Márquez wusste nicht, wie ihm geschah, und als er den Kopf über Wasser hatte, rief er:

»Ich ertrinke! Ich kann nicht schwimmen!«

Fidel Castro, im schwarzen Taucheranzug, der ihm von den Fußknöcheln bis zum Hals reichte, ließ seine Angel fallen und sprang ins Wasser, um seinen Freund, den berühmten Autor, der unterzugehen drohte, wild um sich schlug und Wasser spuckte, zu retten.

»Halt dich an meiner Schulter fest!«, rief Castro.

García Márquez hielt sich nur mit Mühe auf dem riesigen Körper des Diktators, der ihn mit kraftvollen Schwimmzügen auf die Yacht zurückbrachte.

»Einen verdammten Schrecken hast du mir da eingejagt«, sagte Castro an Bord.

Gabriel lachte.

»Ich habe dich ganz schön auf den Arm genommen, Fidel. Selbstverständlich kann ich schwimmen.«

»Du Hurensohn!«, rief Castro lachend. »Du verdammtes Schlitzohr!«

Seit dem Tag wusste García Márquez, dass er niemals mehr Fische fangen durfte als der Diktator.

Am nächsten Tag sagte ihm Castro, mit geröteten Augen und wahnsinnigem Blick:

»Ich habe die ganze Nacht nicht geschlafen, weil ich dieses verdammte Buch lesen musste, das du mir geschenkt hast.«

Seitdem waren sie unzertrennliche Freunde. García Márquez bewunderte Castro so sehr, dass er ihm die Manuskripte seiner Bücher zum Korrigieren schickte. So groß war seine Bewunderung, dass er ihn rückhaltlos verteidigte, wann immer sich eine Gelegenheit bot. Auf allen Podien und in jedem Interview sagte er, Fidel sei ein wahrer König, und das Volk verehre ihn. Gabriel und Mercedes liebten ihn und fuhren drei bis vier Mal im Jahr nach Kuba, wo sie stets in dem Gästehaus in Cubanacán wohnten, das Fidel ihnen geschenkt hatte. Sie waren so vertraut miteinander, dass der Diktator bei ihnen anrief, um Mercedes nach ihrem Rezept für ein Stockfischgericht zu fragen. Als *Der Herbst des Patriarchen* erschien, sagte Castro zu García Márquez:

»Dieser Roman ist noch besser als *Hundert Jahre Einsamkeit*.«

»Ich leide unter der Einsamkeit des Ruhms«, antwortete Gabriel, »aber du leidest unter der Einsamkeit der Macht, das ist noch schlimmer.«

Während García Márquez und Castro auf dem Meer um die Wette fischten, der Schriftsteller sein Ertrinken simulierte und der Diktator ihm heldenhaft das Leben zu retten glaubte, telefonierte Patricia Llosa, die Noch-Ehefrau ihres Cousins, der sie aber schon für Susana

Diez Canseco verlassen hatte, von Lima aus mit García Márquez' Frau Mercedes.

»Nach den Feiertagen, im neuen Jahr, fahre ich nach Barcelona.«

»Kommst du mit den Kindern?«, fragte Mercedes.

»Nein. Sie bleiben bei meinen Eltern in Lima.«

»Ganz richtig, Patricia.«

»Ich brauche Ruhe, Mercedes. Ich komme für zwei oder drei Wochen nach Barcelona. Ich muss mich wieder als Frau fühlen können, weißt du? Hier in Lima bin ich immer nur die Mutter meiner Kinder.«

»Du kannst bei uns wohnen«, sagte Mercedes. »Wir haben ein Gästezimmer. Gabito wird begeistert sein.«

»Nein, danke«, erwiderte Patricia. »Ich gehe ins Hotel Sarrià.«

»Tu, was für dich am bequemsten ist. Hier wirst du immer mit offenen Armen empfangen. Wenn du nach Paris fahren willst, kannst du dort in unserer Wohnung wohnen.«

»Danke, Mercedes. Was täte ich bloß ohne euch?«

»Und Mario, wo ist der?«

»Ich weiß nichts von ihm. Ich spreche nur mit Carmen. Und sie sagt mir nicht, wo er ist. Sie spielt in Marios Team, wie du weißt.«

»In Lima ist er aber nicht, oder?«

»Nein, hier ist er nicht.«

»Kommt er denn seinen finanziellen Verpflichtungen nach?«

»Ja, Carmen hat mir Geld geschickt. Sie hat versprochen, mir jeden Monat was zu überweisen. Aber Mario will nichts mehr von uns wissen. Ich habe ihm über Carmen ausrichten lassen, dass Alvarito von einem Hund gebissen worden ist, und er hat nicht mal angerufen, um zu fragen, was passiert ist und wie es seinem Sohn jetzt geht.«

»Schrecklich«, sagte Mercedes. »Was für eine Enttäuschung.«

»Wir sehen uns dann nach den Feiertagen.«

»Komm bloß nicht mit dem Schiff. Du fliegst doch, oder?«

»Natürlich«, antwortete Patricia. »Ich bekomme zwar Panik wegen des Absturzes meiner Schwester; aber ein Schiff besteige ich nie mehr, nachdem mir das mit Mario passiert ist.«

»Wenn du hier bist, besorgen wir dir einen guten Anwalt, damit du von Mario bekommst, was dir zusteht. Gabito macht sich große Sorgen deswegen. Er will dir gerne helfen. Wir bezahlen dir den Anwalt und sämtliche Scheidungskosten, falls du dich scheiden lassen willst.«

»Ja«, sagte Patricia. »Ich will mich scheiden lassen. Ich will Mario nicht wiedersehen.«

Während die Ehefrauen der beiden Schriftsteller miteinander telefonierten, die eine in Lima, die andere in Barcelona, bekam Vargas Llosa, der noch im Hotel Sarrià wohnte, einen Anruf von Susana Diez Canseco aus Madrid.

»Mario, bitte, du musst mich retten.«

»Was ist passiert?«, fragte Vargas Llosa erschrocken. »Warum bist du abgereist, ohne mir was zu sagen?«

»Mein Mann wollte sich umbringen, aber jetzt ist er wieder zu Hause.«

»Armer Narr.«

»Er hält mich gefangen. Er lässt mich nicht aus dem Haus.«

»Was sagst du da?«

»Ich will zu dir zurück nach Barcelona; aber Andrés zielt mit einer Pistole auf mich und sagt, wenn ich gehe, erschießt er mich.«

»Susana, das ist doch nicht dein Ernst!«

»Komm bitte sofort. Du musst mich retten. Dieser Verrückte will mich umbringen.«

Vargas Llosa notierte die Anschrift seiner Freundin in Madrid und sagte:

»Ich fahre sofort los. Bleib ganz ruhig. Mach keine Dummheiten.«

Er legte auf, rief gleich danach Jorge Edwards an und erklärte ihm:

»Susana wird von ihrem Mann gefangen gehalten. Bitte begleite mich nach Madrid.«

»Mit Vergnügen«, sagte Edwards.

Sie nahmen den nächsten Flug, und in der Maschine meinte der stets gut gelaunte Edwards:

»Ich werde mir ein Kärtchen um den Hals hängen, auf dem steht: Ich bin nicht Vargas Llosa. Ich habe keine Lust, von dem eifersüchtigen Ehemann abgeknallt zu werden, nur weil er mich für dich hält.«

Mario lachte.

»Liebst du das böse Mädchen wirklich so sehr, dass du dein Leben für sie riskierst?«, fragte Edwards daraufhin.

»Ich setze bei jedem Buch, das ich schreibe, mein Leben aufs Spiel«, antwortete Vargas Llosa. »Ich riskiere mein Leben gerne für Dinge, an die ich glaube.«

Sie fuhren im Taxi zu dem Haus, in dem Susana und ihr Mann wohnten. Vargas Llosa bezahlte den Fahrer und sagte:

»Warten Sie hier mit laufendem Motor auf uns.«

Dann klingelte er. Edwards, etwas furchtsam, war am Taxi stehen geblieben. Es war bereits Nacht. Die Tür wurde geöffnet, und Vargas Llosa sah sich einem hochgewachsenen schlanken Mann gegenüber. Er war höchstens dreißig, trug eine Intellektuellenbrille und schaute ihn schüchtern, unsicher an. Vargas Llosa nahm an, dass es Susanas eifersüchtiger Ehemann war, und verpasste ihm wortlos einen Kinnhaken, der ihn zu Boden streckte. Dann drückte er ihm ein Knie auf die Brust und schlug ihm noch zwei Mal ins Gesicht.

»Susana!«, schrie er. »Wir verschwinden!«

Susana kam mit einer Handtasche angerannt, sah entsetzt ihren blutenden Ehemann am Boden liegen und rief ihm zu:

»Mach's gut, Andrés. Lass mich zukünftig bitte in Frieden.«

Vargas Llosa stand auf, trat dem Ehemann zum Abschied in die Eier, knallte die Tür zu und rannte zum Taxi. Dort nahmen die drei auf dem Rücksitz Platz, Susana zwischen Mario und Jorge Edwards.

»Wir fahren nach Barcelona«, sagte Mario.

»Soll ich Sie zurück nach Barajas bringen?«, fragte der Taxifahrer.

»Nein«, sagte Vargas Llosa, »fahren Sie uns bitte nach Barcelona.«

Sie einigten sich über den Fahrpreis, und dann fragte Mario seine Freundin:

»Hat er dir was zuleide getan?«

»Nein«, antwortete Susana. »Aber er hat gesagt, dass er dich umbringen will.«

Während das Taxi durch die Nacht nach Barcelona fuhr, eine Strecke von sieben Stunden, nur zum Tanken anhielt und zum Frühstücken in Saragossa, und Mario und Susana ins Hotel Sarrià zurückbrachte, hatte eine resolute Dame namens Patricia Llosa von Lima aus in ebendiesem Hotel angerufen und eine Reservierung auf ihren Namen aufgegeben, ohne eine Ahnung, dass dort ihr Mann mit seiner neuen Freundin wohnte.

In jener Nacht gab es mindestens drei Personen, die Mario Vargas Llosas baldigen Tod herbeisehnten: dessen erste Frau, seine Tante Julia Urquidi, in Cochabamba, die zweite Frau, seine Cousine Patricia, die ihn so hasste, dass sie ihn mit schwarzer Magie verhexen ließ, sowie Andrés Barba, der eifersüchtige Ehemann von Susana Diez Canseco, der, als er nach Vargas Llosas Fausthieben wieder auf die Beine kam, mit seiner Pistole herumfuchtelte und schrie:

»Ich bringe ihn um, und zwar im April, zu Sant Jordi, am Tag des Buches!«

»Mir brennt der Arsch!«, schrie Vargas Llosa, und sämtliche Gäste und Angestellten des Hotels Sarrià konnten ihn hören. Einige lachten sogar verhalten, weil sie dachten, der berühmte Autor spreche von Analverkehr. »Ich kann nicht schreiben, wenn mir der Arsch in Flammen steht!«

Er konnte nicht sitzen und nur mit Mühe gehen. Unterstützt von seiner Freundin Susana, betrat er das Sprechzimmer von Doktor Javier Lentini, der nach kurzer Untersuchung feststellte:

»Ein schlimmer Fall von Hämorrhoiden. Wir müssen sofort operieren.«

»Was werden Sie machen?«, fragte Vargas Llosa erschrocken.

»Eine Analrekonstruktion«, sagte Doktor Lentini. »Wir entfernen die Krampfadern, die sich um den Anus herum gebildet haben.«

Vargas Llosa und seine Freundin mussten lachen, was für den Schriftsteller schlimm war, da sofort die Schmerzen wieder einsetzten, dieses unerträgliche Brennen.

»Ihr Anus wird wie neu«, versicherte Lentini.

»Ich bin noch nicht einmal vierzig Jahre alt, warum brennt es denn so?«, fragte Vargas Llosa.

»Das ist nicht Ihre Schuld«, antwortete der Arzt. »Es ist meistens genetisch bedingt.«

»Er sitzt viele Stunden und schreibt«, sagte Susana.

»Darf ich Sie um einen Gefallen bitten, Doktor Lentini?«, fragte Vargas Llosa in feierlichem Ton.

»Ja, selbstverständlich«, sagte der Arzt.

»Wenn Sie schon eine Analrekonstruktion an mir vornehmen, könnten Sie mich bei der Gelegenheit nicht auch beschneiden?«

Er liebt mich, dachte Susana. Er hat es nicht vergessen.

»Meinen Sie das im Ernst?«, fragte Lentini.

»Ja, im vollsten Ernst«, antwortete Vargas Llosa.

»Ich habe ihn darum gebeten«, mischte Susana sich ein. »Mir sind beschnittene Penisse lieber.«

Lentini räusperte sich und sagte:

»Sehr gerne. Wir werden dann beide Eingriffe bei Ihnen vornehmen.«

»Wie wird die Rekonvaleszenz sein?«, fragte Vargas Llosa.

»Sie werden zwei Monate lang einen orthopädischen Sitz benötigen«, antwortete Doktor Lentini. »Eine Art Schwimmring aus Gummi.«

»Und wie ist es mit dem Sex?«, fragte Susana.

»Nach der Beschneidung sollten Sie mindestens vier Wochen abstinent bleiben.«

»Das sind vier Wochen in der Hölle«, sagte Vargas Llosa, und alle lachten.

Nach den Operationen und noch unter Nachwirkung

der Narkose konnte Vargas Llosa, der, wie ein großes Kind, das schwimmen lernt, einen roten Gummiring um die Hüfte trug, nur langsam gehen. Er hatte zwei oder drei Monate Rekonvaleszenz vor sich und besuchte mit Susana Diez Canseco seinen guten Freund, den Verleger Carlos Barral, in dessen Haus in Calafell, zwischen Barcelona und Tarragona. Als Barral erfuhr, dass Vargas Llosa an den Hämorrhoiden operiert und bei der Gelegenheit auch beschnitten worden war, sagte er lachend:

»Dann kommst du zu mir nach Calafell, Kadett. Da kann deine neue katalanische Rute gedeihen.«

Vargas Llosa kannte das Haus in der ersten Reihe am Strand bereits, da er mehrere Jahre zuvor dort einige Kapitel seines Romans *Das grüne Haus* geschrieben hatte. Jetzt, frisch operiert und mit Schmerzen in seinen edlen Teilen, sowohl in der Vorhut als in der Nachhut, schien ihm Barrals Haus in Calafell der ideale Ort, um sich auszukurieren und dabei noch zwei Drehbücher zu beenden: das, welches seine Agentin Balcells zu einem beachtlichen Preis an die Paramount verkauft hatte, die *Der Hauptmann und sein Frauenbataillon* verfilmen wollte, und jenes, das Balcells an den bekannten und sehr erfolgreichen chilenischen Filmemacher Álvaro Covacevich verkauft hatte. Dieser, ein Freund Allendes, hatte sich nach Pinochets Putsch und Allendes Tod in Mexiko niedergelassen und wollte, dass Vargas Llosa das Drehbuch zu einem Dokumentarfilm schrieb, der die Tragödie eines in den Anden abgestürzten Rugby-Teams aus Uruguay behandelte, dessen Mitglieder sich in der Eiseskälte und mit zunehmendem Hunger gezwungen gesehen hatten, Teile ihrer beim Flugzeugabsturz gestorbenen Kameraden zu essen.

»Hier in Calafell werde ich beide Drehbücher zu Ende schreiben«, versprach Mario seiner Freundin.

Bald darauf kam Carmen Balcells zu Besuch. Enorm großzügig, wie sie zu ihren Schützlingen immer war, brachte sie ihnen körbeweise Geschenke mit. Sie lernte Susana kennen und verstand sofort, warum Mario mit ihr zusammen war.

»Niemand in Calafell und auch in Barcelona wird euch belästigen oder verurteilen«, meinte sie.

Sie war ganz euphorisch: Der Roman *Der Hauptmann und sein Frauenbataillon* war in diesem Jahr das meistverkaufte Buch in Spanien; die Paramount hatte ein Vermögen für die Filmrechte an dem Buch bezahlt und noch einmal so viel, damit Vargas Llosa das Drehbuch schrieb, Regie führte und eine Rolle im Film übernahm, und Covacevich hatte einen nicht geringeren Betrag gezahlt, um Mario als Drehbuchautor für den Dokumentarfilm über die Tragödie in den Anden zu gewinnen.

»In diesem Jahr haben wir mehr verdient als in jedem anderen«, sagte Carmen Balcells.

»Mehr als García Márquez?«, fragte Mario.

»Mehr«, antwortete Balcells. Vargas Llosa jedoch glaubte, dass sie gelogen hatte, um seiner Eitelkeit zu schmeicheln.

»Hast du die Hälfte von allem Patricia gegeben?«, wollte Vargas Llosa wissen.

»Bist du verrückt?«, donnerte Balcells. »Ich bin deine Agentin, nicht deine Feindin. Patricia bekommt jeden

Monat genug, um in Lima ein gutes Auskommen zu haben.«

»Wie du meinst, Carmen«, erwiderte der Schriftsteller. »Du entscheidest das.«

»Ich habe noch eine gute Nachricht für euch«, sagte Balcells. »*Der Hauptmann* wird nicht in Peru verfilmt, sondern in der Dominikanischen Republik.«

»Das ist ja fantastisch!«, rief Vargas Llosa begeistert.

»Die Militärs in Peru sind wütend auf dich«, erklärte Balcells. »Deine Kritik wegen der Beschlagnahmung der Zeitungen ist gar nicht gut angekommen. Und *Der Hauptmann und sein Frauenbataillon* hat ihnen natürlich auch nicht gefallen. Wir kriegen für Peru keine Drehgenehmigung.«

»Jorge Edwards hat mir das schon prophezeit. Das sind doch alles Idioten«, sagte Vargas Llosa.

»Wie du gewünscht hast, habe ich José María Gutiérrez, den Valenzianer, verpflichtet, dir bei der Regie zu helfen«, sagte Balcells.

»Großartig«, antwortete Mario.

»Sobald ihr wohlauf seid«, sagte Balcells, »fliegt ihr direkt nach Santo Domingo. Die Paramount kann es gar nicht erwarten, mit dem Dreh zu beginnen. Das wird eine millionenschwere Großproduktion.«

»Eines ist für mich klar«, sagte Vargas Llosa. »Ich will eine peruanische Schauspielerin, und zwar Camucha Negrete, für die Rolle der *Brasilianerin*.«

»Die Rolle hätte er mir und nicht Camucha anbieten sollen«, dachte Susana.

Mario und Susana verbrachten die Silvesterfeiertage in dem beschaulichen Fischerdorf und empfingen keinerlei Besuch. Mario schrieb und saß dabei auf dem roten Gummiring. Er kam mit beiden Drehbüchern schnell voran. Morgens schrieb er an *Der Hauptmann* und hatte seinen Spaß daran; nachmittags schrieb er über die Überlebenden in den Anden und litt mit ihnen. Er nahm Schmerztabletten und aß wenig. Er fürchtete den Gang zur Toilette, der immer mit Schmerzen verbunden war. Ebenso fürchtete er das Begehren von Susana, da jede Erektion ihm einen brennenden Schmerz bescherte. Da es Winter war und kalt, ging er nicht an den Strand. Susana unterdessen vertrieb sich die Zeit damit, Carlos Barrals Boot, das nicht weit von der Wohnung auf dem Strand lag, mit Gedichten und Liedertexten zu bemalen. Sie hatte plötzlich das Gefühl, mit einem alten Mann zusammenzuleben; einem versehrten Mann, der sie nicht lieben konnte, weil er jede Erektion zu vermeiden suchte, und der bei jedem Stuhlgang vor Schmerzen schrie.

Ab und zu kam Carlos Barral zu Besuch und freute sich, dass sein guter Freund und Lieblingsschriftsteller dort in Calafell seine Ruhe hatte, sich gut erholte und wieder zu Kräften kam. Das Haus, *El Consulado* genannt, hatte seinen Eltern gehört und war immer schon Treffpunkt berühmter Künstler gewesen. Barral, ein Snob aus reichem Hause, der wie ein abgebrannter Quijote oder wie ein schmucker Pirat herumlief, trank sich durch die Nächte und machte Susana Komplimente, was Mario schmunzelnd hinnahm. Der Verleger hatte ihm zwölf Jahre zuvor einen Literaturpreis – den Biblioteca Breve des Verlages Seix Barral – zuerkannt, der den Ruhm des peruanischen Autors begründete. Seitdem fühlte sich Vargas Llosa in dessen Schuld.

»Ich bin Schriftsteller dank dir und Carmen Balcells«, pflegte er zu sagen.

Beide, Barral und Mario, ärgerten sich über García Márquez, waren enttäuscht von ihm und machten ihn in dieser alkoholgeschwängerten Nacht nach Strich und Faden nieder. Zu der Zeit wussten sie noch nicht, dass Vargas Llosa ein Jahr und einige Monate später seine Freundschaft mit dem Kolumbianer in der mexikanischen Hauptstadt mit einem fulminanten Schwinger beenden würde.

»Ich mag seine süßliche Prosa nicht«, sagte Barral. »Er ist ein nordafrikanischer Geschichtenerzähler.«

Beide lachten, denn so war Barral: scharfsinnig, unberechenbar, einfallsreich, zerstörerisch in seinen Abneigungen und Aversionen.

»Er ist zu Fidels Lakai geworden«, sagte Vargas Llosa. »Hast du gelesen, was er in Lissabon über die Schließung der Zeitungen in Peru gesagt hat?«

Seit er vor drei Jahren in Paris den offenen Brief im Fall Padilla verfasst hatte, den ein Freund von Gabriel in dessen Namen unterschrieb, die Unterschrift dann aber wieder zurückziehen musste, war Vargas Llosa aus politischen, ideologischen und prinzipiellen Gründen mit García Márquez über Kreuz. Seit der Zeit hatte er erbitterte Angriffe der kubanischen Diktatur zu spüren bekommen, derweil García Márquez seine Freundschaft zu Fidel Castro verstärkt hatte und bedingungslos zu ihm hielt. In privaten Kreisen konnte man hören, wie Vargas Llosa über García Márquez sagte, er sei Fidels Hofnarr geworden. Und Haydée Santamaría, eine gute Freundin des kubanischen Diktators und Leiterin des in Havanna ansässigen Kulturinstituts *Casa de las Américas*, hatte geschrieben:»Vargas Llosa ist der Inbegriff des kolonisierten, eitlen Schriftstellers, der unsere Völker verachtet.«

García Márquez hatte sie nicht korrigiert und sich nicht mit seinem Freund solidarisiert. Auf politischer Ebene war er zu Fidel Castros Freund und zu Vargas Llosas Feind oder zumindest Gegner geworden. Deshalb auch hatte er Mario, ein paar Tage bevor dieser mit Susana in Calafell eintraf, öffentlich widersprochen. Vargas Llosa hatte die Verstaatlichung der unabhängigen Zeitungen Perus durch seinen Freund oder Ex-Freund, General Juan Velasco Alvarado, öffentlich verurteilt, und García Márquez, auf der Durchreise in Lissabon, hatte eine Erklärung abgegeben, in der er den Schlag des Generals gegen die Pressefreiheit rechtfertigte:

»Ich glaube nicht an die bürgerliche Pressefreiheit in Peru oder sonstwo, die letzten Endes nichts anderes ist als Pressefreiheit für die Bourgeoisie, nicht für die Journalisten.«

Vargas Llosa war aufgebracht darüber, dass García Márquez – um sich bei Fidel Castro einzuschmeicheln – das Ende der Pressefreiheit in Peru guthieß. Darum erklärte er im Jahr darauf, als gerade García Márquez' Roman *Der Herbst des Patriarchen* mit einer Startauflage von fünfhunderttausend Exemplaren erschienen war, fünf Mal so viel wie die Startauflage von *Der Hauptmann und sein Frauenbataillon*, der gerade in der Dominikanischen Republik verfilmt wurde:

»Der Roman gefällt mir nicht. Er liest sich wie eine Karikatur von García Márquez. Der Diktator ist eine Karikatur. Von all seinen Romanen scheint mir dieser sein schwächster zu sein.«

Knapp vier Jahre nachdem er seinen ausgerechnet von Carlos Barral verlegten Essay *Historia de un deicidio* (Geschichte eines Gottesmörders) veröffentlicht hatte, in dem er behauptete, García Márquez sei ein Gott, schien Vargas Llosa sich jetzt von diesem Gott, den er so verehrt hatte, abzuwenden und Atheist zu werden. Er fand nicht nur Gabriels politische Ideen beziehungsweise deren Nichtvorhandensein, dessen Mangel an ethischen Prinzipien sowie dessen Freundschaft mit Fidel Castro unmöglich, die er für eigennützig und opportunistisch hielt, weil er der Meinung war, García Márquez fehle nur der Mut, die Freundschaft zu beenden, da er den Sturm der Entrüstung fürchte, der dann über ihn hereinbrechen würde; nein, er war auch enttäuscht, dass García Márquez sich als Schriftsteller nicht ernst nahm:

»Er spielt ein bisschen den Clown. Er albert immer nur herum. Auch wenn er mit Journalisten spricht, macht er den Kasper.«

Es ärgerte ihn, zum Beispiel, dass Gabriel gesagt hatte:

»Ich bin bloß ein Mann, der Anekdoten erzählt. Beim Schreiben bin ich ungeschliffen. Man ist Schriftsteller, wie man Jude oder Schwarzer ist.«

Wütend machte ihn auch, dass Fidel Castro dem Kolumbianer unentwegt schmeichelte:

»Selbstverständlich hat García Márquez die Statur eines Staatschefs; das einzige Problem ist, dass man nicht weiß, welchen Staates oder welcher Staaten.«

Eines Tages – Vargas Llosa war euphorisch, weil er mit den Drehbüchern gut vorankam, und begeistert über die

Aussicht, bald im eigenen Film Regie zu führen und eine kleine Rolle darin für Susana zu finden – schlüpfte er in eine Badehose von Carlos Barral und verkündete:

»Susana, wir gehen ins Meer!«

»Bist du sicher, Mario?«, fragte sie.

»Salzwasser wird der Wunde guttun«, sagte er. »Außerdem hat Carlos Barral mir verraten, dass er in diesem Meer Übungen für die Stärkung seines Penis macht.«

»Übungen zur Penisstärkung?«, fragte Susana lachend.

»Ja«, gab Vargas Llosa zurück. »Carlos sagt, man soll mit dem Penis auf die Wellen schlagen, das stärkt ihn.«

Lachend stürmten sie nach draußen. Susana oben ohne, im Winter war kein Mensch am Strand. Mario betrachtete seine Freundin hingerissen und beglückwünschte sich für sie. Nicht eine Sekunde dachte er an Patricia und die Kinder. Vorsichtig begaben sie sich ins Wasser; Susana zuerst, dann Mario, zitternd zwar, doch hochzufrieden, dass er jetzt den roten Gummiring nicht brauchte, der im Sand liegen geblieben war. Als das Meer die Badehose des Schriftstellers benetzte und die frisch operierten Stellen befeuchtete, sprang Vargas Llosa wie ein wild gewordenes Pferd in die Luft und stieß einen Schmerzensschrei aus, als hätte ein Hai ihm das Bein abgerissen.

»So eine Scheiße! Ich brenne!«

Stöhnend vor Schmerz rannte er ans Ufer, während Susana lachte.

»Ich brenne, ich brenne!«, schrie Vargas Llosa immer wieder so laut, dass man es in Sitges hören konnte, sprang auf dem Sand herum, rannte im Kreis wie ein

Wahnsinniger, wie ein von einem ganzen Regiment vergewaltigter Rekrut.

»Hilf mir!«, rief er seiner Freundin zu. »Und hör endlich auf zu lachen!«

Susana, immer noch lachend, rannte so schnell sie konnte ans Ufer. Vargas Llosa zog sich die Badehose hinunter, bückte sich, streckte ihr den Hintern entgegen und rief:

»Blas da rein! Fächle mir Luft mit dem Gummiring zu! Lösch das Feuer!«

Susana blies ihrem Freund in den Hintern und starb dabei fast vor Lachen.

»Du solltest ihn um die Scheidung bitten«, sagte García Márquez zu Patricia. »Mario kommt nicht zu dir zurück.«

»Ich will mich nicht scheiden lassen«, antwortete Patricia. »Er ist zwar ein Unhold, aber ich liebe ihn noch immer.«

»Sei nicht kindisch, Patricia«, warf Mercedes ein. »Wenn der Kadett sich verliebt, kennt er kein Halten. Das weißt du besser als jede andere. Du und auch Tante Julia.«

Die drei saßen auf der Empore der Diskothek Bocaccio, an dem Tisch, den der Besitzer, Oriol Regás, stets für García Márquez reserviert hielt. Es war der versteckteste, diskreteste Tisch des Lokals, während unten, im ersten Stock, ein paar Leute tanzten. Gabriel, Mercedes und Patricia tranken Dom Pérignon, den Lieblingschampagner des Schriftstellers. Es war immer noch Winter in Barcelona. Patricia wusste nicht, dass Mario und seine Freundin ganz in der Nähe, in Calafell, im Haus des Verlegers Carlos Barral wohnten. Um sie zu schützen, hatte Carmen Balcells sie belogen:

»Mario ist in London. Danach fährt er nach Paris.«

In der Wohnung der García Márquez' wollte Patricia nicht bleiben. Sie zog das Hotel Sarrià vor, in dem Mario und Susana ein paar Wochen zuvor gewohnt hatten. Sie hatte sich damit abgefunden, in Lima zu bleiben. Aber sie wollte, dass Gabriel und Mercedes ihr halfen, Mario zurückzuerobern, ihn zur Vernunft zu bringen.

»Das Problem mit Mario«, sagte García Márquez, »ist seine Eitelkeit. Mario will nicht geliebt, sondern bewundert werden. Und du liebst ihn, aber bewunderst ihn nicht. Die kleine Freundin vom Schiff hingegen verehrt ihn, glorifiziert ihn, betet ihn an, verstehst du?«

»Mario ist Gott«, sagte Mercedes. »Er hält sich für Gott. Und seine Frauen sollen fanatische Verehrerinnen sein und ihn anbeten.«

»Mario ist Agnostiker«, erwiderte Patricia. »Er glaubt nicht an Gott. Er hält sich nicht für Gott.«

»Da irrst du dich, Cousinchen«, warf Gabriel ein. »Für Mario gibt es sehr wohl einen Gott: ihn selbst. In seiner Welt gibt es zwei Götter: ihn und mich. Aber ich bin für ihn ein gefallener, ein beschädigter Gott – ein Gott mit den falschen politischen Ansichten.«

»Ich kann ihn nicht verehren wie eine religiöse Fanatikerin«, sagte Patricia. »Und ich bin es leid, im Haus die ganze Arbeit für ihn zu machen, derweil er schreibt und in der Welt herumreist.«

»Weil Mario seine Frau als Sekretärin braucht«, erklärte Gabriel.

»Und als Dienerin, als Haushälterin, als Mädchen für alles«, ergänzte Mercedes.

»Aber ich hab's satt, seine Dienstmagd zu sein!«, rief Patricia. »Satt, seine Sekretärin zu sein! Ihr seht ja, wie er es mir lohnt, wie er es mir dankt! Er lernt eine Jüngere kennen und haut mit ihr ab, lässt mich mit drei Kindern allein, mit einem Baby! Und dann hat er noch die Stirn, mir zu sagen, dass seine Berufung als Schriftsteller Vorrang hat! Was ist mit meiner Berufung als Schriftstellerin? Zählen meine Träume gar nichts?«

»Du wolltest Schriftstellerin werden?«, fragte Mercedes.

»Klar«, antwortete Patricia. »Ich habe ein Jahr an der Sorbonne Literatur studiert. Mein Traum war, Schriftstellerin zu werden. Ich habe bei Mario und Julia in Paris gewohnt, als die beiden noch verheiratet waren.«

»Wenn du davon träumst, Schriftstellerin zu sein«, sagte Gabriel, »dann wirst du Schriftstellerin. Kein Mann wird diesem Traumschwan den Hals umdrehen, Cousinchen.«

»Das ist doch nicht fair!«, rief Patricia. »Ich habe alles für ihn gegeben. Mein Studium an der Sorbonne aufgegeben, mich seinetwegen mit meinen Eltern gestritten, ihn geheiratet. Und während der drei Jahre in London und der vier Jahre, die wir hier gelebt haben, habe ich alles, absolut alles getan, damit er in Ruhe schreiben konnte!«

»Ich kann dich gut verstehen«, sagte Mercedes. »Als Gabito in Mexiko *Hundert Jahre Einsamkeit* schrieb, musste ich alles verkaufen, verpfänden, mich bis zum Hals verschulden.«

»Als der Roman endlich herauskam, hatten wir zwölftausend Dollar Schulden«, sagte García Márquez.

»Stell dir vor, Mercedes, nach all den Opfern, die du für Gabriel gebracht hast, erscheint der Roman, er verliebt sich in ein junges Ding und lässt dich sitzen. Was würdest du tun?«

»Ich würde ihm die Eier abschneiden.«

Alle lachten. Patricia bestellte noch mehr Champagner. Mercedes stand auf und ging zur Toilette.

Patricia beugte sich zu Gabriel hinüber und sagte mit gesenkter Stimme: »Mario ist mein einziger Mann gewesen. Ich habe nie mit einem anderen geschlafen. Mit fünfzehn habe ich ihm meine Jungfräulichkeit gegeben. Ich habe geglaubt, er würde mir nie im Leben untreu sein. Aber nein: Er ist untreu, und ich weiß nicht, ob es einmal anders wird.«

»Das Problem mit Mario«, sagte Gabriel, »ist nicht, dass er untreu ist, sondern dass er nicht loyal ist.«

»Hast du Mercedes schon einmal betrogen?«, traute Patricia sich zu fragen.

»Niemals«, antwortete Gabriel. »Ich stehe treu und loyal zur Schlange des Nils. Treu und loyal bin ich dem heiligen Krokodil ergeben. Ich bin bis in die Knochen monogam, Cousinchen.«

»Aber du hast doch andere Frauen gehabt«, sagte Patricia. »Andere Freundinnen.«

»Ich hatte nur einmal eine Freundin, in Paris, bevor ich Mercedes geheiratet habe. Eine Spanierin, Baskin, Dichterin, Schauspielerin. Wir waren beide bitterarm. Wir haben von Flaschenpfand gelebt, manchmal aus Abfallkörben gegessen. Aber seit ich die Mutter Oberin geheiratet habe, war ich mit keiner anderen Frau zusammen und will es auch nicht sein.«

Mercedes kam aus dem Waschraum zurück und zündete sich eine Zigarette an. Sie rauchte immer noch, obwohl Gabriel es vor vier Jahren aufgegeben hatte, als die Vargas Llosas nach Barcelona gezogen waren.

»Glaubt ihr, dass Mario mich zum ersten Mal betrügt?«, fragte Patricia.

Mercedes schaute ihren Mann an und beide mussten lächeln, als kannten sie alle Geheimnisse, die der armen naiven Patricia verborgen geblieben waren.

»Nein«, antwortete Mercedes, »das hat er schon öfter getan.«

Patricia schlug die Hände vors Gesicht und brach in Tränen aus. Mercedes nahm sie in die Arme. Gabriel dachte: Das Cousinchen ist immer noch in den Kadetten verliebt. Schlimm, schlimm.

»Schon öfter!«, rief Patricia verärgert, nahm ihren Stolz und ihre Würde zusammen und fragte: »Woher wisst ihr das?«

»Gabito war dabei«, sagte Mercedes.

Patricia schien bestürzt, verwirrt. García Márquez fühlte sich verpflichtet, ihr zu erklären, worüber er lieber geschwiegen hätte. Doch Patricia war ein verwundetes Tier, und er empfand Mitleid mit ihr.

»Du weißt, dass Mario Huren mag.«

»Und du auch«, sagte Mercedes mit zynischem Lächeln.

»Aber ich gehe nicht mit ihnen ins Bett«, erwiderte Gabriel. »Ich besuche zwar gerne Bordelle, aber nicht, um Huren flachzulegen, sondern um mich mit ihnen zu unterhalten, mich mit ihnen zu betrinken.«

»Mario hat seine Unschuld bei einer Hure verloren«, sagte Patricia. »Da war er vierzehn Jahre alt. Und als er mit Tante Julia verheiratet war, hat er sie mit französischen Huren betrogen. Das hat er mir selbst erzählt.«

»Ich sag's ja«, fuhr Gabriel fort, »wenn Mario in eine Stadt kommt, versucht er sofort, das beste Bordell zu finden und die schönste Hure zu kriegen.«

»Aber er verliebt sich nicht in sie, Gabito«, warf Mercedes ein. »Jetzt aber hat er sich in die kleine Peruanerin vom Schiff verliebt, das ist was anderes.«

Patricia nahm ihren ganzen Mut zusammen und fragte:

»Bist du schon einmal mit Mario zu Huren gegangen, als er mit mir verheiratet war?«

García Márquez nahm einen Schluck von seinem Champagner, strich sich über den Schnurrbart und suchte nach den passenden Worten. Er fühlte sich in einer Falle gefangen. Sollte er loyal zu Patricia, dem Opfer, stehen oder zu Mario, dem Täter? Könnte er ihr Freund bleiben, ohne es sich mit ihm zu verderben?

»Ja«, sagte García Márquez. Und mit Blick auf seine Frau fügte er hinzu: »Das heilige Krokodil weiß davon.«

»Erzähle mir alles«, sagte Patricia zu Mercedes.

»Als sie sich in Caracas kennenlernten, warst du in Lima, weißt du noch?«, antwortete Mercedes.

»Na klar«, sagte Patricia. »Ich stand kurz vor der Entbindung von Gonzalo, deinem Patenkind, Gabriel.«

»Nachdem er den Preis bekommen hatte, bat er Gabito, mit ihm ins beste Bordell von Caracas zu gehen«, fuhr Mercedes fort.

»Warst du denn nicht mit ihnen in Caracas?«, fragte Patricia überrascht.

»Doch, das war sie«, sagte Gabriel. »Ich habe ihr aber gesagt, dass ich noch mit Mario ins Bordell gehe.«

»Ich weiß, dass Gabito, wenn er zu den Huren geht, mir nicht untreu ist. Er unterhält sich nur mit ihnen«, erklärte Mercedes. »Gabito erzählt mir alles. Manchmal verliebt er sich sogar in eine.«

»Das hilft mir, über Frauen zu schreiben«, sagte Gabriel.

»Und du warst mit Mario in Caracas im Bordell?«, hakte Patricia nach.

»Ja«, erwiderte Gabriel. »Ich kannte mich in Caracas aus. Wir hatten dort bis zum Sturz von Pérez Jiménez gelebt. Ich kannte sämtliche Huren im besten Bordell.«

»Und Mario ist mit einer ins Bett gegangen? Er hat es mit einer Hure getrieben, während ich in Lima seinen Sohn zur Welt brachte?«

»Ob er sie flachgelegt hat, weiß ich nicht«, sagte Gabriel. »Aber sie sind in einem der Separees verschwunden und nach einer Weile wieder herausgekommen.«

»Natürlich hat er sie gevögelt«, fuhr Mercedes ungeduldig dazwischen. »Du glaubst doch wohl nicht, Gabito, dass Mario ihr *Das grüne Haus* vorgelesen hat!«

García Márquez lehnte sich zurück und schwieg. Er fühlte sich bedrückt, als würde ihm die Luft abgeschnürt. Er wollte gehen. Doch Patricia schien es wissen zu wollen.

»Bist du mit Mario auch in anderen Bordellen gewesen?«

»Natürlich!«, antwortete Mercedes. »In allen Bordellen! Überall! Sie unternahmen zusammen diese Reise, als sie sich gerade kennengelernt hatten. Gabito war mit ihm in Caracas im Bordell, in Mérida, in Bogotá.«

García Márquez lachte, was blieb ihm übrig, und fügte hinzu:

»Und wir waren in einem in Lima, das Mario gut kannte.«

Patricia lachte nicht. Sie war verletzt und sagte:

»Was für ein Egoist ist Mario. Mir das anzutun, als ich mit Gonzalo in den Wehen lag!«

»Aber vielleicht ist Mario mit der Hure nicht ins Separee gegangen, um sie zu vögeln«, sagte Gabriel, »sondern um sich mit ihr zu unterhalten, wie ich es in der Bar oder am Tresen tat.«

»Das glaubst du doch selbst nicht, Gabito«, warf Mercedes ein.

»In welchen Bordellen wart ihr sonst noch?«, fragte Patricia. »Ich will alles wissen.«

Gabriel wusste nicht, was er antworten sollte.

»Mario kennt alle Bordelle dieser Welt«, sagte Mercedes.

»Jedenfalls der freien Welt«, pflichtete Gabriel ihr schelmisch bei. »In London und Paris, wo er gelebt hat, wird er von den Madames der feinsten Bordelle empfangen, als wäre er der Hausherr, dem sie alle zu Füßen liegen.«

»Das musst du doch verstehen, Patricia«, sagte Mercedes. »Mario und Gabito haben ihre ersten Erfahrungen mit Prostituierten gemacht.«

»Mit den hübschen Huren von Cartagena und Barranquilla habe ich sogar über dem Puff gewohnt«, erklärte Gabriel. »Und Mario mit den Huren von Lima, wie er mir erzählt hat, wenn er am Wochenende in der Kadettenanstalt frei hatte.«

»Wenn das für dich unannehmbar ist, wenn du nicht mit einem Mann zusammensein kannst, der auf jeder seiner Reisen zu Huren geht, dann lass dich lieber scheiden«, empfahl Mercedes.

»Er ist so ein Macho!«, rief Patricia. »Er kann mich mit sämtlichen Huren dieser Welt betrügen, und ich sollte ihm treu sein, mich um seine Kinder kümmern, ihm das Haus in Ordnung halten, das Essen kochen, waschen und bügeln. Das ist nicht fair!«

»Nein«, stimmte ihr Mercedes zu, »fair ist das nicht. Um Gerechtigkeit herzustellen, wäre es am besten, eine günstige Scheidung zu erwirken.«

Ein hübsches Mädchen trat zu ihnen und bat García Márquez um ein Autogramm auf einer Papierserviette. Gabriel sagte zu ihr:

»Ich gebe keine Autogramme auf unbeschriebenes Papier. Kauf eines meiner Bücher, bring es her und ich signiere es dir.«

»Aber um diese Zeit sind sämtliche Buchläden geschlossen«, entgegnete das Mädchen.

»Geh zum Drugstore im Paseo de Gracia, der hat vierundzwanzig Stunden offen, da gibt es eine Bücherecke«, sagte Gabriel.

Das Mädchen ging aufgeregt davon und kam eine halbe Stunde später mit einem Buch von García Márquez zurück, das dieser ihr umstandslos signierte.

Zu Patricia sagte er:

»Geh zu meinem Anwalt. Der ist der beste in Barcelona. Dem sagst du, dass du dich scheiden lassen willst.«

Patricia nickte verzagt.

»Wenn du glaubst, dass Mario zu dir zurückkommt, kannst du dein ganzes Leben lang warten.«

»Hundertfünfzig Jahre«, sagte Mercedes. »So lange geht Gabitos Vertrag mit Carmen Balcells.«

»Weißt du noch, wo in Lima das Bordell lag, zu dem Mario dich mitgenommen hat?«, fragte Patricia.

»Lima, was für eine furchtbare Stadt!«, rief Gabriel.

»Wir waren damals zum ersten Mal in Lima«, erklärte Mercedes.

»Und wir werden nie wieder hinfahren«, sagte Gabriel.

»Warum nicht?«, fragte Patricia.

»Gabito ist abergläubisch«, antwortete Mercedes.

»Lima hat was Schauderhaftes«, erklärte García Márquez. »Die Stadt ist fürchterlich. Das habe ich gemerkt, als ich mit dem Kadetten diese unsägliche Veranstaltung in der Universität hatte. Was habe ich auf dem Podium gelitten! Der Kadett wollte, dass ich rationale Erklärungen für alles abgebe, was ich schreibe!«

»Ich soll also nicht in Lima bleiben?«, fragte Patricia.

»Nein«, antwortete Gabriel ohne zu zögern. »Komm nach Barcelona, Cousinchen.«

»Wir denken aber daran, nach Mexiko umzuziehen«, warf Mercedes ein.

»Wir wollen das Haus kaufen, in dem ich *Hundert Jahre Einsamkeit* geschrieben habe«, sagte García Márquez. »Du kannst dir nicht vorstellen, wie oft ich von diesem Haus träume.«

»Du hast immer noch nicht meine Frage beantwortet, Gabriel«, beharrte Patricia.

»Welche?«, fragte Gabriel, den Zerstreuten spielend.

»Wo sich das Bordell befand, in dem du mit Mario warst.«

Gabriel schnaufte erschöpft, entmutigt, dachte vielleicht, was für eine hartnäckige, streitlustige Frau das Cousinchen Patricia war, nie würde sie von Mario lassen, so besessen war sie von ihm.

»In San Isidro«, antwortete García Márquez schließlich. »Ein vornehmes, herrschaftliches, zweistöckiges Haus in einer engen Gasse, in der Nähe eines Parks namens Olivar oder Olivares, eines traurigen Parks mit Olivenbäumen.«

»Wenn ich wieder in Lima bin, werde ich das Bordell finden und mit allen Mädchen dort sprechen«, sagte Patricia.

»Tu das nicht«, riet ihr Mercedes. »Streu kein Salz in die Wunde.«

»Komm, wir tanzen«, sagte Gabriel und stand auf.

»Geht ihr«, entgegnete Mercedes.

Als er mit Patricia tanzte, dem verzweifelten, dem verletzten, dem verlassenen Cousinchen, das ihn an sich drückte, ihn anschaute, seinen Rücken streichelte, dachte García Márquez: Teufel noch eins, die Cousine macht mich an.

Dann kam ein kleiner dicker Mann mit Knollennase, der wie ein ehemaliger Boxer aussah, trat zu ihnen und sagte zu Patricia:

»Tanzen wir?«

»Aber gerne doch«, antwortete Patricia, und García Márquez kehrte erleichtert zu Mercedes zurück, dem heiligen Krokodil, dem nichts verborgen blieb.

Während er mit Patricia Llosa tanzte, der Frau, die Mario verlassen hatte – das Gerücht war wie Wodka pur über die oberen Ränge des Clubs gerieselt –, dachte Juan Marsé, dass er eines Tages ein Buch über die ausschweifenden Nächte in dieser Diskothek schreiben würde; dem Bocaccio, in dem sich die linke Geisteselite, die Crème der spanischsprachigen Autoren traf.

»Dies alles ist nichts anderes als eine nachtschwärmerische Verbeugung vor dem Wiedersehen; eine unwirkliche Art, zusammen zu trinken und die Nacht nicht enden zu lassen; ein intellektuelles Augenzwinkern zu entspannter Stunde«, schrieb Marsé im Geiste und leckte sich die Lippen bei dem Gedanken an Patricia ohne ihr goldenes Höschen.

»Du musst in einer Szene nackt auftreten«, sagte Vargas Llosa zu der peruanischen Schauspielerin Camucha Negrete. »Wenn nicht, kannst du die Rolle der *Brasileña* nicht übernehmen.«

»Mario, du weißt, wie sehr ich dich bewundere«, antwortete Camucha Negrete. »Aber ich bin verheiratet, mein Töchterchen Claudita ist gerade geboren, ich kann in deinem Film keine Nacktszene spielen.«

Vargas Llosa und Camucha Negrete saßen in der *Tiendecita Blanca*, in Miraflores, Lima, und tranken Kaffee. Es gab keinen Gast, Kellner oder Spaziergänger, der den beiden keinen erstaunt neugierigen Blick zuwarf. Mit dreißig Jahren war Camucha Negrete eine der schönsten und talentiertesten Schauspielerinnen Perus, eine erotische Ikone, eine sinnliche Göttin, Lieblingskind des Fernsehens, und Vargas Llosa war mit seinen neununddreißig Jahren ein hübscher, brillanter, unwiderstehlicher Verführer, der zuerst mit seiner Tante und dann mit seiner Cousine verheiratet war, von der er sich jetzt allerdings getrennt hatte, was in Lima jedoch nur wenige wussten.

Ist Vargas Llosa jetzt mit Camucha zusammen?, fragten sich die Kellner in der Küche aufgeregt. Hatte sich der Schriftsteller etwa in dieses Schnuckelchen verliebt?

»Ich kann mich halbnackt von hinten filmen lassen«, sagte Camucha. »Ich kann alle Bettszenen drehen, die du willst, Mario. Aber meine Brüste und meinen Hintern werde ich nicht zeigen, du musst schon entschuldigen.«

Vargas Llosa und seine Freundin Susana machten auf ihrer Reise zu den Dreharbeiten in der Dominikanischen Republik Zwischenstation in Lima. Mario hatte seine drei Kinder besucht, die bei ihren Großeltern, Lucho und Olga, Patricias Eltern, untergebracht waren. Patricia war immer noch in Barcelona und ließ sich von den García Márquez' trösten.

»Du musst Camucha davon überzeugen, dass sie die Rolle der *Brasileña* übernimmt«, sagte Lucho, Vargas Llosas Schwiegervater. »Wenn du Camucha hast, schlägt der Film in Peru wie eine Bombe ein. Es gibt keinen Peruaner, der nicht von Camucha träumt.«

»Wir werden Camucha engagieren«, versprach Vargas Llosa. »Aber sie wird sich nicht ausziehen wollen, wie es für die *Brasileña* erforderlich ist.«

»Alles hat seinen Preis«, sagte Lucho. »Wenn die Paramount sie gut bezahlt, zieht sie sich auch aus.«

Obwohl Mario sich von Patrica getrennt hatte, obwohl Lucho und Olga Marios drei Kinder hüteten, obwohl Patricia immer noch wütend auf Mario war und ihn einen Verräter, Teufel und Egoisten nannte, wurde Vargas Llosa von seinen Schwiegereltern, die auch sein Onkel und Tante waren, immer noch geliebt. Sie verziehen ihm, denn für sie war er ein Genie, und sie glaubten, seine amouröse Aufwallung für Susana Diez Canseco, Susanita, das Mädchen vom Schiff, würde bald wieder vergehen.

»Und wem gibst du die Rolle des geilen Zwergs?«, fragte Lucho.

»Ich weiß noch nicht.«

»Petipán ist wie geschaffen für diese Rolle«, schlug der Schwiegervater vor. »Für die Rolle des Chupito ist er perfekt.«

In der *Tiendecita Blanca* versprach Mario Camucha: »Du wirst von deinem Mann und deiner Tochter nur einen Monat, maximal eineinhalb Monate getrennt sein. Und was die Nackt- oder Halbnacktszenen angeht, das sehen wir dann vor Ort. Du darfst dir diesen Film nicht entgehen lassen, Camucha. Es ist eine internationale Paramount-Produktion. Sie wird in Spanien und in Mexiko, in der ganzen Welt gezeigt werden.«

»Du kannst auf mich zählen, Marito. Aber halte mir die Nacktszenen vom Leib. Tu es für meine Tochter Claudita.«

Während der wenigen Tage, die er in Lima verbrachte, sah Vargas Llosa nicht nur seine Kinder, sondern lernte auch die Eltern seiner Freundin Susana Diez Canseco kennen, die sie in deren herrschaftlichen Wohnsitz in San Isidro besuchten.

»Wir möchten wissen, ob du mit unserer Tochter ernste Absichten hast«, fragte Susanas Vater, Mauricio, in feierlichem Ton.

»Sehr ernste«, antwortete Mario. »Noch nie war ich so verliebt. Diese Monate mit Ihrer Tochter waren die glücklichsten meines Lebens.«

Dasselbe hat dieser Halunke sicher auch zu seiner Tante Julia und seiner Cousine Patricia gesagt, dachte Amparo, Susanas Mutter.

»Haben Sie die Absicht, sie zu heiraten?«, fragte sie.

»Im Moment noch nicht«, antwortete Vargas Llosa. »Ich bin noch mit Patricia verheiratet. Das wird eine lange und komplizierte Scheidung werden.«

Susanas Vater, Mauricio Diez Canseco, ein Mann mit großem Vermögen und eigenen Reitpferden, Gegner der Militärdiktatur von Velasco Alvarado und Ritter des Malteserordens, wandte sich an Mario und sagte:

»Du weißt, dass Susana nicht meine leibliche Tochter ist? Wenn ihr euch verloben wollt, solltest du das vielleicht wissen.«

Vargas Llosa zuckte zusammen, räusperte sich und fragte:

»Sie ist nicht deine Tochter?«

»Nein«, sagte Mauricio. »Streng genommen nicht.«

»Ich hatte eine Beziehung zu einem anderen Mann, bevor ich Mauricio kennenlernte und ihn geheiratet habe«, sagte Amparo. »Aber dieser Herr hat Susana nicht als seine Tochter anerkannt und ihr nicht seinen Namen gegeben.«

Vargas Llosa schaute Susana fassungslos an.

»Der Name dieses Herrn ist Ernesto Vargas«, sagte Mauricio Diez Canseco. »Er lebt in Los Angeles. Es ist dein Vater, Mario. Und der Vater von Susana.«

»Deine Freundin Susana ist deine Schwester«, erklärte Amparo Diez Canseco.

»Schwester väterlicherseits«, ergänzte Mauricio Diez Canseco.

Am ganzen Leib zitternd, stand Vargas Llosa auf, die Augen quollen ihm aus den Höhlen, rot glühend vor Scham rief er aus:

»Das kann nicht sein! Es kann nicht sein, dass Susana Ernestos Tochter ist!«

»Ist sie aber«, sagte Mauricio mit ernster Miene. »Nach der Liebelei mit deiner Tante und deiner Cousine gehst du jetzt mit deiner Schwester ins Bett, lieber Mario.«

In diesem Moment brach Susana in lautes Gelächter aus, das sofort auf ihre Eltern übergriff.

»Das war nur ein Scherz, du Dummer!«, sagte sie zu ihrem Freund. »Sie haben dich bloß auf den Arm genommen!«

»Du musst uns diesen Streich verzeihen«, sagte Amparo, immer noch lachend.

»Und du hast alles geglaubt!«, beölte sich Mauricio. »Wir haben dem Romanschreiber und Märchenerzähler ein Märchen erzählt, und er ist voll darauf hereingefallen.«

Ohne weiteres Wort verließ Mario das Haus mit finsterer Miene und hasste Susanas Eltern. Für was, zum Teufel, hielten sich diese alten Spießer, ihn so hereinzulegen, diese Trottel.

Ärgerlich auf Susana, sagte Mario zu ihr:

»Bleib ein paar Wochen in Lima, bei deinen Eltern. Ich muss in Santo Domingo allein sein, mich ganz auf den Film konzentrieren. Ich habe noch keine Ahnung, wie ich Regie führen soll.«

Nach seiner Ankunft in Santo Domingo fuhr Vargas Llosa im Taxi hundertdreißig Kilometer nach Osten in das Dörfchen La Romana, in der Nähe von Punta Cana, wo die Produzenten der Paramount eine Art Weiler oder Marktflecken aufgebaut hatten: eine Insel mit allen technischen Erfordernissen und Annehmlichkeiten, damit das Abenteuer in einem sicheren Hafen landete und der Film eine weltweit erfolgreiche Erotik-Komödie werden konnte. Die Produzenten kannten Vargas Llosa schon von dem Dokumentarfilm für RTF (Radiodiffusion-Télévision Française) über die Dominikanische Republik zu Zeiten des Diktators Trujillo, in dem der Schriftsteller für sie die Regie übernommen hatte. Die von Charles Bludhorn geführte Paramount war von der Gulf & Western Company aufgekauft worden. Deren Chef für beide Amerikas, Álvaro Carta, der große Zuckerrohrplantagen besaß, in Kuba geboren war und in Miami lebte, war, genau wie Bludhorn, ein Bewunderer Vargas Llosas. Beide hatten auf einem Transatlantikflug den Roman vom Hauptmann und dem Frauenbataillon gelesen und sich halb totgelacht dabei. Und sie hatten sich vorgenommen, daraus einen Film zu machen, der sowohl in Spanien als auch in Lateinamerika ein Hit werden würde.

»Ich will keinen peruanischen Film«, sagte Charlie Bludhorn zu Carmen Balcells. »Ich will einen internationalen Film mit erstklassigen Darstellern, mit großen Stars, die uns die Türen für Spanien und Mexiko öffnen.«

Da Charlie Bludhorns Paramount – mit dem großen Geld der Gulf & Western im Rücken – keine Kosten gescheut hatte (in La Romana war gerade das Luxushotel Casa de Campo, mit einem spektakulären Golfplatz, fertiggestellt worden), staunte Vargas Llosa nicht schlecht, als er in dem niedlichen Dörfchen eintraf. Auf der einladenden Insel La Española hatten die Produzenten ein ganzes Dorf aufbauen lassen, in dem der Film gedreht werden konnte, ohne dass man den Drehort wechseln musste. Alles war gut durchdacht und aufgebaut: die Kaserne, das Bordell, das Büro des Bürgermeisters, die Unterkünfte des Frauenbataillons, und Kameras, Beleuchtung und Aufnahmegeräte entsprachen dem neuesten Stand der Technik. Der Regisseur und die Schauspieler waren im nur einen Steinwurf entfernten *Casa de Campo* untergebracht. Mario konnte sich nicht beklagen. Bludhorns Paramount hatte alle seine Wünsche erfüllt, war ihm in allem entgegengekommen, in seinen künstlerischen Neigungen, seinen Launen und Vorlieben, seinen ästhetischen Ansprüchen. Monate zuvor, als er mit seiner Freundin Susana in New York Zwischenstation machte, hatte er in einem Theater am Broadway die mexikanische Schauspielerin Katy Jurado gesehen, die er schon aus Hollywoodfilmen kannte. Er war so hingerissen von ihrer pervers-verführerischen Schönheit, dass er sie unbedingt für die Rolle der *Chuchupe* haben wollte, der Chefin des dienstbaren Frauenbataillons, der amazonischen Hetären. Außerdem hatte er darum ersucht, die Rolle des Hauptmanns dem spanischen Schauspieler José Sacristán anzubieten, der im damaligen Spanien, wo der Diktator Franco auf dem Sterbebett lag und in Zeitlupe zu sterben schien, ein beliebter Filmstar war. In Barcelona hatte Vargas Llosa kürzlich zwei Filme mit Sacristán gesehen, zwei Komödien, die ihn begeistert hatten: *No quiero perder la honra* (Ich will meine Ehre behalten), in der Sacristán einen Zuhälter spielte, der sich in eine Hure verliebt, und *Los nuevos españoles* (Die neuen Spanier).

»Mit Pepe Sacristán kriegen wir die spanischen Kinos voll«, sagte Vargas Llosa zu seiner Agentin, Carmen Balcells. »Und mit Katy Jurado die mexikanischen.«

»Und mit dir die peruanischen Kinos«, entgegnete Balcells.

»Nein«, widersprach Mario. »In Peru gehen sie wegen Camucha Negrete hin.«

Doch Camucha, die gerade ohne ihren Mann und ohne die einjährige Tochter in La Romana angekommen und ganz aufgeregt war, weil sie mit Vargas Llosa arbeiten konnte, weigerte sich nach wie vor, nackt aufzutreten.

»Nur mein nackter Rücken darf ins Bild. Meine Brüste müssen mit einem Schleier oder mit *masking tape* bedeckt sein.«

»Was, zum Geier, ist *masking tape*?«, fragte der Co-Regisseur José María Gutiérrez seinen Freund Vargas Llosa, den er schon aus der Zeit kannte, als der peruanische Autor ein Aufenthaltsstipendium für Madrid bekommen hatte.

»Klebeband«, erklärte ihm Mario, enttäuscht, weil Camucha nicht die Sexbombe, die lüsterne Göttin spielen wollte und stattdessen die reservierte Dame gab.

So sehr drangen Vargas Llosa und Gutiérrez auf Camucha ein, dass sie schließlich einwilligte, nur ihnen beiden ihre Brüste zu zeigen, damit sie sehen konnten, dass sie, nachdem sie ihre Tochter Claudia ein Jahr lang gestillt hatte, herabhingen und noch immer Schwangerschaftsstreifen hatten und nicht im Kino vorzeigbar waren. In Vargas Llosas Wohnwagen, in dem es keine Kameras und keine Scheinwerfer gab, saßen die beiden Regisseure mit düsteren Mienen, als betrachteten sie einen aufgebahrten Leichnam und nicht die atemberaubende Schönheit dieser Frau, die, während Mario sich den Schweiß von der Stirn tupfte, wie selbstverständlich ihre weiße Leinenbluse aufknöpfte und den Büstenhalter ablegte, stolz zwei Schritte vortrat und zu ihnen sagte:

»Seht ihr? Meine Brüste hängen und haben Schwangerschaftsstreifen. Ich sehe aus wie eine alte Frau.«

»Da bin ich anderer Meinung, Camucha«, sagte Vargas Llosa sehr ernst. »Du hast herrliche Brüste.«

»Danke, Marito. Du bist ein Galan«, erwiderte die Schauspielerin errötend. »Du weißt, dass es für mich keinen attraktiveren Mann gibt als dich.«

»Ich habe die Lösung!«, rief Gutiérrez begeistert. »Du hältst deinen nackten Rücken in die Kamera, Camucha, und wenn wir die Brüste zeigen, werden es die einer anderen sein.«

»Die einer anderen Frau?«, rief Camucha überrascht. »Wie denn das?«

»Großartige Idee«, sagte Vargas Llosa.

»Das Publikum wird glauben, es seien deine«, erklärte Gutiérrez.

»Und sie werden wunderschön aussehen«, ergänzte Vargas Llosa.

»Ach, wie peinlich«, antwortete Camucha. »Aber gut, ich akzeptiere. Alles für die Kunst.«

Nachdem sie sich wieder angezogen hatte, verließ die Schauspielerin triumphierend den Wohnwagen: Sie würde sich nicht nackt präsentieren, ihr Mann würde sich nicht entehrt fühlen, und sie würde vor ihrer Familie nicht wie ein Flittchen dastehen. Vargas Llosa und Gutiérrez arbeiteten weiter am Drehbuch, als es an der Tür des Wohnwagens klopfte. Es war der peruanische Zwerg Justo Espinoza, geboren in Jauja, knapp neunzig Zentimeter groß, bekannt unter dem Namen Petipán. Er würde die Rolle des *Chupito* spielen.

»Wenn ihr mich für erotische Szenen braucht«, sagte er, »könnt ihr auf mich zählen. Ich bin gut bestückt.«

Alle lachten. Ein paar Tage später, kurz vor Drehbeginn, kamen José Sacristán aus Madrid und die Mexikanerinnen Katy Jurado und Rosa Carmina aus Mexiko-Stadt. Als Vargas Llosa Katy Jurado wiedersah, die er erst vor Kurzem am Broadway gesehen hatte, dachte er: Diese Frau ist ein Wirbelsturm, ein Hurrican, was für ein Weib! Man glaubt sofort, dass sie Marlon Brando und Frank Sinatra flachgelegt hat.

Der Schriftsteller, Drehbuchautor und jetzt auch Regisseur konnte nicht wissen, dass ein Hurrican namens *Eloise* im Anzug war, ein echter und nicht geschauspielerter Wirbelsturm, der in La Romana, in Punta Cana, in Santo Domingo und in der ganzen Dominikanischen Republik, auf der gesamten Insel Hispaniola und vor allem und ganz besonders in dem reizenden Dörfchen, das die Paramount als Kulisse aufgebaut hatte, wüten würde, als hätte er es nur auf dieses Kleinod abgesehen.

»Gabriel, komm mit deiner Frau sofort nach Paris«, sagte Neruda am Telefon. »Ich lade euch morgen zum Essen ein.«

Das war an einem Mittwoch im Oktober. Neruda rief aus seinem Büro in der chilenischen Botschaft in Paris an. García Márquez und seine Frau wohnten in Barcelona.

»Aber Pablo, du weißt doch, dass ich nach Paris nicht fliege«, sagte García Márquez, überrascht von dem drängenden Ton, in dem die Einladung ausgesprochen wurde. War der Dichter krank? Hatte er sich in ein junges Ding verliebt, wie Gerüchte wissen wollten? Oder war es nur eine plötzliche Laune?

»Ich bitte dich zu kommen, Gabriel.«

»Aber nach Paris fahre ich nur mit dem Zug, Pablo. Du weißt, dass ich Angst vorm Fliegen habe.«

»Wenn du nicht kommst, muss ich weinen.«

»Gut, dann kommen wir mit dem Flugzeug«, versprach Gabriel. »Morgen essen wir mit dir.«

Nachdem er aufgelegt hatte, rief er aufgeregt:

»Pablo ist ganz aus dem Häuschen! Morgen müssen wir in Paris mit ihm essen!«

Neruda hatte einen Anruf vom Präsidenten der Schwedischen Akademie bekommen, dem Schriftsteller Artur Lundkvist, Kommunist und Freund von Borges, in dem er ihm mitteilte, dass am nächsten Tag, Donnerstag, nachmittags bekannt gegeben würde, dass er den Nobelpreis für Literatur bekam, der zuvor erst zwei Lateinamerikanern verliehen worden war: der Chilenin Gabriela Mistral und dem Guatemalteken Miguel Angel Asturias. Aber Lundkvist warnte Neruda:

»Das ist noch geheim. Niemand darf davon erfahren. Es darf auf keinen Fall an die Presse durchdringen.«

»Keine Sorge«, antwortete Neruda, »ich glaube nichts, bevor ich es nicht schriftlich habe.«

Auf dem Flug von Barcelona nach Paris lasen die García Márquez' den Essay von Vargas Llosa, den Carlos Barral in seinem Verlag Seix Barral unter dem Titel *Historia de un deicidio* veröffentlicht hatte. Da sie nur ein Exemplar davon besaßen, aber es beide gleichzeitig lesen wollten, las Gabriel eine Seite, riss sie heraus und gab sie Mercedes, die das herausgerissene Blatt dann las, es danach zerknüllte und diskret auf den Teppichboden des Flugzeugs fallen ließ.

»Dieser Mario hat mich gerupft, zerpflückt, in Stücke gerissen«, konstatierte García Márquez betrübt. »Ich fühle mich wie eine sezierte Leiche.«

Dann riss er wieder eine Seite heraus, die Mercedes danach las und unter sich fallen ließ.

Als Mario erfuhr, dass Gabriel und Mercedes eine Seite nach der anderen aus seinem Buch gerissen hatten, um es gleichzeitig lesen zu können, was Mercedes ihm später in dem Glauben erzählte, dass es ihm schmeicheln und er es als Zuspruch auffassen würde, konnte er nicht darüber lachen, sondern war beleidigt, weil er es als eine Respektlosigkeit gegenüber seiner intellektuellen Arbeit betrachtete.

Vargas Llosa, der sich an diesem Oktobertag ebenfalls in Barcelona aufhielt, war von Neruda nicht zum Essen in Paris eingeladen worden. Der kannte ihn zwar, hatte ihn zwei Jahre zuvor in sein Haus in Isla Negra eingeladen und dabei auch Patricia Llosa kennengelernt. Aber er betrachtete sich nicht als Freund des Peruaners, spürte nicht die lächelnde, spielerische Vertrautheit, die er in Anwesenheit von García Márquez empfand. Deshalb wollte er ihn nicht zu dem Essen einladen, bei dem der Nobelpreis gefeiert werden sollte, obwohl er wusste, dass García Márquez und Vargas Llosa Freunde waren, Vertraute und Nachbarn.

Als Gabriel und Mercedes nach Mitternacht in Paris eintrafen, fuhren sie in die Wohnung, die sie dort gekauft hatten und die sich in demselben Haus in Montparnasse, nur einen Steinwurf vom La Coupole entfernt, befand wie die von Gabriels alter Freundin Tachia Quintanar. Tags darauf, am Donnerstag, gab die Schwedische Akademie bekannt, dass Pablo Neruda den Nobelpreis für Literatur gewonnen hatte. Neruda und seine Frau Matilde lagen sich mit Gabriel und Mercedes in den Armen. Ebenfalls in der chilenischen Botschaft anwesend waren Nerudas Schwester Laura, der Schriftsteller Jorge Edwards, der Nerudas erster Botschaftssekretär war, und dessen Frau Pilar, der mit Neruda und García Márquez befreundete chilenische Maler Roberto Matta sowie der französische Autor Régis Debray. Nachdem sie mit Champagner angestoßen hatten, den der stets großzügige Edwards für den Dichter mitgebracht hatte, begaben sich alle in das Restaurant, das Neruda ausgewählt hatte. Sie bestellten Kaviar, Austern, weiße Trüffeln – all die exquisiten Köstlichkeiten, die der Dichter mit Poesie in Verbindung brachte. Mit einem Mal wurde der frischgebackene Nobelpreisträger still und begann auf die Rückseite der Speisekarte zu schreiben.

»Ist dir ein Gedicht eingefallen?«, fragte Gabriel.

»Nein, ich schreibe die Nobelpreisrede«, antwortete Neruda ohne jede Arroganz, als wäre es das Natürlichste der Welt.

»Hättest du deine Präsidentschaftskandidatur nicht zugunsten Allendes zurückgezogen, wärst du jetzt Präsident von Chile und nicht Nobelpreisträger«, sagte Gabriel.

»Da hast du recht«, gab Neruda zurück.

»Aber denk daran, Pablo«, fuhr García Márquez fort, »Aus Präsidenten werden Ex-Präsidenten, aus Nobelpreisträgern aber niemals Ex-Nobelpreisträger; sie bleiben für alle Zeiten Nobelpreisträger.«

Für den nächsten Tag kündigte Neruda die Ankunft des chilenischen Journalisten Augusto Olivares in Paris an, Pressechef von *Televisión Nacional de Chile* und Freund Präsident Allendes.

»Olivares möchte, dass du mich interviewst«, sagte er.

»Ein Interview fürs chilenische Fernsehen?«, fragte García Márquez.

»Ja«, erklärte Neruda. »Ein Interview oder ein Gespräch zwischen dem derzeitigen Nobelpreisträger und dem zukünftigen. Denn diesen Nobelpreis für Literatur, Gabriel, hast du mehr verdient als ich.«

»Ich weiß nicht, Pablo«, erwiderte García Márquez, plötzlich von einem Schatten des Zweifels befallen. »Ich habe kein großes Zutrauen zum Fernsehen. Das Fernsehen stiehlt dir die Seele.«

Am nächsten Tag in der Botschaft jedoch zeigten sich Neruda und Olivares so beharrlich, dass García Márquez schließlich nachgab und erklärte:

»Gut, in Ordnung. Aber nur zehn Minuten, nicht mehr.«

Olivares war ein großer, kurzsichtiger Mann mit Schnauzbart, der Journalist geworden war, weil er sich, wie so viele Journalisten, nicht traute, Schriftsteller zu sein. Von der ersten Minute an schien García Márquez sich bei dieser Aufnahme unbehaglich zu fühlen. Neruda hingegen sprach professoral, in feierlichem Ton, versuchte manchmal, Wörter wieder einzufangen, die ihm wie glitschige Fische über die Lippen geschlüpft waren. Im Gegensatz zum kolumbianischen Autor schien der chilenische Nobelpreisträger sich ausgesprochen wohl zu fühlen. Gabriel aber beschwerte sich mitten im Interview:

»Dieses Gespräch im Fernsehen ist von Grund auf falsch. Es ist sinnlos.«

Es gab nur ein paar glückliche, entspannte Momente, in denen García Márquez sich zu lockern schien, seine Abwehr fallen ließ und das Interview genoss. Das war, als Neruda sagte, das Hauptgericht der Literatur, das Lendensteak, sei der Roman. Und als er gegen Ende wie ein übermütiges Kind einen großen Plüschlöwen ergriff und ihn wie ein Bauchredner unerwartete, kindische und witzige Sachen sagen ließ, die García Márquez zum Lachen brachten – nicht jedoch Olivares, der die ganze Zeit ernst blieb, so ernst, wie er sich zwei Jahre später mit einem Schuss in die Schläfe tötete, als Pinochet gegen Allende putschte. Olivares brachte sich wegen Allende um, noch bevor Allende sich das Leben nahm.

Am darauffolgenden Tag, einem Samstag, kam der französische Dichter und Romancier Louis Aragon, Chefredakteur der Zeitschrift *Lettres Françaises* und Freund Nerudas, in die chilenische Botschaft und beglückwünschte den Dichter aufs Herzlichste zum Nobelpreis. Er sagte:

»Am Montag wird unser Freund Pablo Picasso neunzig Jahre alt. Ich bin auf dem Weg nach Mougins. Willst du nicht mitkommen?«

Louis Aragon war ein hübscher Kerl; elegant, mit Anzug und Krawatte und feinen Manieren, wurde er »der Oberst« genannt. Er selbst bezeichnete sich als Revolutionär, als intellektuellen Agitator und Literaturgelehrten. Er gehörte dem Zentralkomitee der Kommunistischen Partei Frankreichs an, war ein Vertrauter der sowjetischen Diktatur und Freund des Botschafters Moskaus in Paris. Es hieß, seine Literaturzeitschrift würde von den Sowjets finanziert.

»Aber hat Picasso uns denn eingeladen?«, fragte Neruda.

»Nein«, antwortete Aragon überschwänglich. »Wir bereiten ihm eine Überraschung. Er wird begeistert sein, dich zu sehen. Er ist sicher glücklich über deinen Nobelpreis.«

»Wie viele Stunden fährt man mit deinem Auto von Paris nach Mougins, Louis?«, fragte Neruda.

»Neun oder zehn Stunden.«

Die Frau des revolutionären französischen Dichters war vor Kurzem gestorben; Elsa, die Frau seines Lebens oder eine der Frauen seines Lebens, der er eine Handvoll seiner Bücher gewidmet hatte. Jetzt ging das Gerücht, er habe sich in einen jungen langhaarigen Dichter verliebt, so wie ein anderes Gerücht besagte, Neruda bekäme in Paris Liebesbriefe von einer jungen Chilenin, die an der Wachsamkeit seiner Frau Matilde vorbei an den Botschaftssekretär Jorge Edwards gingen.

»Das ist zu viel für mich«, meinte Neruda. »Ich bin furchtbar müde, habe eine schlechte Nacht hinter mir. Zehn Stunden im Auto würde ich nicht durchhalten.«

Das war nicht übertrieben. Nachdem er mit seinen Freunden im La Coupole gefeiert hatte, hatte er in der Nacht versucht, seine Frau Matilde zu lieben; doch ein stechender Schmerz, der nicht weichen wollte, hatte es ihm unmöglich gemacht, Matilde körperlich zu beweisen, wie sehr er sie liebte, wie sehr er sie immer noch begehrte. Zehn Stunden im Auto mit Louis, der unablässig schwätzen und mich zwingen wird, die ganze Zeit klug und gescheit zu sein, würden mich fertigmachen, würden mich umbringen, dachte Neruda und entschuldigte sich bei seinem Freund, dass er diese Reise nicht mitmachen könne. Als Aragon jedoch gegangen war, rief Neruda Picasso an und fragte ihn:

»Was hältst du davon, wenn ich mit meinem Freund, dem Schriftsteller García Márquez, vorbeikomme und dir zum Geburtstag gratuliere?«

»Nein«, sagte Picasso. »Nicht morgen. Morgen empfange ich niemanden. Ich habe schlechte Laune.«

»Was hat dich verärgert, Pablo?«, fragte Neruda.

»Dass du den Nobelpreis für Literatur bekommen hast und dass es keinen Nobelpreis für Malerei gibt«, scherzte Picasso, und beide lachten.

Sie kannten sich seit Jahrzehnten. Beide waren geniale Künstler. Beide waren Kommunisten oder hielten sich für Kommunisten. Beide hatten in Moskau Preise bekommen. Beide hatten mit ihren Wörtern und ihren Bildern die Welt neu erschaffen. Zu Ehren des in Málaga geborenen Malers hatte Neruda ein Gedicht geschrieben, *Ankunft in Puerto Picasso*: »Um sechs an einem Tag im Oktober ging ich in Puerto Picasso an Land, gerade hatte der Himmel seinen rosafarbenen Lauf begonnen, ich schaute mich um, Picasso breitete sich vor mir aus und entflammte wie das Feuer des anbrechenden Tages«. Er hatte »Guernica« hochgelobt und Picasso den besten Maler des Jahrhunderts genannt, »den genialen Minotaurus der modernen Malerei«. Wenn sie sich in Paris oder Warschau auf Friedenskongressen trafen, küsste Picasso den Dichter auf beide Wangen, und obwohl er ein kleiner Mann war und Neruda ein pausbäckiger Riese, umarmte er den chilenischen Dichter, beziehungsweise den schwabbelnden feuchten Bauch des chilenischen Dichters.

»Kommt nicht morgen, am Sonntag«, sagte Picasso. »Kommt ein paar Tage später. Und sage Márquez, dass ich *Hundert Jahre Einsamkeit* auf Französisch gelesen habe. Und es stimmt, was man über ihn sagt: Der Kerl ist zweiköpfig, er hat zwei Gehirne.«

Am Montag, an dem er neunzig Jahre alt wurde und wohl auch schon ahnte, dass ihm nicht mehr viel Lebenszeit bleiben würde, knapp zwei Jahre noch, gab es vor dem Haus des Malers in Mougins einen solchen Radau und Klamauk, einen Auftrieb von örtlichen Honoratioren, von Künstlern, Mannequins, Epheben, veröffentlichten und unveröffentlichten Dichtern, von Sängern, Gitarristen, Tänzern, Zwergen und sogar von französischen Toreros, die ihre Stiere nicht töteten, dass Picasso wütend auf den Balkon trat und schrie:

»Geht alle zum Teufel! Verschwindet von hier!«

Dann kehrte er in sein Atelier zurück und malte weiter an seinem Selbstporträt, dem letzten seiner Selbstporträts, einer kaum noch menschlichen Figur, entstellt von der Zeit, erodiert von der Grausamkeit der Jahre.

Louis Aragon klingelte, klopfte an die Tür, sprach mit der Frau des Malers und sagte, Picasso erwarte ihn, doch als Antwort hörte er nur:

»Pablo hat niemanden eingeladen und wird niemanden empfangen. Gehen Sie bitte.«

Ein paar Tage später, die García Márquez' weilten noch in Paris und genossen den Herbst, die Jahreszeit, die sie am meisten schätzten in der Stadt, in der sie sich schon nicht mehr als Fremde fühlten, sagte Neruda zu ihnen:

»Fahren wir nach Mougins, Picasso begrüßen. Er erwartet uns.«

»Hattest du uns nicht in die Normandie eingeladen,

wo du dir vom Nobelpreisgeld ein Haus kaufen wolltest?«, fragte Gabriel.

»Dahin fahren wir später«, antwortete Neruda. »Jetzt fliegen wir nach Nizza.«

»Wir fliegen nach Nizza?«, fragte Gabriel erschrocken.

»Zehn Stunden im Auto halte ich nicht aus«, erklärte Neruda.

»Dann fahren wir mit dem Zug«, sagte Gabriel.

»Nein«, erwiderte Neruda. »Wir fliegen.«

»Wie Sie meinen, Dichter«, antwortete Gabriel ergeben.

Doch am nächsten Tag konnte Neruda das Bett nicht verlassen, konnte nicht gehen. Wie ein Spion oder Eindringling hatte sich der Prostatakrebs bei ihm eingeschlichen und machte ihm das Leben schwer. Zwei Jahre später sollte Picasso tot sein, Neruda tot sein, Allende tot sein, Augusto Olivares tot sein, und die Freundschaft zwischen García Márquez und Vargas Llosa bald begraben sein.

»Wenn wir Picassos Neunzigsten nicht feiern, feiern wir eben meinen Geburtstag«, sagte García Márquez zu Neruda, als er ihn traurig und mutlos im Bett liegen sah, angegriffen von einer Krankheit, die zwar noch nicht diagnostiziert war, ihn aber schon in Schach hielt.

»Aber ist dein Geburtstag nicht erst im März?«, fragte Neruda überrascht.

»Ja«, sagte Gabriel. »Am 6. März. Aber mein Großvater Nicolás hat mich so geliebt, dass er mich gelehrt hat, jeden Monat Geburtstag zu feiern.«

Einige Tage danach bevollmächtigte Neruda Carmen Balcells, die Literaturagentin von García Márquez und

Vargas Llosa, damit sie auch seine Agentin würde. Er diktierte seiner Sekretärin einen Brief:

»Sehr geehrte Frau Balcells,

gerne wende ich mich im Auftrag des Herrn Botschafters Pablo Neruda heute an Sie, um Ihnen mitzuteilen, dass der Herr Botschafter den angebotenen Vorschuss für recht kärglich hält.«

»Zieh dich aus«, sagte Vargas Llosa zu der mexikanischen Schauspielerin Katy Jurado, als sie im Wohnwagen des Autors und Regisseurs des Films *Der Hauptmann und sein Frauenbataillon* allein waren.

»Ganz?«, fragte Jurado, weniger überrascht als geschmeichelt. Sie war stolz auf ihren üppigen Körper und mit einem kurzen Rock und einer durchsichtigen Bluse bekleidet.

»Ganz«, erwiderte Mario. »Wir müssen deine Szene mit dem erotischen Zwerg proben.«

Katy Jurado war fünfzig Jahre alt, ein ganzes Stück älter als Vargas Llosa, der bald vierzig wurde. Aber sie war immer noch eine attraktive Frau mit dunklem Haar, mandelförmigen Augen, aufreizenden Lippen und einem Blick voller Gefahren und Geheimnisse.

»Ich halte mich nicht für schön«, sagte sie der Presse, »wohl aber für sinnlich.«

Sie hatte Erfolg als Filmschauspielerin und Liebhaberin berühmter Männer gehabt. Ihr wurden heimliche Romanzen mit Elvis Presley, Frank Sinatra, John Wayne und Marlon Brando zugeschrieben, und sie – ganz kokett – stritt sie nicht ab. Bevor sie dreißig war, hatte sie einen Golden Globe für ihre Rolle in dem Film *Zwölf Uhr mittags*, mit Gary Cooper, gewonnen, war als beste Nebendarstellerin in dem Film *Die gebrochene Lanze*, mit Spencer Tracy und Robert Wagner, für einen Oscar nominiert und spielte in dem Luis-Buñuel-Film *El Bruto, der Starke* mit.

»Bist du bereit, in dem Film vollkommen nackt aufzutreten?«, fragte Vargas Llosa.

Jurado lachte hochmütig, aber auch lüstern, ungeniert.

»Ich habe kein Privatleben, Marito«, sagte sie. »Mein Privatleben ist öffentlich. Mein privater Körper ist öffentlich.«

Sie war mit dem mexikanischen Schauspieler Victor Velásquez verheiratet gewesen und danach mit dem US-Schauspieler Ernest Borgnine; jetzt jedoch war sie geschieden, und ihre provokanten Blicke, ihr dreistes Auftreten und das Vorführen ihres ausladenden Körpers ließen ahnen, dass sie einem Abenteuer, oder mehreren, mit dem Regisseur Vargas Llosa oder dem Co-Regisseur Gutiérrez oder dem peruanischen Sex-Zwerg Justo Espinoza nicht abgeneigt war.

Nachdem der Hurrican *Eloise* die Filmkulissen in La Romana zerstört hatte, flog Paramount-Chef Charles Bludhorn sofort selbst in die Dominikanische Republik und leitete dort die Wiederaufbauarbeiten des Urwalddörfchens, in dem der Film gedreht wurde. Die Arbeiten waren in wenigen Tagen erledigt, während denen die Schauspieler, Produzenten, Techniker und Regisseure sich in den luxuriösen Einrichtungen des Hotels Casa de Campo entspannten.

Nachdem das Durcheinander und der Wirrwarr, den der Hurrican angerichtet hatte, beseitigt waren, konnte man jetzt mit dem Dreh beginnen.

»Du hast ja einen schwarzen Urwald zwischen den Beinen, Katy«, sagte Vargas Llosa, als er die nackte Mexikanerin sah.

»Was soll das heißen, Marito?«, fragte Jurado.

»Du musst dich rasieren«, antwortete Vargas Llosa. »Du kannst nicht mit all den Haaren vor die Kamera treten.«

»Ach, ich Dummchen, daran habe ich nicht gedacht«, sagte Jurado errötend und schaute an sich hinunter.

»Deine Schambehaarung sieht aus wie der Bart eines kubanischen Kommunisten«, scherzte Vargas Llosa. »Aber wenn du willst, Katycita, werde ich sie dir abrasieren.«

»Es wäre mir eine Ehre«, antwortete die mexikanische Schauspielerin.

In der Nacht schauten sich Vargas Llosa und sein Freund aus Leon, der Co-Regisseur José María Gutiérrez, zusammen mit dem Schauspieler José Sacristán den Francis-Ford-Coppola-Film *Der Pate II* an, den die Paramount ihnen geschickt hatte. Mario und José María könne er vielleicht als Inspiration dienen, meinte Bludhorn, der, genau wie sein Kollege von der Gulf & Western, Álvaro Carta, sämtliche Romane Vargas Llosas gelesen hatte und ihn bewunderte. Mario hatte darum gebeten, gleichsam verlangt, gemeinsam mit Gutiérrez Regie zu führen, da er sich allein dazu nicht in der Lage fühlte, weil er keine ausreichende Erfahrung besaß. Er kannte Gutiérrez seit fast zwanzig Jahren. Als sie sich in

Paris kennenlernten, war Mario so knapp bei Kasse, dass José María ihm tausend Francs lieh. Seit dem Tag waren sie Freunde. Gutiérrez war nicht nur Regisseur, sondern auch Maler. Um seinen Lebensunterhalt zu bestreiten, arbeitete er fürs Kino und machte Fernsehserien.

»Du bist der unverdorbenste Mensch, den ich kenne«, sagte Vargas Llosa eines Nachts, als sie eine neue Rolle des Coppola-Films einlegten. »So unverdorben kann man in einer verdorbenen Welt gar nicht sein, Josema. Man kann keine Kriege gewinnen, wenn man sich zu töten weigert.«

»Möchtest du mich mit der Schere oder mit dem Messer rasieren?«, fragte Katy Mario.

»Mit der Schere«, erwiderte der Autor.

Vargas Llosa hatte José »Pepe« Sacristán, den Kultschauspieler der spanischen *Transición*, gebeten, die Rolle des Hauptmanns zu übernehmen, weil er ihn bewunderte und für die perfekte Besetzung des verliebten, einfältigen Hauptmanns hielt. Sacristán war knapp ein Jahr jünger als Mario und als Kind in einem Dörfchen namens Chinchón so arm gewesen, dass er seine Notdurft im Hühnerauslauf verrichten musste. Verheiratet und mit zwei Kindern, war er immer noch bettelarm, so arm, dass er nicht einmal die Miete für die Pension bezahlen konnte, in der er mit seiner Familie lebte. Und mit einem Mal war er als Komödiendarsteller bekannt geworden; er verkörperte den Zeitgeist und spielte den typischen unsicheren Spanier von der Straße, mit schelmischem Einschlag. Er hing fortschrittlichen linken Ideen an, war Antifranquist, aber nur andeutungsweise, denn der Diktator war noch nicht gestorben, würde es aber bald sein. Ende der Sechziger machte er mit dem Regisseur Pedro Masó fünf Komödien und spielte mit Fernando Fernán Gómez in *Viaje a ninguna parte* (Reise ins Nirgendwo). In La Romana angekommen, erinnerte er Vargas Llosa an etwas, das er in seinen Filmen gelernt hatte, dass nämlich *Der Hauptmann* das Publikum vor allem zum Lachen bringen musste.

»Die Leute müssen lachen, Mario, und wir werden ihnen das Lachen beibringen.«

Als er ihn in La Romana empfing, sagte Vargas Llosa übermütig:

»Dein Gesicht ist eine Landkarte, Pepe.«

»Ich habe die Hellsicht des Verlierers«, antwortete Sakristán.

Da er weder ein Rechter war noch Kommunist, da er ein leidenschaftlicher Künstler war und den Scharlatanen der Politik misstraute, nannten die Kommunisten ihn »Franquistán«, und die Rechten sagten, er sei Mitglied der Kommunistischen Partei, wie schon sein Vater, Venancio, es gewesen war, der wegen seiner politischen Einstellung im Gefängnis gesessen hatte.

»Setz dich da hin, Katycita«, sagte Vargas Llosa. »Ich knie vor dir nieder.«

Nackt, ohne Hemmungen und mit einer Unbekümmertheit, die fast schon als filmisches Talent durchgehen konnte, spreizte Katy Jurado die Beine und sagte:

»Für dich, Marito, öffne ich mich, wann immer du willst.«

In Lima langweilte sich Vargas Llosas Freundin, Susana Diez Canseco. Sie hatte die Hoffnung oder träumte davon, dass Mario ihr in dem Film eine kleine Rolle gab. Wenn er selbst, der ja kein Schauspieler ist, den Vorgesetzten des Hauptmanns spielt, dachte sie, warum bietet er mir nicht auch eine kleine Rolle an, einen Cameo-Auftritt als eine der Nutten im Dienste des Hauptmanns? Dann könnte ich meine Karriere als Filmschauspielerin starten. Sie gedachte, Vargas Llosa zu überraschen und flog mit einer deutschen Fluggesellschaft (der Pilot bat sie um ihre Telefonnummer, die sie ihm aber nicht gab) von Lima nach San Juan, Puerto Rico. In San Juan stieg sie in eine dominikanische Klapperkiste um und landete in Santo Domingo mit der Illusion, ihrem Verlobten eine große Überraschung zu bereiten.

»Du bist eine Göttin, Katycita«, sagte Vargas Llosa, als er mit einer kleinen Haarschere in der Hand vor der Mexikanerin kniete. »Nicht bewegen. Ich schneide dir jetzt deine rabenschwarzen Härchen ab.«

»Mach mit mir, was du willst, Marito«, sagte die Jurado und spreizte die Beine. »Du bist der Regisseur. Alles liegt in deiner Hand.«

Verzückt betrachtete er die Vagina der Schauspielerin, und vor ihr kniend wie ein Untergebener oder Diener, eingenommen plötzlich von ihrer Karriere als Leinwandstar, begann er sehr behutsam zu schneiden.

In Santo Domingo angekommen, bestieg Susana Diez Canseco ein Taxi und befahl dem Fahrer:

»Bringen Sie mich nach La Romana.«

»Aber Señorita«, sagte der Taxifahrer, »mathematisch gesprochen, ist das eine ziemliche Entfernung.«

»Das macht nichts«, antwortete Susana. »Ich bezahle, was Sie verlangen.«

Pepe Sacristán hatte schon als Kind geschauspielert. In seinem Heimatdorf, in Chinchón, rupfte er den Hühnern Federn aus, steckte sie sich ins Haar und tanzte um seine Großmutter herum, die lachend ausrief:

»Gütiger Himmel, da ist ein Indianer!«

José María Gutiérrez war ebenfalls auf dem Land aufgewachsen und hatte sich schon in jungen Jahren, in León, als Maler gefühlt. In seinem Wohnwagen in La Romana und in seinem Hotelzimmer im Casa de Campo vertrieb er sich die Zeit mit dem Malen von Aquarellen. Es ging ihm nicht gut, er hatte Bauchschmerzen, wusste nichts von dem Bandwurm in seinen Därmen. Darum musste er sich oft übergeben, und jeder Gang zur Toilette war schmerzhaft.

»Du hast Ringe unter den Augen und bist mager wie ein Skelett«, sagte Vargas Llosa zu ihm. »Du musst mehr essen, Josema.«

Gutiérrez wusste nicht, dass der Bandwurm ihn auffraß, seinen Dreh sabotierte und sich an seinen Gedärmen gütlich tat.

Nachdem sich Susana Diez Canseco im *Casa de Campo* als Gast eingetragen hatte, besuchte sie sogleich den gigantischen Filmset, der ein peruanisches Urwalddorf nachstellte. Sie erkannte dort die Schauspielerin Camucha Negrete, umarmte sie und fragte nach Vargas Llosa.

»Er ist in seinem Wohnwagen, meine Kleine«, antwortete Camucha und deutete in seine Richtung. »Spielst du denn hier auch mit?«, fragte sie neugierig.

»Schön wär's«, sagte Susana. »Ich würde gern eine der Huren spielen.«

Dann ging sie zum Wohnwagen, und ohne anzuklopfen, weil sie ihren Verlobten ja überraschen wollte, trat sie durch die schmale Metalltür, just in dem Augenblick, als Vargas Llosa vor der nackten Katy Jurado kniete, das Gesicht ganz nah vor ihrer tintenschwarzen Scham.

»Ich würde gern Schriftstellerin sein«, sagte Patricia Llosa zu Carmen Balcells in deren Büro in der Avenida Diagonal 580, in Barcelona.

Patricia zögerte ihre Rückkehr nach Lima hinaus. In Barcelona fühlte sie sich frei und glücklich, da sie ihre Kinder in guter Obhut wusste. Niemand konnte sich besser um sie kümmern als ihre Eltern Lucho und Olga.

»Das ist aber eine Offenbarung!«, rief Balcells gerührt, mit Tränen in den Augen. »Ich ahnte ja nicht, dass du eine Schriftstellerin vor uns verborgen gehalten hast.«

»Ich wollte immer schon Schriftstellerin werden«, sagte Patricia. »Im ersten Jahr mit Mario in Paris habe ich an der Sorbonne Literatur studiert. Literatur und Kunstgeschichte. Aber für Mario habe ich alles aufgegeben. Ich habe darauf verzichtet, Schriftstellerin zu sein, damit er in Ruhe schreiben konnte, sich um nichts kümmern musste.«

»Schreibe über deine Familie«, schlug Balcells vor. »Schreibe den großen Roman über deine Familie, die Llosas.«

Patricia Llosa war eine kleine Frau mit Stupsnase und locker fallendem Haar, schlank und mit trippelnden Schritten, stets auf ihr Gewicht und auf ihr gutes Aussehen bedacht. Zum Frühstück aß sie oft nur einen Apfel und eine Banane. Nichts schreckte sie so sehr, als dick zu werden.

»Möchtest du dann meine Agentin sein?«, fragte sie.

Balcells riss die Augen auf wie ein hoffnungsfrohes Kind, lächelte wohlwollend, die große Übermutter, ganz in Gelb gekleidet. Sie hatte die riesigen Augen einer Eule, eine überragende Intelligenz, war kühn und gütig, ein übernatürliches Geschöpf, ein großmütiger Wirbelwind, Erfinderin und Bändigerin sämtlicher Genies.

»Selbstverständlich, Patricia!«, rief sie. »Es wird mir eine Ehre sein!«

Patricia verzog ein wenig das Gesicht und fragte:

»Aber Mario, wird er dich meine Agentin sein lassen? Oder würde er dann eifersüchtig und mit dir brechen?«

»Ich bin die Agentin meiner Autoren und ihrer Gegenspieler«, antwortete Balcells. »Ich habe keine Freunde, ich habe Interessen. Und natürlich habe ich ein Interesse daran, deine Agentin zu sein!«

Auf eine Wandtafel hinter Balcells hatte García Márquez bei einem seiner beinahe täglichen Besuche im Büro der Agentin, die er mehr bewunderte als seine eigene Mutter, geschrieben:

»Der Traum meines Lebens ist die Eröffnung einer literarischen Agentur, und einen Autor wie mich zu haben.«

»Ich möchte mich von Mario scheiden lassen«, sagte Patricia. »Ich möchte, dass du mir dabei hilfst, Carmen. Die García Márquez' bieten mir die Hilfe eines befreundeten Anwalts an; aber ich habe mehr Vertrauen zu dir.«

Der große Schreibtisch der Agentin quoll über von Papieren und Manuskripten – »Minusskripten«, pflegte sie zu scherzen – und einem gelben Notizbuch, in das sie sich die ganze Zeit Notizen machte. Sie hatte alles im Blick, auch das, was andere nicht sahen, nichts entging ihr, nicht einmal das, was sich der Wahrnehmung aller entzog. Balcells hatte ein kleines Schild aufgestellt, auf dem stand:

»Mein Schicksal ist Amerika.«

»Jetzt noch nicht«, sagte sie zu Patricia. »Nicht so schnell. Gib Mario etwas Zeit.«

Patricia Llosa musste plötzlich niesen. Der Staub von so vielen Papieren, Mappen und Büchern hatte eine allergische Reaktion bei ihr ausgelöst. Sie nieste so oft, drei, vier, fünf, sechs Mal, dass Balcells laut lachen musste. Dann fasste sie sich wieder und sagte:

»Mario wird zu dir zurückkommen. Ich bin eine Hexe. Ich habe ihn gesehen. Glaube mir, Patricia: Mario wird zu dir zurückkehren.«

Patricia schien sich zu verkrampfen. »Das ist unmöglich, Carmen. Wenn Mario einen verlässt, kommt er nie mehr zurück!«

Balcells, groß, gewaltig, kolossal, Herrscherin über ein Universum von Genies, die wie Satelliten um sie kreisten, Königin einer Kolonie genialer Bienen, die für sie arbeiteten, erhob sich und sagte:

»Soll ich dir etwas zeigen?«

Ohne eine Antwort abzuwarten, schloss sie eine obere Schublade auf, entnahm ihr einen Revolver Kaliber 38, blies den Staub vom Lauf und legte die Waffe auf den Tisch.

»Den hat Mario mir geschenkt«, sagte sie.

Patricia kam aus dem Staunen nicht heraus und fragte perplex:

»Mario? Ich wusste nicht, dass Mario eine Waffe besitzt.«

Balcells nahm schnaubend wieder Platz und sagte:

»Er hat sie als Kadett in der Militärschule bekommen. Als er abging, hat er sie behalten. Sein Vater hat sie ihm abgenommen. Aber als sein Vater nach Los Angeles ging, hat Mario den Revolver wieder an sich genommen. Er sagte zu mir: ›Du kannst dir nicht vorstellen, Carmen, wie oft ich versucht war, meinen Vater mit dieser Waffe umzubringen.‹«

Patricia verstummte, und Carmen fuhr fort:

»Als ich Marios Agentin wurde, war er noch mit Julia verheiratet, wie du weißt. Und Julia hatte Angst davor, eine Waffe im Haus zu haben. Aber Mario hatte noch mehr Angst, dass sie sich in einer ihrer selbstmörderischen Anwandlungen mit diesem Revolver das Leben nehmen könnte.«

»Davon wusste ich nichts«, sagte Patricia.

»Darum hat Mario sie mir gegeben. Er sagte zu mir: ›Bitte verwahre diesen Revolver für mich. Wenn ich ihn dir nicht gebe, wird Julia sich damit erschießen.‹«

»Und du glaubst wirklich, dass Mario seine Freundin verlässt und zu mir zurückkommt?«, fragte Patricia.

Sie war noch sehr jung, keine dreißig Jahre alt und seit zehn Jahren mit Mario verheiratet. In Lima wollte sie nicht wohnen bleiben, weil die Leute, wenn sie erfuhren, dass Mario sie verlassen hatte, sie sicher bedauern würden, Mitleid mit ihr hätten, wie mit einer unglücklichen vorzeitigen Witwe. In Lima, dachte sie, werde ich nie frei sein, werde ich immer die Ex sein, von der Vargas Llosa sich getrennt hat, die dumme Cousine, die der große Schriftsteller abgelegt hat, wie er zuvor die dumme Tante abgelegt hat. Ich muss fort aus diesem schrecklichen Lima, dachte sie. Als Schriftstellerin muss ich frei sein, sagte sie sich, und wenn ich frei sein will, muss ich da raus.

»Bleib noch ein Jahr in Lima«, riet ihr Balcells. »Gib Mario ein Jahr. Glaube mir, noch vor Ende des Jahres wird er dich um Verzeihung bitten und zu dir zurückkehren.«

Mit einem weißen Taschentuch vor der Nase begann Patricia wieder zu niesen.

»Ich weiß nicht, ob ich ihm verzeihen kann«, schluchzte sie.

»Lass dir sagen, was eine von Gabos Figuren sagt: Auch die Liebe kann man lernen«, sagte Carmen.

»Ich bin es leid, seine Angestellte, seine Sekretärin zu sein«, sagte Patricia. »In London, Carmen, bevor du ihn überredet hast, nach Barcelona zu kommen, fing er um neun Uhr morgens an zu schreiben, und um Punkt eins musste ich ihm das Mittagessen bringen. Jeden Tag das Gleiche: Beefsteak mit Reis und Spiegelei. Ich stellte es ihm vor die Tür, er holte es herein und aß und schrieb. Er schrieb bis vier Uhr nachmittags. Er aß nie mit mir zusammen. Es ist schwer mit ihm, denn Mario ist nicht mit mir verheiratet, sondern mit der Literatur!«

»Dann wirst du eben seine Geliebte sein«, sagte Balcells lächelnd, siegreich bei allen Konflikten, Ängsten und Bedrängnissen ihrer Schar ungezogener Genies.

Sie war in einem wüstenartigen Kaff namens Santa Fe aufgewachsen; Tochter eines Herrn, der eine Finca besaß, und einer kultivierten Dame, die auf Französisch und Englisch schrieb und Piano spielte. Als kleines Mädchen im Nonnenkolleg scherzte sie:

»Wenn ich groß bin, will ich als Nummernmädchen in der Zirkusarena herumgehen. Ich will im Zirkus arbeiten. Und mit dem Zirkus werde ich die ganze Welt bereisen.«

In gewisser Weise hatte sie ihren Traum wahr gemacht. Sie war die Direktorin eines weltumspannenden Zirkus mit Zirkuszelten in den Hauptstädten der Welt; eines Zirkus mit Clowns und Possenreißern, mit unbändigen und mit gebändigten Genies, mit bärtigen Frauen und lüsternen Zwergen, mit Elefantenmenschen, Kamelmenschen, Tigermenschen, Krötenmenschen, eines Zirkus, der die Leute zum Lachen und zum Weinen brachte, zum Träumen und in die Lüfte schweben. Wer wollte nicht Teil dieses großartigen Zirkus sein? Jeder wollte dabei sein, wollte von Carmen Balcells gebändigt werden, Pirouetten drehen und sich akrobatisch verrenken, wie sie es befahl. Jeder, mit Ausnahme von Mario Benedetti, dem uruguayischen Dichter, der ihr geschrieben hatte:

»Sie werden verzeihen, Señora Balcells, aber ich bin verrückt genug, noch nie einen Agenten gehabt haben zu wollen.«

Die Übrigen, alle übrigen, waren in dem Zirkus oder wollten in dem Zirkus sein, wie Patricia Llosa, die davon träumte, die grazile ätherische Frau auf dem Drahtseil zu sein, die kein Netz vor dem Absturz bewahrte.

»Als Cervantes auftrat, war Carmen Balcells schon da«, hatte Carlos Fuentes geschrieben.

Und Juan Carlos Onetti hatte erklärt:

»Dank Carmen Balcells gehe ich jetzt jeden Morgen auf den Markt.«

Und Pablo Neruda:

»Carmen Balcells hat die dicke Haut eines Nashorns.«

»Carmen Balcells ist die Superagentin 007«, hatte Vargas Llosa einmal gescherzt.

Und García Márquez sagte:

»Dank Carmen Balcells bin ich ein armer Mann mit Geld.«

»Was hältst du davon, wenn wir am Wochenende nach Sitges fahren und uns ein bisschen am Strand in die Sonne legen?«, fragte Balcells Patricia Llosa.

Es war schon Sommer in Barcelona, und auch in der Dominikanischen Republik, wo Vargas Llosa seinen Film drehte, waren die Hundstage angebrochen, ebenso wie der Sommer in London, wo García Márquez sich insgeheim mit Carlos Rafael Rodríguez traf, einem Emissär Fidel Castros. In Lima dagegen war Winter, und Patricias Kinder, Álvaro und Gonzalo, die die franco-peruanische Schule besuchten, vermissten ihre Eltern; die kleine Morgana schaute mit ihren lebhaften Augen einer naseweisen Hexe in die Welt.

»Großartig, fahren wir zusammen nach Sitges«, antwortete Patricia. »Kommen dein Mann und dein Sohn auch mit?«

»Nein«, sagte Carmen, »wir fahren allein.«

Sie nahmen den Wagen der Agentin, und ihr Chauffeur fuhr sie. Unterwegs schien Carmen Balcells mit den Gedanken woanders zu sein, dachte vielleicht, ich muss verhindern, dass Mario und Patricia sich scheiden lassen, die Scheidung wird Mario ein Vermögen kosten, und um weiterzuschreiben, braucht er die Stabilität, die Patricia ihm gibt. Sie hätten nicht aus Barcelona abreisen dürfen, sie hätten hierbleiben müssen, diesen unseligen Dampfer nie besteigen dürfen, ich habe ihnen ja gesagt, dass die Reise ein schlechtes Ende nehmen würde.

»Carmen, ich mache mir Sorgen«, sagte Patricia.

Sie aßen Pralinen mit Orangenfüllung, die die Agentin ihren Autoren zu schenken pflegte.

»Mein Sohn Álvaro, Alvarito, hat nur das Schreiben im Kopf, er ist keine neun Jahre alt und denkt an nichts anderes.«

»Fantastisch!«, rief Balcells begeistert. »Das ist doch eine gute Nachricht! Er wird genauso ein Genie wie seine Eltern! Was schreibt er denn?«

Patricia verbarg ein schüchternes Lächeln und antwortete:

»Seine Memoiren. Er ist neun und schreibt seine Memoiren! Er sagt, er glaubt nicht mehr an Gott, er sei Atheist! Und er schaut sich wie besessen Zeitschriften mit nackten Frauen an!«

»Und woher bekommt er die?«, fragte Balcells lachend.

»Er leiht sie sich von seinen Schulkameraden«, sagte Patricia. »So frühreif ist mein Sohn, dass er sogar schon einen Titel für sein Buch hat.«

»Tatsächlich?«, rief Balcells, lachend und weinend zugleich.

»*Alvaritos Memoiren*«, sagte Patricia. »So soll es heißen: *Alvaritos Memoiren*.«

»Er ist ein Genie, Patricia, ein Genie!«

»Er sagt, er will alles erzählen, was auf dem Schiff passiert ist. Ich sterbe vor Angst. Vielleicht ist er traumatisiert, weil sein Vater uns verlassen hat.«

Balcells wurde ernst und erwiderte:

»Er hat euch nicht verlassen. Er hat sich eine Auszeit genommen. Er kommt zurück. Glaube mir, Patricia! Mario kommt zu dir zurück.«

Nachdem sie in einem Hotel an der Strandpromenade eingecheckt hatten, gingen Carmen Balcells und Patricia Llosa an den Strand. Sie machten es sich unter den Sonnenschirmen des Hotels bequem, tranken Bier und aßen *Patatas Bravas*, und dann sagte Carmen zu Patricia:

»Gehen wir *topless*?«

Ohne eine Antwort abzuwarten, lief Carmen Balcells ins Meer. Patricia konnte da nicht zurückstehen. Sie war noch nie *topless* gewesen. Doch jetzt war der Moment gekommen. Sie entledigte sich des oberen Bikiniteils, so wie Carmen es getan hatte, rannte ins Meer und stürzte sich kopfüber ins Wasser. Sie jubelte vor Glück. Mit bloßen Brüsten, die Vargas Llosa besungen hatte, befreit von ihren Kindern und dem treulosen Ehemann, befreit vom täglichen Kochen, Putzen, Waschen und Bügeln, befreit davon, Mario jeden Mittag sein Hacksteak mit Spiegelei und Reis zu bringen, fühlte Patricia Llosa sich an jenem Vormittag in Sitges als die glücklichste Frau der Welt. Und dann musste sie wieder niesen. Carmen Balcells lachte sich tot.

»Holt mich hier raus!«, schrie Camucha Negrete. »Holt mich hier raus, ich sterbe!«

»Du stirbst nicht, Camucha!«, rief Vargas Llosa. »Du bist schon tot!«

Da die von der peruanischen Schauspielerin interpretierte Figur der »Brasilianerin« im Verlauf des Films ermordet worden war, hatten die Regisseure sie dazu überredet, sich in einen Sarg zu legen, sich nicht zu bewegen, die Luft anzuhalten und sich totzustellen.

»Ich krepiere, verdammt, ich krepiere wirklich!«, schrie Camucha und versuchte, aus dem Sarg zu steigen, was ihr aber wegen der schweren Glasabdeckung nicht gelang.

»Halt durch, Camuchita!«, schrie José María Gutiérrez zurück. »Und hör auf zu brüllen! Das Glas beschlägt, so können wir nicht filmen!«

Der Sarg aus Edelholz war hexagonal geformt, an den Schultern breiter als an den Füßen, umgeben von Kerzen, und davor eine violett gepolsterte Kniebank, damit man vor der mutmaßlichen Verstorbenen niederknien konnte. Der Sarg bebte und wackelte so bedenklich, dass er umzukippen drohte, da die von Panik ergriffene

Darstellerin einen klaustrophobischen Anfall erlitt, gegen das Holz trat, gegen den gläsernen Deckel hämmerte und verzweifelt schrie:

»Man bringt mich um! Holt mich hier raus oder ich verklage euch alle! Ich verzichte auf den Film, ich steige aus!«

Man hatte sie im Bikini in den Sarg gelegt, weil das der Wunsch des von José Sacristán gespielten Hauptmanns Pantoja gewesen war. Er musste ein Grinsen unterdrücken, als er neben dem Sarg kniete und Camucha Negrete darin herumstrampeln sah, die verzweifelt ihrem Filmtod zu entgehen suchte.

»Holt sie raus!«, befahl Vargas Llosa resigniert.

»Wir werden sie im Film wiederbeleben müssen«, sagte Gutiérrez.

»Nein«, entgegnete Mario. »Sie ist umgebracht worden, und ich mache meine Toten nicht wieder lebendig. Ich bin nicht García Márquez.«

Schwitzend, schluchzend, hysterisch stieg Camucha aus dem Sarg, ging zu Vargas Llosa und sagte:

»Du hast mich beinahe umgebracht! Ich steige aus. Ich will nach Lima zurück. Ich halte es nicht mehr aus, meine kleine Claudita nicht bei mir zu haben.«

Freundlich lächelnd erwiderte Vargas Llosa:

»Es ist deine letzte Szene, Camuchita. Wenn sie abgedreht ist, fliegst du morgen nach Lima.«

Da brach Camucha Negrete in Tränen aus und umarmte ihn.

»Du hast mir gesagt, die Dreharbeiten dauern einen Monat, und jetzt sind es schon drei. Ich muss nach Lima zurück, Mario. Bitte, lass uns diese Tortur beenden.«

Sacristán kam herbei und sagte zu ihr:

»Señora, bei allem Respekt, Sie brauchen ein Beruhigungsmittel. Nehmen Sie bitte diese Tabletten, sie werden Ihnen guttun.«

Eine Stunde später, immer noch im Bikini, lag Camucha schnarchend in ihrem Wohnwagen. Sacristán und Vargas Llosa trugen sie hinaus, legten sie in den Sarg und konnten endlich ungestört die Szene drehen. Um sie nicht aufzuwecken, ließen sie sie im Sarg liegen. Sie hoben den gläsernen Deckel ab, löschten die Kerzen und ließen sie schlafen. Als Camucha aufwachte, dachte sie:

»Verdammt, jetzt bin ich doch gestorben.«

In genau dem Moment, als die von dem starken, ihr von Sacristán verabreichten Beruhigungsmittel noch immer schläfrige Schauspielerin aus dem Sarg stieg, sprach García Márquez am anderen Ende der Welt, in einem Luxushotel in London, mit dem kubanischen Schriftsteller Lisandro Otero, der von Fidel Castro geschickt worden war, um den Kolumbianer zu überreden, möglichst bald nach Kuba zu kommen. Der Diktator wollte, dass er eine Reihe von Reportagen über den Krieg in Angola schrieb, über die Operation *Carlota*, die Entsendung kubanischer Truppen in das afrikanische Land. García Márquez war leicht zu überreden.

»In der Karibik bin ich zu Hause«, sagte er zu Otero. »In Havanna fühle ich mich heimisch.«

Gegen eine Reise nach Angola, um dort über den Krieg zu schreiben, hatte er jedoch Vorbehalte.

»Ich fahre nach Havanna«, sagte er zu Otero. »Ich spreche mit Fidel. Aber ich gehe nicht nach Angola. Ich kann nicht, ich kann mir keinen Krieg ansehen.«

»Warum nicht?«, fragte Otero. »Hast du nicht immer Hemingway bewundert? Willst du nicht unser Hemingway in Angola sein?«

»Noch mehr bewundere ich meinen Großvater«, erwiderte García Márquez. »Er hat oft zu mir gesagt: Du weißt nicht, wie schwer ein Toter wiegt.«

Er erinnerte Otero daran, dass sein Großvater mütterlicherseits, Nicolás Márquez, Oberst Márquez, bei dem er seine ersten acht Lebensjahre, die vielleicht glücklichsten seines Lebens, verbracht hatte, in so vielen Kriegen gekämpft hatte, vielleicht achtundzwanzig, vielleicht zweiunddreißig, dass er den Überblick verloren hatte. In einem dieser Kriege hatte er einen Konservativen, einen »Spaniolen«, getötet, der ihm ans Leder wollte. Er musste ihn erschießen, um sein eigenes Leben zu retten. Es waren die quälenden Schuldgefühle für diesen blutigen Zwischenfall, die ihn zu seinem Enkel Gabriel hatten sagen lassen:

»Du weißt nicht, wie schwer ein Toter wiegt.«

In einem anderen dieser Kriege, die niemand je gewann, hatte Oberst Márquez ein Auge verloren.

»Das Einzige, was ihm von dem herausgerissenen Auge blieb, waren die Tränen in seiner Hand«, sagte García Márquez zu Otero.

In dem Augenblick klingelte das Telefon. Der chilenische Maler Roberto Matta, der sich mit ihnen in der Suite aufhielt, hob ab.

»Gabo, das ist für dich.«

»García Márquez, zu Diensten«, meldete sich der Kolumbiancr.

»Ich bin unten!«, rief Carmen Balcells mit sich vor

Begeisterung überschlagender Stimme. »Ich habe die ersten Exemplare deines Romans dabei!«

Sie meinte die ersten Exemplare von *Der Herbst des Patriarchen*, der bei Plaza & Janés mit einer Startauflage von dreihunderttausend Exemplaren nur für Spanien veröffentlicht worden war. Außerdem hatte der Verlag Sudamericana noch einmal zweihunderttausend für Lateinamerika gedruckt. Es war der nach *Hundert Jahre Einsamkeit* so lang erwartete Roman von García Márquez, acht Jahre nach dem Weltbeststeller der Buendías in Macondo.

»Aureliano Buendía ist Fidel Castro«, sagte Gabriel in jener Nacht in London zu Lisandro Otero.

»Wie bist du auf den Namen Macondo gekommen?«, fragte Matta.

»So hieß eine Bananenplantage in der Nähe von Aracataca«, antwortete Gabriel.

Kurz darauf stürmte Carmen Balcells wie ein Hurrican der Kategorie 5 in die Suite des Londoner Hotels. Schnaufend, ganz in Weiß gekleidet, brachte die wunderbarste, hellsichtigste aller Genies fünf Exemplare von *Der Herbst des Patriarchen* mit und überreichte sie García Márquez tief gerührt und weinend, weil sie eine großherzige Frau war, loyal bis in den Tod, mutig und unerschrocken wie eine Generalfeldmarschallin.

»Ist Fidel auch der Patriarch dieses Romans?«, fragte Lisandro Otero anbiedernd.

»Nein«, antwortete Gabriel. »Der Patriarch ist allein. Fidel wird von seinem Volk geliebt.«

»Wer ist es dann?«, fragte Matta.

»Ich bin der Patriarch«, sagte García Márquez. »Dies

ist mein autobiografischstes Buch. Es sind meine Memoiren.«

»Aber du bist nicht allein«, erwiderte Matta. »Du bist niemals allein. Du bist auf der ganzen Welt eine Berühmtheit.«

»Ich bin ein einsamer Mann«, erklärte Gabriel, »umgeben von einer Menge Menschen. Ein einsamer Mann, stets auf der Flucht vor der Menge.«

»Signiere sie!«, sagte Carmen und gab ihm einen Kugelschreiber.

Die Agentin dachte, García Márquez würde ein Exemplar für sie signieren, ein weiteres für Otero, ein drittes für den Maler Matta …, doch sie irrte sich. Überrascht stellte sie fest, dass er das erste Buch Fidel Castro widmete, das zweite Raúl Castro, das dritte Carlos Rafael Rodríguez, das vierte Raúl Roa, den mächtigsten Männern Kubas, und das letzte Lisandro Otero: all den Haudegen im Dienst der kubanischen Diktatur.

Gabo ist Fidelist bis in den Tod, dachte sie.

Ebenso wie der Schriftsteller Julio Cortázar bis in den Tod ein Fidelist, Kommunist und Verteidiger der kubanischen Diktatur war. Zur selben Zeit, als García Márquez die ersten fünf Exemplare des *Patriarchen* signierte, spazierte er mit seiner Freundin, der uruguayischen Schriftstellerin Cristina Peri Rossi, durch Barcelona. Vier Jahre zuvor hatte er den Brief an Fidel Castro unterschrieben, den Vargas Llosa in Paris an die Öffentlichkeit gebracht hatte und in dem die Freilassung des Dichters Heberto Padilla gefordert wurde sowie die Aufhebung der Zensur und der Verfolgung kubanischer Intellektueller, die die Diktatur kritisierten. Kurz darauf hatte er seine Unterschrift jedoch zurückgezogen und war seitdem ein umso bedingungsloserer Gefolgsmann Castros geworden.

»Ich habe mich in dich verliebt«, sagte Cortázar zu Cristina, während sie sich an einem Tisch im Café *La Puñalada* niederließen. »Ich will nicht mehr zu Ugné zurück. Ich liebe sie nicht mehr. Ich fürchte sie, sie ist eine Tyrannin.«

Cortázar war mit einer leidenschaftlichen, ihm treu ergebenen Argentinierin, Aurora Bernárdez, verheiratet gewesen, von der er sich trennte, nachdem er in Kuba die Litauerin Ugné Karvelis kennengelernt hatte, die für Gallimard arbeitete, Cortázars Verlag in Paris. Sie war die Geliebte des Verlegers Robert Gallimard. Cortázar war einer unwahrscheinlichen Leidenschaft für die Litauerin verfallen und verließ für sie Aurora, während Ugné sich zur selben Zeit von Robert trennte. Die beiden heirateten jedoch nicht, da ihnen die standesamtliche Trauung verdächtig bürgerlich erschien. Sie lebten zunächst in Paris zusammen, jetzt waren sie zerstritten. Darum war Julio nach Barcelona gereist, um dort seine uruguayische Freundin zu treffen.

»Das mit uns ist unmöglich«, sagte Cristina. »Wir können kein Liebespaar sein. Das wäre Selbstmord. Du weißt doch, dass ich lesbisch bin.«

Cortázar jedoch liebte Cristina, obwohl sie lesbisch war, oder gerade weil sie lesbisch war. Darum wohnte er auch bei ihr und nicht im Hotel Colón, im Barrio Gótico, wo er normalerweise abstieg, wenn er in Barcelona war. Die Stadt kannte er, weil er – in Brüssel geboren – seine Kindheit dort verbracht hatte. Peri Rossi war eine kleine

Frau, und ihr Bett war für den Argentinier viel zu kurz. Seine Füße hingen in der Luft, darum stellte sie einen Stuhl vors Bett, damit der einen Meter zweiundneunzig messende Argentinier sie darauf ablegen konnte. »Dünn und hochgewachsen«, hatte Vargas Llosa ihn genannt. Frustriert darüber, dass sie ihn nicht liebte, oder ihn zwar liebte, aber nicht körperlich begehrte, schrieb Cortázar mehrere Gedichte über sie, die die Uruguayerin vor Scham erröten ließen.

Ich glaube, ich liebe dich nicht / liebe nur die offensichtliche /
Unmöglichkeit, dich zu lieben / wie die linke Hand / verliebt
in diesen Handschuh / der in der Rechten lebt.

Sieben Jahre zuvor hatte Cortázar, der damit haderte, bartlos zu sein und ein Kindergesicht zu haben, das Gesicht eines Riesenkindes, zu seiner litauischen Freundin gesagt:

»Ich träume nicht davon, den Nobelpreis zu bekommen. Ich träume davon, einen Bart zu haben.«

Er wollte einen Bart wie Fidel Castro, oder wenigstens einen Schnauzer wie ein Mariachi, wie Pancho Villa, García Márquez oder Carlos Fuentes. Aber er litt an Alopezie, weder im Gesicht noch auf der Brust noch unter den Armen oder im Genitalbereich wuchsen ihm Haare.

»Ich gebe dir einen Bart«, versprach ihm Ugné.

Die attraktive Blondine war eine dominante, despotische Persönlichkeit. Es wurde gemacht, wie sie es wollte, oder es wurde nicht gemacht. Cortázar, noch immer schüchtern, umschlich sie und gehorchte ihr aufs Wort. Deswegen ging er auch zu einer rumänischen Ärztin in Paris, die Ugné kannte, und unterzog sich einer aggressiven Hormonbehandlung mit Testosteronspritzen. Schon nach wenigen Monaten wuchsen ihm nicht nur Bart und Schnurrbart, Brust- und Schambehaarung, sondern zu seiner großen Freude und kindlichen Überraschung war auch sein Penis größer geworden.

»Ich bin nicht mehr ich«, sagte Julio zu Ugné. »Ich bin ein neuer Mensch. Ich werde dich ewig lieben. Bis ans Ende aller Zeit.«

Doch jetzt, als er mit Cristina Peri Rossi durch Barcelona spazierte, sagte er, er habe genug von Ugné, er wolle nicht mehr mit ihr zusammen sein, sein Körper verlange nach neuen erotischen Erlebnissen.

»Bei dir, Cristina, vergesse ich die Zeit.«

Er hatte Argentinien vor vierundzwanzig Jahren verlassen, Anfang der Fünfziger, und obwohl seine Mutter dort noch lebte, wollte er nie dahin zurück. Er war wütend, weil eine argentinische Zeitung vor Kurzem geschrieben hatte:

»Julio Cortázar greift Fidel Castro an.«

Cortázars Freunde, wie García Márquez, Vargas Llosa, Fuentes und Edwards, hatten dessen erste Frau, Aurora, in ihr Herz geschlossen; nicht so jedoch die Litauerin Karvelis, die bei einem Empfang in der mexikanischen Botschaft, in Paris, selbstherrlich verkündet hatte:

»Ich bin die Geburtshelferin der lateinamerikanischen Literatur.«

Verärgert über diese eitle Frau, hatte der Dichter Octavio Paz ihr geantwortet:

»Da irren Sie sich, Señora. Sie sind die Sekretärin von Gallimard, die jetzt zu Cortázars Geliebter aufgestiegen ist.«

Wenig später täuschte Ugné ein Missgeschick vor und verschüttete den Inhalt der Zuckerdose über das noch nicht vom Nobelpreis gekrönte Haupt des Mexikaners. Paz war über und über mit weißem Zucker bestreut. Ugné entschuldigte sich, in Wirklichkeit jedoch genoss sie die Szene. Keiner, der ihre Rache mit ansah, zweifelte auch nur eine Sekunde daran, dass sie den Zucker absichtlich über den Dichter geschüttet hatte.

Jetzt, in Barcelona, hatte Julio Cortázar den dichten struppigen Bart, von dem er immer geträumt hatte, den Bart eines lateinamerikanischen Revolutionärs, eines Gefolgsmannes Fidel Castros, eines Verbal-Guerrilleros. »Einen imposanten rötlichen Bart«, sagte Vargas Llosa ungläubig, da Cortázar ein anderer Mensch geworden war: bärtig, lächelnd, bärtig, verführerisch, bärtiger Frauenheld, bärtig und besessen von erotischen Zeitschriften, von Drogen und Bordells.

Ein schüchterner Junge, der zum Don Juan geworden ist, dachte Mario, der nichts von den heftigen Testosteron-Dosen wusste.

Einige Wochen später, am Tag von Sant Jordi, dem Tag des Buches in Barcelona, signierte Cortázar sein letztes Werk, *Album für Manuel*. Er war aufgeräumt und zugänglich, unterhielt sich mit seinen Lesern, umarmte und küsste sie und nahm von einem der Anstehenden einen weißen Schlüpfer entgegen:

»Maestro«, sagte der Mann, »bitte signieren Sie mir den für meine Verlobte.«

Cortázar lachte und schrieb auf den Slip: Mit großem Begehren, Julio Cortázar.

Jetzt begehrte er Cristina Peri Rossi, wollte ihr den Slip ausziehen, wenn sie aneinandergekuschelt in ihrem Bett schliefen. Aber sie war lesbisch und ließ in dieser Hinsicht keinerlei Zweifel aufkommen. Julio und sie würden Freunde sein, gute Freunde, Freunde fürs Leben; jedoch keine Liebenden, das war unmöglich.

Überraschend betrat Patricia Llosa das Café, erblickte Cortázar, ihren Freund aus Pariser Zeiten, als sie schon mit Mario verheiratet war, und eine sehr hübsche Frau, die aber weder Aurora noch Ugné war. Lächelnd ging sie auf die beiden zu, begeistert über diesen unwahrscheinlichen Zufall, ihrem alten Freund hier in Barcelona zu begegnen.

»Julio!«

»Patricia, meine Liebe! Dies ist Cristina, meine Freundin, eine Schriftstellerin aus Uruguay.«

Große Umarmungen, Wangenküsse.

Was für eine schöne Frau, dachte Cristina.

»Und Mario?«, fragte Cortázar.

»Auf Reisen«, antwortete Patricia.

»Ich dachte, ihr wäret in Lima«, sagte Cortázar. »Seid ihr nicht umgezogen?«

»Lima ist unmöglich«, erklärte Patricia.

»Lima ist schrecklich«, bestätigte Peri Rossi.

»Dann wohnt ihr jetzt in Barcelona?«, fragte Cortázar.

»Ja«, erwiderte Patricia, die nicht erzählen wollte, dass Mario sie verlassen hatte, denn Carmen Balcells hatte Zweifel in ihr gesät, und vielleicht würde Mario ja reumütig zu ihr zurückkehren, und sie würden wieder zusammen sein. »Aber Mario ist in Amerika. Du kennst ihn ja, er ist immer unterwegs.«

Cristina Peri Rossi dachte: Einen guten Geschmack hat Mario.

»Die Cronopien haben uns heute zusammengeführt«, sagte Cortázar, glücklich lächelnd.

Zum ersten Mal hatte er die Cronopien, diese zappeligen grünen Kugeln, die für alle anderen Menschen unsichtbar waren, während der Pause in einem Pariser Theater gesehen. Sie schwebten über dem Parkett und dem Mezzanin, riefen sich mit musikalischen Wörtern wie ebendiesem: Cronopien. Da hatte er erkannt, dass er, Julio Cortázar, katzenäugiger Mann mit Riesenwuchs, komische Dinge sah, die andere nicht sahen, in einer Welt lebte, die anderen verschlossen war.

»Ich möchte euch etwas erzählen, was Mario noch nicht weiß«, sagte Patricia Llosa. »Ich habe mich entschlossen, Schriftstellerin zu werden. Darum bin ich nach Barcelona gekommen.«

»Das ist ja fantastisch!«, rief Cortázar begeistert. Er erhob sich wie ein Leuchtturm unerreichbarer Träume, ein vor Zärtlichkeit kranker Drache, ein babylonischer Turm von über Eisenbahngleise gezerrten, abgeschliffenen Rs.

Er umarmte Patricia Llosa und ahnte dabei nicht, dass er, ein großer Boxfan, einige Monate später erfahren würde, dass Vargas Llosa, der das Boxen gelernt hatte, García Márquez mit einer Rechten bewusstlos schlagen und beider Freundschaft damit beenden sollte.

»Es ist aus mit uns«, stand auf dem handgeschriebenen Zettel, den Susana Diez Canseco an der Rezeption des Hotels Casa de Campo für Mario Vargas Llosa hinterließ. Dann verließ sie La Romana überstürzt, fuhr zum Flughafen nach Santo Domingo und nahm dort die erste Maschine, die nach San Juan, Puerto Rico, flog. »Ich will dich nicht mehr sehen. Verschwinde bitte aus meinem Leben.«

Wie immer, wenn sie allein und erschöpft war, allein und verzweifelt, allein und gedemütigt, suchte sie Zuflucht in der Lektüre eines Buches, das sie stets mit sich führte, ganz gleich, wohin die Reise ging: *Madame Bovary* war ihre persönliche Bibel des modernen Romans. In deren Seiten versenkte sie sich mit leidenschaftlicher Glut, so wie die religiösen Fanatiker Trost und Belohnung in der Lektüre der heiligen Texte fanden. Wieder las sie die Stelle von Emma Bovarys Selbstmord durch Gift. Sie kannte sie auswendig, konnte ganze Absätze aufsagen und war dabei zu Tränen gerührt.

Ihre Brust begann alsbald heftig zu keuchen. Die Zunge trat weit aus dem Munde. Die Augen begannen zu rollen und ihr Licht zu verlieren wie zwei Lampenglocken, hinter denen die Flammen verlöschen. Man hätte glauben können, sie sei schon tot, wenn ihre Atmungsorgane nicht so fürchterlich heftig gearbeitet hätten. Es war, als schüttle sie ein wilder innerer Sturm, als ringe das Leben gewaltig mit dem Tode.

Vargas Llosa war zwar traurig wegen der missverständlichen Szene, die Susana Diez Canseco in Katy Jurados Wohnwagen mit angesehen hatte, doch Zeit verlieren und sie suchen, sie um Verzeihung bitten, vor ihr auf die Knie fallen wollte er nicht. Er musste Flaubert treu bleiben und die Liebesleidenschaft auf angebrachter Distanz halten, um sich voll und ganz dem Schreiben widmen zu können, »dem bitteren Geschäft, Schriftsteller zu sein«. Zugleich aber empfand er jauchzende Begeisterung, da ihm, kurz nachdem er Susanas Zeilen gelesen hatte, ein Exemplar seines Buches *Die ewige Orgie* – eine Abhandlung über Flaubert und Madame Bovary – zugestellt worden war. Es war gerade in Spanien erschienen, und die stets aufmerksame Carmen Balcells hatte ihm ein Exemplar per Eilpost zur *Casa de Campo* geschickt. Immer wenn er eines seiner neu erschienenen Bücher bekam, fühlte er einen inneren Rausch, das tellurische Beben der reinen Kunst und unbestechlichen Schönheit. Als er jetzt *Die ewige Orgie* durchblätterte, empfand er genau dasselbe. Er nahm sein Notizbuch und las darin ein paar von Flauberts Sätzen, wie er sie sich aus dessen umfangreicher Sammlung der *Briefe* notiert hatte:

»Nicht Lieben ist das Erste im Leben, sondern Schreiben.«

»Trübsal ist ein Laster.«

»Der Mensch ist nichts, das Werk ist alles.«

»Das ganze Problem besteht darin, Schönheit zu gestalten, ohne der Wahrhaftigkeit zu entsagen.«

»Bleiben wir immer bei der Kunst, denn sie ist größer als die Völker, die Kronen und die Könige.«

»Liebe die Kunst! Versuche sie ausschließlich zu lieben, glühend und devot.«

»In seinem Schaffen sollte der Künstler sein wie Gott in der Schöpfung: unsichtbar und allmächtig, sodass wir ihn überall spüren können, ohne ihn zu sehen.«

»Das Leben ist so hassenswert, dass man es nur ertragen kann, indem man es vermeidet; und man vermeidet es, indem man in der Kunst lebt, in der unaufhörlichen Suche nach der Wahrheit, die in der Kunst ihren Ausdruck findet.«

»Was schön ist, ist moralisch, so einfach ist das, und weiter nichts.«

»Damals gab es etwas Ernsteres als die Männer, die für das Vaterland starben; als die, die für es beteten; als die, die dafür arbeiteten, es glücklicher zu machen; und das waren die, die sangen, denn nur die überleben.«

»Wenn man sich an die Massen wendet, ist es nur gerecht, wenn die Massen dafür nicht bezahlen. Ich behaupte, ein Kunstwerk kann nicht bezahlt werden. Schlussfolgerung: ein Künstler, der keine festen Bezüge hat, wird hungers sterben!«

»Ich schwitze Blut, pinkle kochend Wasser, scheiße Katapulte und rülpse Geröll.«

Und er las auch, was Borges über Flauberts *Briefe* geschrieben hatte:

»Wer da sagt, Flauberts Hauptwerkt seien die *Briefe*, der kann argumentieren, dass in diesen mutigen Bänden das Antlitz seines Schicksals enthalten ist.«

In wenigen Wochen würde Vargas Llosa die Dreharbeiten beendet haben und nach New York fliegen, wo er den Herbst verbringen sollte, da er ab Oktober an der Columbia-Universität Vorlesungen über Gabriel García Márquez und *Hundert Jahre Einsamkeit* zu halten hatte. Er hielt es für keine schlechte Idee, den Herbst allein in Manhattan zu verbringen, an der Uni zu unterrichten und in der Wohnung zu schreiben, die ihm die Uni auf der Upper West Side, in fußläufiger Nähe zum Central Park, zur Verfügung gestellt hatte. Dort pflegte er lange Spaziergänge zu unternehmen, wenn er in der Stadt war. Nachdem er geduscht hatte, rief er Carmen Balcells an und sagte ihr, er sei begeistert, *Die ewige Orgie* in Händen zu halten, und fragte sie:

»Hast du etwas von der Prinzessin von Brocéliande gehört?«

Manchmal nannte er Patricia Llosa so, vor allem, wenn er, wie jetzt, mit zärtlichen Gefühlen an sie dachte. Dann setzte er sie in diesen Zauberwald in der Bretagne, verwandelte sie in eine Fee und hob sie in die Wolken seiner Sehnsüchte und Träume.

»Sie ist in Barcelona«, sagte Balcells, die die Anrufe von Vargas Llosa und García Márquez zu jeder Tages- und Nachtzeit entgegennahm. Für sie verzichtete sie auf Schlaf und arbeitete unermüdlich rund um die Uhr. »Und sie hat mir erzählt, dass sie Schriftstellerin werden will.«

Vargas Llosa brach in lautes Gelächter aus.

»Was du nicht sagst!«, rief er. »Machst du Witze, Carmen?«

»Nein. Es ist ihr Ernst. Und sie erzählte mir auch, dass Alvarito seine Memoiren schreibt. Dass er Atheist geworden ist.«

»Aber er ist doch erst neun!«, rief Mario überrascht und musste wieder lachen.

»Ja, sicher, aber er ist dein und Patricias Sohn. Da sollte es dich nicht wundern, dass er ein frühreifes Genie geworden ist.«

Immer noch lachend, fragte Vargas Llosa:

»Wie steht es mit deiner Gesundheit?«

»Schlecht, danke der Nachfrage«, antwortete Carmen. »Und wie geht es mit dem Film voran?«

»Schlecht, danke der Nachfrage«, scherzte Mario.

Dann wurde er ernst und sagte:

»Aber es gibt nichts Schlimmeres als Melancholie und geistige Verstopfung und den bitteren Drang zu schreiben, liebe Carmen.«

»Hast du deine Szenen schon gedreht?«, fragte Balcells.

»Noch nicht.«

»Vergiss das nicht. Dein Auftritt ist unerlässlich. Denk daran, dass wir bei der Paramount im Wort stehen.«

Vargas Llosa hatte sich die kleine nichtssagende Rolle des Hauptmanns Mendoza, des Vorgesetzten von Pantaleón Pantoja, ins Drehbuch geschrieben. Er wollte nur in einer Szene auftreten, in der Mendoza und Pantaleón ein Bier trinken und sich über die *Brasileña* unterhalten, die von Camucha Negrete gespielt wurde.

»Wenn das Weib dir gefällt, Pantaleón«, sollte Hauptmann Mendoza sagen, »und es dich nervt, dass sie alle drübersteigen, warum nimmst du sie dann nicht ganz raus aus dem Frauenbataillon?«

»Nein, Chef«, würde Pantaleón, hüstelnd und errötend, antworten. »Dienst ist Dienst.«

»Sämtliche Offiziere wissen, dass du in die *Brasileña* verliebt bist, und finden es auch ganz in Ordnung, dass du deine Geliebte hier hast«, sollte Vargas Llosa als Hauptmann Mendoza fortfahren. »Jeder versteht, dass du sauer bist, wenn die ganze Truppe sie flachlegt. Diese lächerliche Formalität, dass nur zehn Nummern mit der *Brasileña* erlaubt sind, hilft dann auch nicht. Zehn Nummern, oder hundert, Bruder, das macht doch keinen Unterschied.«

»Im Oktober werde ich in New York sein, Carmen. Ich unterrichte da an der Columbia.«

»Großartig. Ich komme dich besuchen. Wie geht es Susana?«

Vargas Llosa ließ ein etwas zynisches, triumphierendes Lachen hören, geprägt von großem Selbstbewusstsein und Vertrauen in die eigene Zukunft.

»Sie hat mich verlassen«, sagte er kokett. »Sie hat genug von mir.«

»Das glaube ich dir nicht«, antwortete Carmen. »Die Kleine ist verrückt nach dir!«

»War«, sagte Vargas Llosa. »Aber sie hat mich in einer kompromittierenden Situation mit Katy Jurado erwischt.«

Balcells lachte laut auf.

»Eine kompromittierende Situation?«

»Ja«, erklärte Mario. »Ich habe ihr die Schamhaare

geschnitten. Susana glaubte aber wohl, mich bei einem Cunnilingus überrascht zu haben.«

Carmen Balcells' Gelächter rollte wie ein Gewitter mit Blitz und Donner durch das Dörfchen La Jornada in der Dominikanischen Republik.

»Sag Patricia nicht, dass Susana mich wie einen räudigen Hund abserviert hat«, bat Vargas Llosa.

»Wo denkst du hin!«, rief Balcells. »Selbstverständlich sage ich nichts!«

Zwei Tage später sollte Patricia Llosa zurück zu ihren Kindern nach Lima fliegen. Sie hatte ein paar Sommerwochen im Hotel Sarrià verbracht, einem dreiundzwanzigstöckigen Neubau, der im April des Jahres eröffnet worden war. Es befand sich an der Ecke der Carrera de Loreto und der Avenida de Sarrià, an der Plaza del Doctor Barraquer, nur zehn Gehminuten von der Agentur Balcells auf der Avenida Diagonal 580 entfernt. Auf ihrem Flug nach Lima würde sie in Madrid, in San Juan, in Caracas und Bogotá zwischenlanden. In ihrer gewohnten maßlosen Großzügigkeit hatte Carmen Balcells für Patricia ein Erste-Klasse-Ticket gekauft und dem Hotel Sarrià mitteilen lassen, dass sie Patricias Rechnung bezahlen werde.

»Ich habe für dich ein Abschiedsessen organisiert«, sagte sie am Telefon zu Patricia. »Ist das in Ordnung?«

»Großartig!«, rief Patricia. »Wen hast du eingeladen?«

»Nur die Gabos und die Edwards«, antwortete Carmen. »Ist dir das so recht, *en petit comité*?«

»Perfekt«, sagte Patricia. »Weißt du, dass Cortázar in Barcelona ist? Sollen wir ihn nicht auch einladen?«

»In welchem Hotel wohnt er?«, fragte Balcells.

»Er wohnt bei einer uruguayischen Schriftstellerin, Cristina Peri Rossi.«

»Ich möchte ihn lieber nicht einladen. Cortázar mag mich nicht. Er hegt keine Sympathie für mich.«

»Caramba! Das ist eine Überraschung, Carmen. Das wusste ich nicht.«

»Ich habe ihn gefragt, ob ich seine Agentin werden soll, aber er hat abgelehnt«, sagte Balcells. »Er hat mich eine Kapitalistin genannt, eine Bourgeoise, die das Geld anbetet. Er hat gemeint, seine Bücher seien keine Ware. Er begreift nicht, dass ich ihn reich machen würde.«

»Er hat sich sehr verändert«, entgegnete Patricia. »Seit ihm ein Bart wächst, ist er ein anderer Mensch.«

»Dann essen wir früh, um acht, im Hotelrestaurant«, sagte Balcells. »Du musst morgen früh um fünf am Flughafen sein, dein Flug geht um sieben. Denk daran.«

»Sehr gut«, antwortete Patricia. Dann fragte sie:

»Hast du etwas von Mario gehört?«

»Er ist in der Dominikanischen Republik, führt da Regie für seinen Film. Sobald der abgedreht ist, fliegt er nach New York. Dort muss er bis Januar an der Columbia unterrichten.«

»Hat er nach mir gefragt?«

»Ja, und er war voller Gefühl für dich. Ich habe ihm gesagt, dass du Schriftstellerin wirst.«

Patricia gestattete sich ein schüchternes, fast ängstliches Lächeln; aber auch kokett und beinahe triumphal. Dann fragte sie:

»Und wie hat er reagiert?«

»Er hat sich unglaublich gefreut«, sagte Balcells. »Mario betet dich an, Patricia.«

»Ich glaube nicht, dass es ihm gefällt, dass ich Schriftstellerin werden will. Mario ist schrecklich selbstverliebt. Alle Preise müssen für ihn sein.«

»Du irrst dich, Patricia. Mario wird dich bei deiner schriftstellerischen Karriere unterstützen. Aber darüber sprechen wir beim Abendessen.«

In dieser Nacht, Stunden bevor Patricia Llosa zum Flughafen fuhr, kamen nur drei Personen zu dem Abschiedsessen im Hotel Sarrià, und nicht fünf, wie erwartet: Carmen Balcells, wie immer voller Energie, wie immer hungrig und durstig, durstig nach Cognac, der sie in dieser Nacht des Abschieds zum Glühen brachte; García Márquez allein, ohne Mercedes, in buntem Hemd mit schwarzer Lederjacke, und Jorge Edwards, dezent herausgeputzt wie ein Diplomat, im blauen Anzug mit himmelblauem Hemd und kirschroter Krawatte, als wäre er auf einem Botschaftsempfang, obwohl er nicht mehr im diplomatischen Dienst war. Nach dem Staatsstreich von General Pinochet war er zurückgetreten, da er nicht der Diktatur dienen wollte. Sein künftiges Leben wollte er sich als Schriftsteller, Übersetzer und Lektor bei befreundeten Verlagen in Barcelona verdienen. Edwards' Frau Pilar verbrachte einige Tage mit den Donosos in Calaceite, und García Márquez' Frau Mercedes war zu Hause geblieben, weil sie sich leicht unpässlich fühlte. Am liebsten wäre sie schon nach Mexiko gefahren, wo sie zwei Monate mit den Kindern, die eigentlich keine Kinder mehr waren – Gonzalo war sechzehn und Rodrigo vierzehn – verbringen wollte.

»Ich habe einen privaten Raum im Keller des Hotels reservieren lassen«, verkündete Balcells, nachdem sie Patricia Llosa begrüßt hatten, die in eng anliegender Hose und tief dekolletierter Bluse ausgesprochen hübsch und kokett aussah.

»Hervorragend!«, rief García Márquez. »Da sind wir vor den Eidechsen sicher.«

Eidechsen nannte er all die Bewunderer und Fans, die Möchtegernautoren und -dichter, die lästigen Journalisten, die ihn interviewen wollten, und auch Damen, die ihn zu verführen suchten.

»Durchschnittlich drei pro Tag fallen über mich her. Sie kommen aus ganz Lateinamerika. Nach dem Sommer, Carmen, brauche ich eine geheime Wohnung.«

»Keine schlechte Idee«, sagte Balcells.

»Und all diese Eidechsen versuchen mir zu erklären, auf welche Weise das Unbehagen der Welt auf ihnen lastet«, sagte Gabriel, als sie zum Restaurant hinunterstiegen.

Balcells, Llosa und Edwards lachten.

»Am Ende drücken sie mir dann ein Achthundertseitenmanuskript in die Hand, verdammt noch mal«, klagte García Márquez.

»Das sind keine Manuskripte«, scherzte Balcells, »das sind Minuskripte.«

»Unverdauliche Schinken«, legte Edwards nach. »Schinken von literarischen Schlachtern.«

»Mercedes steht es bis hier mit den Eidechsen«, sagte Gabriel. »Aber sie erträgt sie wie ein Mann.«

Während des vor Kaviar, Austern, Langusten und Kabeljau strotzenden Abendessens erzählte García Márquez:

»Als meine Mutter mit mir schwanger war, hat sie viel

Kabeljau-Lebertran getrunken; Scott-Emulsion hat sie den genannt. Mein Vater sagte immer, diesem Kabeljau hätte ich mein gutes Gedächtnis zu verdanken.«

Balcells und García Márquez sprachen, aßen und tranken am meisten. In der privaten Atmosphäre dieses schummrigen Kellergewölbes, mit Hunderten von in Holzkisten gestapelten Weinflaschen an den Wänden, wirkten sie wie die Chefs eines Mafiaclans, die Häupter einer anarchistischen Bruderschaft, die fantastischsten Verschwörer der Stadt, die alles wussten und alles träumten, alles kontrollierten und beherrschten und früher oder später alle zum Lachen brachten.

»Vor ein paar Tagen«, erzählte Gabriel, »hat mich vor einer Buchhandlung eine franquistische Dame angesprochen. ›Sie sind gar nicht existent‹, hat sie gesagt. ›Sie existieren nur in Kuba.‹«

»Ich möchte euch etwas erzählen, das nicht einmal Mario weiß«, meldete sich Patricia Llosa, beschwipst und aufgekratzt. »Wenn er mich für ein junges Ding sitzenlässt, wenn er mir sagt, dass er sie mehr liebt als mich, wenn er mich mit ich weiß nicht wie vielen Nutten betrogen hat …«

»Aber was redest du denn da«, rief Balcells überrascht und verärgert über die Anspielung auf Vargas Llosa.

García Márquez und Edwards schwiegen wohlweislich.

»… dann deswegen, weil es mir im Leben nicht bestimmt ist, seine Sekretärin zu sein, sondern mir meine Träume zu erfüllen. Mario hat mir nämlich damit, dass er mich verlassen hat, einen Gefallen getan. Dank ihm sind mir die Augen aufgegangen, habe ich meine

Zukunft gesehen, mich wieder an meine Berufung erinnert.«

»Welches ist deine Berufung?«, fragte Edwards leicht erschrocken. »Willst du Ärztin werden, wie Mario gesagt hat?«

»Ich werde Schriftstellerin werden«, verkündete Patricia.

»Du bist schon eine Schriftstellerin«, erklärte Gabriel. »Nur dass du bisher noch nichts geschrieben hast. Aber wir Schriftsteller sind Schriftsteller, auch wenn wir nicht schreiben.«

»Tatsächlich habe ich schon zwei oder drei Erzählungen geschrieben«, sagte Patricia.

Jorge Edwards dachte: Das kann ein gutes Ende nehmen oder ein sehr böses. Mario wird es überhaupt nicht gefallen, dass Patricia ihm aus Zorn Konkurrenz machen will.

»Du kannst bedingungslos auf uns zählen«, sagte García Márquez. »Aber wenn Mercedes es dir nachmacht und zu schreiben anfängt, dann Gnade uns Gott.«

Als die Rechnung bezahlt und der letzte Absacker getrunken war, verkündete Carmen Balcells:

»Patricia muss ins Bett. Sie muss um fünf Uhr früh am Flughafen sein.«

»Nein«, widersprach Patricia Llosa. »Ich will nicht schlafen. Gehen wir ins Bocaccio!«

»Gabriel, komm, tanz mit mir«, flüsterte Patricia Llosa García Márquez ins Ohr.

Sie nannte ihn nie Gabo oder Gabito oder Melquíades, den Magier, sondern stets Gabriel, und er nannte sie zärtlich Cousine oder Cousinchen.

»Aber du weißt doch, dass ich diese modernen Sachen nicht tanze, Cousinchen«, entschuldigte sich García Márquez. »Ich tanze nur Cumbias und Vallenatos.«

Sie befanden sich im oberen Stockwerk der Diskothek Bocaccio, zusammen mit Carmen Balcells und Jorge Edwards, die sie nach dem privaten Dinner im Hotel Sarrià dorthin begleitet hatten. Unten tanzten Frauen in kurzen Kleidern oder Miniröcken und Männer in Anzug und Krawatte zu Songs, die in London und New York der letzte Schrei waren: von den Beatles, den Rolling Stones, Elton John und Olivia Newton John, von Pink Floyd und Lou Reed.

»Sag schon, was sollen sie für dich auflegen?«, drängte Patricia.

»Es gibt nur ein Lied auf Englisch, das ich tanzen kann, eines von den Beatles«, sagte García Márquez. »Das, in dem es heißt: *It's been a hard days night …*«

»... *and I've been working like a dog* ...«, sang Patricia.

Die Beatles hatten zum ersten und einzigen Mal vor zehn Jahren in Barcelona, in der Stierkampfarena, gespielt. Die Rolling Stones waren in der Stadt noch nie aufgetreten.

Patricia Llosa ging zu Oriol Regás, dem Eigentümer und Gründer des Bocaccio, und sagte zu ihm:

»Gabriel möchte, dass du *A hard days night* von den Beatles auflegst.«

»Mit dem größten Vergnügen, Patricia«, antwortete Regás. »Wie geht es Mario? Seid ihr zusammen hier?«

»Nein«, sagte Patricia, kokett lächelnd. »Du weißt doch, dass er Lasterhöhlen wie diese meidet.«

Oriol Regás lachte gutmütig und machte sich daran, García Márquez' Musikwunsch zu erfüllen. Er hatte die Diskothek Bocaccio im selben Jahr gegründet, in dem *Hundert Jahre Einsamkeit* erschien. Sein Freund, der Maler Salvador Dalí, war bei der Eröffnungsparty dabei gewesen und hatte ihm ein Bild geschenkt mit der Widmung: »Dem einzigen Katalanen, der es bringt.« Ursprünglich hatte Regás seine Diskothek Snobísimo nennen wollen, sich dann jedoch für Bocaccio entschieden, nachdem er vom Autor des *Decamerone* gelesen hatte:

»Besser, man tut etwas und bereut es, als etwas bereuen, weil man es nicht getan hat.«

García Márquez in seiner schwarzen Lederjacke und Patricia Llosa in eng anliegender Jeans tanzten jetzt in der Mitte der Tanzfläche. Gabriel trällerte das Lied der Beatles mit, das ihm gefiel, weil es schlicht und einfach und glücklich war mit seiner Geschichte vom wie ein Hund schuftenden Arbeiter, der eigentlich wie ein

Baumstamm schlafen sollte, stattdessen aber lieber bei seiner Frau war, die alles für ihn tun würde aus Dankbarkeit für die hündische Arbeit, die er den ganzen langen Tag für sie verrichtet hatte. Die hübschen Mädchen in der Diskothek, fast alle in gleichmachenden Miniröcken, betrachteten den kolumbianischen Autor mit schmachtenden Blicken und vielleicht sogar ein wenig Neid auf die Frau, die mit ihm tanzte und ihn schalkhaft umgarnte. Gabriel war ein großer Tänzer, wenngleich er wenig Aufhebens darum machte, selbst wenn es sich nicht um Cumbias und Vallenatos handelte, wie in dieser Nacht. Auch beim *Rock 'n' Roll* bewies er gutes musikalisches Gehör.

»Mein Leben lang habe ich Sänger sein wollen«, flüsterte er Patricia ins Ohr. »Eigentlich bin ich ein gescheiterter Sänger.«

»Mario wäre froh, wenn er tanzen könnte wie du«, erwiderte Patricia. »Er ist ein grauenhafter Tänzer. Er tritt mir immerzu auf die Füße.«

Nach den Beatles legte Oriol Regás das erste Lied auf, das in der Eröffnungsnacht des Bocaccio gespielt worden war und nach dem zu tanzen Salvador Dalí sich damals trotz aller Bitten geweigert hatte: *Good Vibrations* von den Beach Boys. Gabriel gefiel es, und Patricia mochte es noch mehr, und so tanzten sie glücklich weiter. Für einige Stunden fühlten sie sich von ihren Partnern oder Expartnern befreit und feierten die noble, nachbarschaftliche Freundschaft, die sie seit dem Umzug der Vargas Llosas nach Barcelona verband. Mario indes hatte das Bocaccio nur ein einziges Mal betreten, obwohl er von Carlos Barral mehrfach dahin eingeladen worden war, ebenso wie von Beatriz de Moura und Esther Tusquets, von Jaime Gil de Biedma und Juan Marsé, von Ricardo Bofill und Serena Vergano. Diese Diskothek war so berühmt, dass ein junger Enrique Vila-Matas in der Zeitschrift *Fotogramas* eine Klatschkolumne namens »Gehört im Bocaccio« schrieb. Sehr wahrscheinlich aber war das Gehörte wohl eher Erfundenes, so wie sein Interview mit Marlon Brando, das in derselben Zeitschrift abgedruckt worden war.

»Sag Oriol, er soll *Help* auflegen«, bat Gabriel Patricia.

Sie tanzten jetzt zu dem Lied der Beatles, dessen Text sie auswendig kannten und begeistert hinausschrien. Das wenige Englisch, das García Márquez beherrschte, war das der Lieder der Beatles, die er sehr schätzte. Danach jedoch wurden langsame, ruhige, romantische Lieder aufgelegt, die den Rhythmus der Tanzenden veränderten, sie enger, umschlungener tanzen ließen, je nach Begehren. García Márquez, der nur widerwillig auf so beunruhigend enge Weise mit Cousine Patricia tanzte, tat, als wollte er in den zweiten Stock hinauf, wo Balcells und Edwards sich lebhaft unterhielten und miteinander tranken. Patricia jedoch hinderte ihn daran und flüsterte ihm ins Ohr:

»Komm, wir tanzen eng. Sei nicht so schüchtern.«

Ganz Kavalier, willigte Gabriel ein. Man spielte *Conejito de terciopelo* von Joan Manuel Serrat, ein Lied zu Ehren des schönen dänischen Mannequins Susan Holmquist, die im Bocaccio aufgetreten war. Danach *Libre* von Nino Bravo, zwei Jahre zuvor bei einem Autounfall ums Leben gekommen. Sogar *Por qué te vas* von Jeanette wurde aufgelegt. Später dann *Wish you where here* von

Pink Floyd, und *Gloria* von Patti Smith. Diese fünf Lieder hintereinander ermutigten Patricia Llosa, sich rückhaltlos in die Arme ihres Freundes Gabriel zu drücken, sich an seinen Körper zu schmiegen, ihr Gesicht an seiner Brust mit dem aufgeknöpften Hemd ruhen zu lassen, unauffällig an seinem Hals zu riechen, seinen Schweißgeruch zu atmen, den rauen Geruch des karibischen Machos. Wenngleich García Márquez nie die Initiative ergriff und sich auch nicht an Patricia schmiegte, wich er nicht zurück, als sie die Gefahr suchte, sich seufzend an seine Brust drückte, ihre Stupsnase am Hals des Tänzers rieb, der seine Sorge überspielte und dabei dachte: Das Cousinchen macht mich an, verdammt.

Als *Monday, Monday* gespielt wurde, ein *song*, den García Márquez nicht mochte, entschuldigte er sich und ging zur Toilette. Patricia kehrte zu Balcells und Edwards zurück.

»Gehen wir?«, schlug Carmen vor.

»Noch nicht«, entgegnete Patricia.

»Denk daran, dass du um fünf Uhr am Flughafen sein musst«, erinnerte sie Balcells. »Ich möchte nicht, dass du den Flug verpasst.«

»Keine Sorge«, antwortete Patricia und bestellte noch mehr Champagner, der auf die Rechnung der Literaturagentin ging. »Ich werde ihn nicht verpassen.«

Jorge Edwards und García Márquez waren Freunde, hatten Achtung voreinander und erwiesen sich gegenseitigen intellektuellen Respekt. Um diese Freundschaft nicht zu gefährden, sprachen sie nicht über Politik, vor allem nicht über Kuba, über Fidel Castro, den Fall Padilla und den Krieg in Angola. Zwei Jahre zuvor hatte

Edwards das Buch *Persona non grata* veröffentlicht, seine Memoiren der vier Monate im diplomatischen Dienst in Havanna, in denen er ständig von der kubanischen Diktatur überwacht worden war. García Márquez hatte das Buch nicht gefallen, er hielt es für illoyal, zumindest ließ er das im intimen Freundeskreis, bei den Feduchis, verlauten.

»Ein guter Diplomat kennt zwar Geheimnisse, behält sie aus beruflichen Gründen aber für sich. Ein guter Diplomat schreibt kein Buch, in dem er alle Geheinisse offenbart, in die er dank seines Berufes eingeweiht war. Edwards war nicht als Schriftsteller in Havanna, sondern als Diplomat. Er hätte dieses Buch nicht schreiben dürfen.«

Doch Edwards wollte kein Diplomat mehr sein, schon gar kein Repräsentant des Diktators Pinochet. Dafür respektierte ihn Gabriel. Er respektierte ihn auch für etwas, das Fidel Castro ihm bei einer Partie Golf über Edwards berichtet hatte:

»Seine Kaltblütigkeit ist erstaunlich. Dieser englische Chilene ist stur wie ein Pferd. Ich habe ihn angeschrien und ihm gedroht, habe ihm gesagt, Allende und Neruda seien meine Freunde, ich würde ihn wegen Verrats hinrichten lassen. Dabei schaute er mir lächelnd ins Gesicht, ließ sich kein bisschen einschüchtern.«

Um vier Uhr morgens war Patricia Llosa betrunken und glücklich und fühlte sich endlich so frei, dass sie auf einen der runden Tische gestiegen war und dort einen erstaunlich eleganten Tanz hinlegte. Sie zog die Blicke der anderen Gäste auf sich, die nicht wussten, dass sie noch Vargas Llosas Frau war. Davon hatten nur die Eingeweihten Kenntnis, wie Oriol Regás und seine Schwester Rosa, oder die Fotografin Colita und der Regisseur Ventura Pons, oder Jorge Herralde und Lali Gubern, die den neuesten Tratsch, dass Mario Patricia mit drei Kindern in Lima hatte sitzen lassen und mit einem jungen Model auf und davon war, natürlich kannten.

Carmen Balcells erhob sich und verkündete im Befehlston:

»Wir gehen!«

Die Diskothek Bocaccio befand sich nicht in Spanien, sondern in Europa, und nicht der Diktator Franco hatte dort das Sagen, sondern Oriol Regás, der Magier der katalanischen Nächte, der seine Gäste zu García Márquez' metallicblauem Cabrio begleitete, das vor der Tür des Hauses parkte. Wegen Carmen Balcells' zyklopischen Körperumfangs hätten die vier nur sehr gedrängt hineingepasst. Deshalb befahl Balcells:

»Patricia, du kommst mit mir. Mein Fahrer bringt dich ins Hotel und danach zum Flughafen.«

Balcells hatte nicht nur einen, sondern mehrere Taxifahrer, die rund um die Uhr für sie und die Agentur, für sie und ihre gehätschelten Autoren arbeiteten. Sie bezahlte sie gut, kümmerte sich um deren Gesundheit, dachte an ihre Geburtstage, machte ihnen große Geschenke. Ihre Taxifahrer verehrten sie.

»Nein, Große Mama«, sagte García Márquez, »ich bringe das Cousinchen zum Flughafen.«

Balcells schaute Patricia an, wartete auf ein Zeichen. Patricia nickte: Sie wollte mit Gabriel fahren.

»Ihr werdet doch den Flug nicht verpassen?«, fragte Carmen beunruhigt.

»Nein«, entgegnete Patricia. »Ich habe in meinem ganzen Leben noch keinen Flug verpasst.«

Als gewiefter Diplomat, der die Gefahr roch, entschied Jorge Edwards, der am wenigsten Alkoholisierte der vier:

»Ich gehe zu Fuß.«

Carmen umarmte Patricia und flüsterte ihr ins Ohr:

»Gib Mario ein wenig Zeit. Bevor das Jahr vorbei ist, kommt er wieder zu dir zurück.«

Dann umarmte Jorge Edwards Patricia:

»Bleib nicht in Lima«, riet er ihr. »Komm mit den Kindern nach Barcelona. Hier bist du frei.«

García Márquez öffnete die Tür des luxuriösesten Autos, das jemals von einem Schriftsteller in Barcelona gefahren worden war, und sagte:

»Bitte sehr, *Mademoiselle*.«

Er sagte nicht *Madame*, er sagte *Mademoiselle*.

»Ich beeile mich«, sagte Patricia, als sie mit García Márquez im Hotel Sarrià eintraf. Es war noch dunkel. »In zehn Minuten bin ich wieder unten.«

»Keine Eile«, antwortete Gabriel. »Wir liegen gut in der Zeit. Um diese Zeit ist kein Verkehr.«

Wenn er ein Hotel, ein Restaurant, eine Bar betrat oder in ein Flugzeug stieg, gab es keinen, der ihn nicht erkannt hätte: Er war das tropische Wortgenie, der Magier, der Erfinder des Eises, der mythologische Mann, der jede Demütigung und alles Elend überstanden hatte, mit denen das Leben ihm aufgelauert hatte: Er war Gabriel García Márquez, Gabo, Gabito, der Mambo-King.

»Er ist so schüchtern, dass er, seit er berühmt ist, sich nur noch auf der Flucht befindet«, sagte María Luisa Elio, die Freundin, der er *Hundert Jahre Einsamkeit* gewidmet hatte.

García Márquez machte es sich in einem Sessel der Eingangshalle bequem und versuchte sich an einem kurzen erholsamen Schläfchen. Sofort war er wieder im Hause seines Großvaters Nicolás, des Obersten Márquez, bei dem er seine acht ersten Lebensjahre verbrachte, die vielleicht die glücklichsten seines Lebens waren. Unterdessen packte Patricia Llosa Kleidung und Bücher in zwei große Koffer und einen kleineren Rollkoffer. Sie hatte so viele Romane gekauft, so viele Bände Lyrik, und Carmen Balcells hatte ihr so viele andere Bücher geschenkt, die in letzter Zeit von den Autoren ihrer Agentur veröffentlicht worden waren, dass sie nicht alle in die großen Koffer passten, die schwerer wogen als ein Toter. Sie beschloss daher, die Bücher, die sie am wenigsten interessierten, zurückzulassen, verstaute sie unterm Bett und verabschiedete sich von ihnen mit dem Gedanken: Hoffentlich merken die Autoren nicht, dass ich sie wegen des Übergewichts zurückgelassen habe; wo hatte ich bloß meine Sinne, als ich sie gekauft habe, dachte sie. Aber sie hatte keine Eile und packte ihre Sachen gerne mit Sorgfalt, wie eine Vielfliegerin. Eines der Bücher, die unterm Bett landeten, war *Die ewige Orgie*, Vargas Llosas Hommage an Flaubert und Madame Bovary, die Balcells ihr geschenkt hatte.

Patricia Llosa war eine unersättliche, fiebernde Leserin und las ebenso viel wie Vargas Llosa und vermutlich mehr als García Márquez und Mercedes. Ihrer Meinung nach war der große Roman ihres Mannes nicht *Die Stadt und die Hunde*, und auch nicht *Das grüne Haus*, sondern *Gespräch in der ›Kathedrale‹*. Jetzt verstand sie, warum Mario so besessen war von diesem Bordell am Rande des Städtchens Piura, im Norden von Peru, das er mit seinen Freunden, vor allem dem verlässlichen und witzigen Kumpel Richard Artadi, um die Mittagszeit aufzusuchen pflegte, wenn die »Schülerinnen«, wie Mario und Richard sie nannten, gerade erst aufgestanden waren.

Ich hätte mir denken können, dass er mir mit allen Huren dieser Welt untreu gewesen ist, dachte Patricia. Hätte ich es aber gewusst, hätte mir *Das grüne Haus* vermutlich weniger gut gefallen.

Sie hatte es im Jahr nach der Hochzeit mit Vargas Llosa gelesen, kurz nachdem ihr ältester Sohn Álvaro geboren worden war. Patricia erzählte gerne, dass er mit »einem stehenden Pipi« auf die Welt gekommen war; einer beeindruckenden Erektion, die nicht weichen wollte, die so anhaltend war, dass Doktor Carlos de Romaña, ein angesehener Gynäkologe, der die Geburt in der Klinik in Lima betreute, spöttisch bemerkte:

»Er kommt auf die Welt, um Spaß zu haben. Er wird ein glücklicher Mann sein.«

»Er hat doch keinen Priapismus, oder?«, fragte Mario, der von einem bislang unbekannten Glücksgefühl überschwemmt wurde, einem Glücksgefühl, das vielleicht noch größer oder vollkommener war als jenes beim Gewinnen von Literaturpreisen.

Patricia zog ihren Rollkoffer hinter sich her. Ein Hoteldiener schleppte die zwei schweren Koffer. Als sie an der Rezeption ihre Kreditkarte zückte, sagte man ihr:

»Frau Balcells hat bereits alles bezahlt.«

Patricia lächelte dankbar, gab ein großzügiges Trinkgeld und erwiderte:

»Carmen ist allen immer einen Schritt voraus.«

Dann weckte sie García Márquez behutsam, strich ihm über den Kopf, roch an seinem Haar und seinem Hals und flüsterte:

»Gabriel, Gabrielito, wach auf, ich bin's, deine Muse, das Cousinchen.«

García Márquez schreckte auf und kehrte von Aracataca nach Barcelona zurück. Er lächelte, als hätte die Nacht gerade erst begonnen. In einer Stunde oder etwas mehr, um sechs, würde das erste Licht des Tages die Konturen der Stadt umreißen, den Hügel des Tibidabo hervorheben. Schnaufend verstaute der Hotelboy die Koffer auf dem Rücksitz und im Kofferraum des BMW, den Gabriel sich kurz nach seiner Ankunft in Barcelona von den Einnahmen aus *Hundert Jahre Einsamkeit* gekauft hatte. Patricia gab dem Pagen ein Trinkgeld, und der fragte García Márquez ganz ernst:

»Maestro, wer ist Aureliano Buendía?«

Lächelnd antwortete Gabriel:

»Ich.«

»Aber er wird doch erschossen«, wandte der Page ein.

»Ich bin schon oft erschossen worden«, erwiderte García Márquez, ohne zu ahnen, dass er ein paar Monate später in der mexikanischen Hauptstadt von einem Fausthieb seines Freundes Vargas Llosa niedergeschossen würde.

Er ließ den Wagen an, warf Patricia einen Seitenblick zu, und als er sie lächeln sah, fragte er:

»Ist es dir recht, wenn wir das Dach öffnen?«

»Das halte ich für eine geniale Idee.«

Daraufhin schob Gabriel das schwarze Verdeck nach hinten, faltete es zusammen und befestigte es. Es war kurz vor fünf Uhr morgens, Sommer in Barcelona, mit angenehmer Temperatur, warm, ohne drückend zu sein. Patricia Llosa fühlte sich auf frohlockende Weise glücklich. Befand sie sich in einer solchen Freudenstimmung, weil sie sich endlich frei fühlte? Quoll sie über vor Optimismus und Lebensfreude, weil sie sich entschlossen hatte, Schriftstellerin zu werden und sich von der chauvinistischen Bevormundung ihres Gatten zu befreien? Genoss sie diese lange Nacht mit ihrem Freund Gabriel, weil sie noch nie um fünf Uhr morgens, beide betrunken, mit ihm allein gewesen war? Sollte sie zu ihren Kindern nach Amerika zurückkehren und Mutter sein oder auf Jorge Edwards hören und die Kinder nach Barcelona holen?

Noch nie in meinem ganzen Leben, dachte sie, habe ich mich so glücklich gefühlt wie in dieser Nacht. Nicht einmal bei meiner Hochzeit. Nicht einmal in den Flitterwochen.

Sie war auch deshalb so glücklich oder fühlte sich so frei, alleinige Herrin ihres Körpers und ihrer Zukunft, weil sie bei ihrer Ankunft in Barcelona vor einigen Wochen damit angefangen hatte, die Antibabypille zu nehmen. Nicht dass sich ihr unvorbereitet ein unwiderstehliches Abenteuer bot! Während sie mit Mario verheiratet war, hatte sie die Pille nicht genommen, weil nach der Geburt ihrer beiden Söhne, die, ihrem Wunsch gemäß, schon sehr bald kamen, Mario es war, der sich um die Verhütung kümmerte. Er kannte sich damit aus, war ein richtiger Experte, konnte mit einem oder sogar zwei Kondomen lieben, hatte den Umgang mit Präservativen bei den »Schülerinnen« in Lima und Piura gelernt, als er schon mit vierzehn, fünfzehn Jahren ein wahrer Vulkan gewesen war.

»Hören wir Musik?«, fragte Gabriel.

»Klar!«, rief Patricia begeistert. »Welche du willst!«

García Márquez fuhr vorsichtig, betrachtete die Nacht in ihrer ganzen Schönheit kurz vor Tagesanbruch, die langsam erwachende Stadt, mit kaum einem Motorrad oder Taxi auf den Straßen, nur manchmal einem Fahrrad oder Autobus. Er fuhr nicht gerne schnell, ging nicht gerne schnell, lebte nicht gerne schnell. Er tat lieber alles gemächlich, mit Ruhe, denn er wusste, dass richtiges Tempo und passender Rhythmus die wesentlichen Elemente von Kunst und Glückseligkeit waren. Ein hastiger Künstler würde sich unweigerlich verzetteln oder nur Mittelmaß zuwege bringen, ein überstürzter Liebhaber den höchsten Genuss verpassen, ein zu schneller Autofahrer einen Unfall verursachen. Im Leben des Künstlers war der Ton ausschlaggebend, klar, aber auch das Tempo, der genaue Rhythmus, in dem jedes Wort geschrieben wurde, damit Musik daraus werden, man es beim Schreiben singen konnte.

»Magst du Vallenatos?«, fragte Gabriel.

»Ich finde sie bezaubernd«, antwortete Patricia.

Vargas Llosa war nicht musikalisch, brauchte jedenfalls keine Musik zum Leben. Gabriel und Mercedes lebten für die Musik. Sie waren der Meinung, dass Menschen, die der Musik den Rücken kehrten, das Beste im Leben verpassten. García Márquez war ein guter Sänger und Tänzer und konnte zu Tränen gerührt sein, wenn er den Vallenatos lauschte, die er als Kind immer gehört hatte. Deshalb schob er jetzt eine weiße Kassette in den waagerechten Schlitz der Musikanlage, drehte den Ton laut und verkündete:

»*La Casa en el Aire* von Maestro Rafael Escalona.«

Und dann erklangen lebendige, farbenfrohe karibische Rhythmen, deren fröhliche Unbekümmertheit alles Leid zerfließen ließ, Fahrer und Beifahrerin berauschten und hineinrissen in die ersten Töne des neuen Tages, in das ferne Knattern eines Motorrads, die Stimme des die frisch gedruckte Morgenausgabe ausrufenden Zeitungsjungen. García Márquez sang begeistert mit, als wäre er Maestro Escalona selbst:

»*Ich will dir ein Luftschloss bauen, in dem nur du allein sollst wohnen.*«

Patricia betrachtete ihn hingerissen und dachte: Dieser Mann versteht es wirklich zu leben. Dieser Mann ist glücklich. Wie ich ihn beneide.

García Márquez sang, damit man ihn in Sitges hören konnte, in Calafell und Calaceite, damit man ihn auch in Cadaqués hören konnte, das er nie wieder besuchen wollte, aus Furcht vor den perfiden Winden des frühen Morgens, die den Geist der launenhaften Toten mit sich brachten:

»*Dann bringe ich ein großes Schild aus weißen Wolken an, die dem Licht verkünden, dass, wer nicht fliegt, nicht hoch genug steigt, um das Licht in den Wolken zu sehen.*«

Und Gabriel sang und flog und stieg hoch genug, um das Licht zu erblicken, in den Wolken zu wohnen, Wolke zu sein, eine Traumgestalt, die dort oben zu Hause war.

»Am Ende«, sagte er zu Patricia und beugte sich zu ihr, als wolle er tief ihren Geruch einatmen, »werden wir alle Wolken sein, mein liebes Cousinchen.«

Es war eine zauberhafte Nacht, für die Glückseligkeit gemacht, für die Bruderschaft der guten Freunde, den geheimen Pakt der Verschworenen. Es war eine Nacht und ein Auto und ein Lied oder Lieder, doch ebenso war es eine zarte, geheime Verschwörung, deren Möglichkeiten ins Unendliche gingen, sodass Patricia dachte: Diese

Form des Glücks ist dem so ernsten, so intellektuellen Mario fremd. Soll sie ihm fremd bleiben, ich aber will sie kennenlernen.

García Márquez legte die Kassette *La diosa coronada* von Alfredo de Jesús Gutiérrez ein, dem König der Vallenatos; ein Lied, das vor einigen Jahren erschienen und eines seiner Lieblingslieder war.

»Liebe Leute, lasst euch sagen, einen neuen Zauber gibt's in den Savannen, unaufhaltsam da draußen, wenn die gekrönte Göttin nicht fehlt.«

Gabriel sang schön, er sang und lachte, er sang, und war nicht der berühmte Schriftsteller oder Starreporter, er sang, und war Gabo, Gabito, der aus Barranquilla, der aus der *Cueva* mit den alten Freunden Alfonso Fuenmayor, Álvaro Cepeda und Germán Vargas, der Weltenbummler-Korrespondent der Zeitung aus Cartagena, der mit der Kolumne *La Jirafa*, die er zu Ehren der Ägypterin Mercedes schrieb, er war der einzig wahre Enkel des einäugigen Oberst Nicolás und dessen Frau Tranquilina. Und es war keine Spur von Eitelkeit oder Arroganz an ihm, denn diese Musik erinnerte ihn stets daran, was der tiefe Kern des menschlichen Lebens war.

»Die gekrönte Göttin dieser Nacht bist du«, sagte er zu Patricia, und sie antwortete mit einem frischen, unschuldigen Lachen; einem Lachen, das ihr seit dem Bruch mit Mario auf dem Schiff, seit dem Auftauchen dieser schrecklichen Susana nicht mehr über die Lippen gekommen war.

Gabriel sang weiter:

»Kommt der geliebte König des Abends an in den Bergen, serviere ihm gefülltes Huhn, denn der König ist ein

feiner Mann, Mama mía, einen wohlgedeckten Tisch bereite ihm, der König ist ein feiner Mann, du weißt, gebackenen Reis serviere ihm, dem hochgeschätzten König, damit er speise.«

Da erinnerte sich Patricia an etwas, das Mario ihr erzählt hatte, als er noch mit Julia verheiratet war und sie erst fünfzehn und ihre ältere Schwester Wanda noch lebte.

»Bei den Frauen bin ich ein Adler, Patita. Ich sehe sie von oben, wenn ich fliege, wenn ich über sie hinwegfliege, und sie sind wie Hühner für mich.«

Nun, ich will keines dieser Hühner mehr sein, dachte Patricia in jener Nacht, als sie sich frei fühlte, betrunken und glücklich, und García Márquez singen hörte. Ich will auch ein Adler sein.

Und in dieser Nacht fühlte sie sich tatsächlich wie ein Adler, oder ein Kondor, wie ein majestätischer, unbesiegbarer Vogel, der sein Leben sehen konnte, seine Zukunft von hoch oben, ohne Furcht. Sie würde Mario zeigen, dass auch sie hoch fliegen konnte. Trunken von Musik und Champagner, von edlen Gefühlen und Loyalität bis zum Tod, wollte García Márquez die Nacht nicht enden lassen, das Fest ausdehnen bis zum nächsten Tag und Mercedes mit einbinden in das verschworene Tun. Es schien ihm ein Verbrechen, so glückliche, vollkommene Nächte wie diese wegen der Arbeit, wegen des Terminkalenders, wegen der verhassten Verpflichtungen des nächsten Tages abzubrechen.

»Verschiebe lieber auf morgen, was du heute kannst besorgen«, pflegte er mit seinen Freunden im Restaurant Cueva in Barranquilla zu scherzen.

Als Nächstes erklang *La gota fría*, und Gabriels Stimme dröhnte auf der Suche nach dem karibischen Ton in seinem Troubadour-Herzen:

»*Ich habe die passende Antwort, für Lorenzo Miguel, der mich einen Schwindler nennt, doch der Schwindler ist er.*«

Patricia bewegte den Kopf, hob den rechten Arm, durchschnitt die Luft mit ihrer kleinen Hand, die Mario, als er noch pubertierend war, zu einem Gedicht inspiriert hatte. Er schrieb es auf der Schreibmaschine, als er die kleine Patricia schlafen sah und nicht ahnte, dass dieses Mädchen, seine Cousine, Jahre später seine Frau sein würde. Patricia hätte gern die Texte von Gabriels Vallenatos mitgesungen, und während sie ihren Kopf zu den Melodien schwingen ließ, war es, als singe oder tanze sie im Geiste mit, doch es war nur Gabriel, der sang:

»*Weißt du noch, Moralito, dass du nicht feiern wolltest in Urumita, am frühen Morgen bist du gegangen, wohl aus demselben zornigen Grund.*«

Gabriel wollte nicht, dass Patricia an diesem frühen Morgen nach Lima flog. Es war wohl der Zorn darüber, sie als Freundin aus den Augen zu verlieren, wie auch als Nachbarin, als Vertraute, und vielleicht bald auch als schreibende Kollegin. Konnte sie nicht morgen oder übermorgen fliegen? Konnte sie sich nicht durchringen, bis zum nächsten Mittag durchzufeiern, wie es mit den Freunden im *La Cueva* üblich war?

»*Er nimmt mich mit oder ich lieber ihn*«, sang Gabriel weiter, »*damit das hier ein Ende hat. Ach, Morales, mich nimmt er nicht mit, denn gehen will ich noch nicht.*«

Und Morales war Vargas, und Moralito war Varguitas, und Gabo, Gabito, Gabriel, Gabrielito dachte vielleicht, entweder nimmt Varguitas sie mit oder ich nehm' sie mit, und wir feiern weiter mit der Ägypterin, mit dem heiligen Krokodil, mit Mercedes.

Sie näherten sich langsam, mit sechzig Kilometern die Stunde, einer Abzweigung auf der Autobahn nach Süden: links ging es zum Flughafen, und sie hatten nicht mehr viel Zeit, denn die Maschine startete um sieben. Patricia flog jedoch erster Klasse – eine großzügige Geste Carmen Balcells' –, da gab es keine lange Schlange. Kurz vor der Abfahrt, die sie nehmen mussten, begann Pérez Prado seinen Mambo Nummer 5 hinauszuschreien, ein Lieblingslied von García Márquez. Zu Patricia sagte er:

»Dieses Lied hat den kürzesten und vollkommensten Text aller spanischsprachigen Lieder.«

Er sagte das, weil das Lied so gut wie keinen Text hatte, sein Text eigentlich nur aus ein paar gutturalen Schreien bestand, die Pérez Prado gelegentlich ausstieß; brünstige Laute eines Höhlenmenschen, der ein Weib besteigen, einen Mambo mit ihr tanzen wollte. Und genau in dem Moment, als er nach links zum Flughafen abbiegen sollte, stieß García Márquez ein Löwengebrüll aus, das Fauchen des Jaguars mit der alkoholgetränkten Stimme eines brünstigen Männchens, die in Pérez Prados heiseren Schrei einstimmte und vielleicht verkündete, dass die Nacht noch jungfräulich und die höchsten Wonnen noch zu entjungfern waren. Und während er dieses Löwengebrüll der karibischen Mambos hinausschrie, bog er nach rechts ab anstatt nach links, abgelenkt vielleicht und so tief im Mambo und seine Löwen versunken in dieser Nacht voller Versprechen, dass er vergaß, nach links abzubiegen, und nach rechts abbog, und Patricia dachte: Jetzt hat er die falsche Abfahrt genommen.

Gleich darauf fragte sie sich mit kokettem Lächeln: Ob er das absichtlich getan hat?

Gabriel fuhr weiter und schrie vereint mit Pérez Prado:

»Ja, ja, ja, ich will Mambo!«

Und Patricia dachte: Auch ich will Mambo. Er hat es absichtlich getan. Er will nicht, dass ich abreise.

Etwas später fuhren sie auf der Ronda de Sant Ramón, kurz vor dem Örtchen Sant Boi de Llobrgat, als García Márquez ausrief:

»Verdammt, Cousinchen, ich glaube, ich habe mich verfahren!«

Patricia Llosa ließ ein triumphierendes Lachen hören, flog hoch wie ein Adler und sagte ohne zu zögern:

»Umso besser. Ich weiß auch gar nicht, ob ich abreisen will. Ganz in der Nähe gibt es ein Hotel.«

»Bist du sicher, dass du deinen Flug verpassen willst?«, fragte García Márquez. »Wir können immer noch rechtzeitig hinkommen.«

Es war kurz nach sechs Uhr morgens. Patricia hatte zu viel getrunken, war sich dessen jedoch vielleicht nicht so bewusst. Gabriel war auch betrunken, wusste es aber und erkannte auch die lauernde Gefahr.

»Ich will nicht abreisen«, sagte Patricia. »Dies war eine der vergnüglichsten Nächte meines Lebens. Ich will bleiben. Ich will, dass es so weitergeht.«

García Márquez verzog keine Miene und strich sich auch nicht mit dem Finger über den Schnurrbart, während er sich ebenso neugierig wie verwundert fragte, was noch passieren musste, oder was Patricia, das Cousinchen, wollte, dass in dieser Nacht passieren sollte, um sie in ihren Augen vollkommen und unvergesslich zu machen.

»Lass mich nicht allein«, sagte sie und schaute ihm in die Augen, wie nur sie es vermochte. »Komm mit hinauf.«

Sie saßen noch im Auto vor dem Hotel El Castell, in Sant Boi de Llobregat, nur zehn Minuten vom Flughafen entfernt. Es handelte sich um ein altes Schloss, das als Drei-Sterne-Hotel hergerichtet worden war; ein edel und herrschaftlich wirkendes Anwesen für Transitreisende und Liebespärchen. Ohne eine Antwort abzuwarten, stieg Patricia aus und ging entschlossen zur Rezeption. Ein Hotelboy trat ans Auto.

»Die Dame hat ihren Flug verpasst«, sagte García Márquez. »Bringen Sie bitte ihre Koffer hinein.«

Er fragte sich, ob er fahren oder bleiben sollte, ob er mit Patricia aufs Zimmer gehen oder sofort weiterfahren sollte, sobald der Hotelboy die Koffer ausgeladen hatte. Er beschloss zu bleiben. Er hatte zwar getrunken, war aber noch klaren Verstands und wusste, dass am Ende er es war, der entschied, und nicht sie; dass nur das passieren würde, was er passieren ließ, und nicht das, was sie sich wünschen mochte. Unterdessen buchte Patricia ein Zimmer.

»Ein Bett oder zwei Betten?«, wurde sie gefragt, als García Márquez sich näherte.

»Was Sie haben«, antwortete sie.

»Wie viele Tage möchten Sie bleiben, Señora?«

»Bis morgen«, sagte Patricia.

Gabriel aber konnte nicht vierundzwanzig Stunden von zu Hause fortbleiben. Seine Frau erwartete ihn, kurz nach sechs konnte sie jeden Moment aufwachen und würde ihn vermissen.

»Bringen Sie sofort meine Koffer aufs Zimmer«, befahl Patricia.

»Selbstverständlich, Señora«, antwortete der Mann an der Rezeption.

»Und eine Flasche Champagner«, fügte sie hinzu.

Auf dem Weg zum Fahrstuhl sagte García Márquez leise zu Patricia:

»Ich glaube, ich gehe lieber, Cousinchen.«

Patricia schaute ihn an und fragte betrübt:

»Du lässt mich allein?«

»Ich schlafe lieber zu Hause«, antwortete Gabriel. »Mercedes erwartet mich.«

»Verstehe«, erwiderte Patricia. »Aber geh noch nicht gleich. Bleib noch einen Moment.«

»Ein Glas, dann gehe ich«, sagte García Márquez. Er wollte Patricia nicht brüskieren, sie nicht demütigen, aber er wollte auch Mercedes nicht betrügen. Denn die Königin des Nils war diese Nacht nicht mit ins Bocaccio gegangen, weil sie ihm blind vertraute.

Sobald die Koffer auf dem Zimmer und sie beide allein waren, entkorkten sie die Flasche, schenkten sich zwei Gläser ein, und Patricia brachte den Trinkspruch aus:

»Auf diese Nacht!«

Als hätte sie eine ganze Wüste durchquert, leerte sie ihr Glas in einem Zug, schaute García Márquez in die Augen und lächelte ihn an, wie Gabriel sie nie zuvor hatte lächeln sehen, als öffne sie sich vor ihm, einladend, als wollte sie sagen, diese Nacht bin ich dein, gehöre ganz dir, mach mit mir, was du willst. Das jedenfalls glaubte García Márquez in Patricia Llosas draufgängerisch verwegenem Lächeln zu lesen. Sie wiederum fühlte sich ganz befreit und emanzipiert von ihrem triebgesteuerten Kadetten, der sie, wo immer er den roten Teppich der triumphierenden Genies betrat, mit Dutzenden von Huren betrog. Patricia zog ihre Pumps aus und sagte:

»Was haben wir schön getanzt, diese Nacht. Wie mir die Füße schmerzen.«

García Márquez stand am Fenster, beobachtete alles mit lauerndem Blick, überlegte seinen nächsten Zug, fragte sich, ob er gehen sollte oder ob es schon zu spät war.

»Ruh dich aus«, sagte er. »Ein bisschen Schlaf wird dir guttun.«

Patricia hörte nicht auf ihn. Sie nahm einen Schluck Champagner, trat zu Gabriel, schlang ihre Arme um ihn, wie man sich an eine Boje, an einen Rettungsring klammert, schaute von unten zu ihm hinauf und küsste ihn, obwohl sie Männer mit Schnurrbärten nicht mochte, auf die Wange; aber nur auf die Wange, da sie nicht wollte, dass dieser Kuss zu weit ging. Auch Gabriel ließ sich zwar küssen, verweigerte ihr jedoch die Lippen, seine spielerische Zunge, seine Zunge, die Worte zum Klingen brachte, seine Cumbias und Vallenatos singende Zunge, die allein Mercedes gehörte und niemandem sonst.

Und dann warf sich Patricia Llosa, das zornige Cousinchen, die von ihrem Kadetten und seinen Huren gedemütigte Cousine, aufs Bett, ohne Bluse und Hose auszuziehen, und schaute García Márquez an, der immer noch am Fenster stand und sich wie ein sprungbereiter Tiger über den Schnurrbart strich.

Doch García Márquez rührte sich nicht und sprach auch kein Wort. Er wusste, dass er sich in einer aussichtslosen Lage befand, in einer tödlichen Falle. Wenn er sich jetzt zu Patricia ins Bett legte, würde er als Verräter, als schlechter Freund, als gewissenloser Scheißkerl, als Mercedes' treuebrüchiger Ehemann das Unglück der ganzen Welt auf sich ziehen. Und wenn er nicht mit Patricia ins Bett ging, würde sie ihn für einen feigen Schisser halten, ihm niemals verzeihen und ihn bis ans Ende ihrer Tage hassen.

»Warte einen Moment«, sagte er zu ihr.

Dann ging er ins Bad, zog sich aus und stellte sich unter die heiße Dusche.

Während García Márquez trällernd unter der Dusche stand und der Badezimmerspiegel vom Wasserdampf beschlug, erhob sich Patricia, die sich noch nie so frei gefühlt hatte, wie in dieser Nacht, vom Bett und zog sich langsam aus. Ein feines Lächeln leuchtete auf ihrem Gesicht. Sie betrachtete sich im Spiegel und begann ihre Bluse aufzuknöpfen, einen Knopf nach dem anderen, ohne Hast, zog dann die Hose aus, und als sie sich in Höschen und BH im ovalen Spiegel sah, begann sie leise zu singen und sich in den Hüften zu wiegen und beobachtete, wie ihr kleiner Körper eine schlanke, schwebende, sinnliche Gestalt annahm. Mit dem BH in Händen tanzte sie ihren Sieben-Schleier-Tanz, und vollkommen trunken von der strahlenden Schönheit ihres eigenen Abbilds zog sie ihr Höschen aus, warf es mit elegantem Schwung auf den Tisch und – nach einem weiteren Schluck Champagner – sich selbst wieder aufs Bett. Das leise Rauschen der Dusche und die trällernden Klänge von Gabriels Gesang schläferten sie ein und geleiteten sie ins Reich der Träume.

García Márquez kam mit einem um die Hüfte geschlungenen Handtuch aus der Dusche. Er ging auf die auf dem Bett ausgestreckte Gestalt zu und ließ das

Handtuch fallen. Einen Moment lang stand er wie verzaubert, hingerissen, bewunderte die Schönheit seiner Freundin.

Sie hat ein hübsches Gesicht, doch dieses Schmuckstück von Körper hat sie nie gezeigt, dachte er und trat näher.

Er streckte die Hand aus; zu berühren jedoch, was er jetzt als herrliche Skulptur ansah, erschien ihm wie ein Sakrileg. Dieses Bild, das ihm heilig und unsterblich schien, wollte er nicht beschädigen. Er kniete nieder und betrachtete es verzückt, zitternd, kehrte dann ins Bad zurück und zog sich geräuschlos an, um Patricia nicht zu wecken. Bevor er das Zimmer verließ, warf er noch einmal einen genüsslichen Blick auf die sinnliche Schönheit, die er mit seinen Händen nicht hatte verletzen wollen; Hände, die ihm jetzt grob und unbeholfen vorkamen.

Als Patricia einige Stunden später erwachte, war Gabriel nicht mehr an ihrer Seite.

»Ich hätte mich beinahe umgebracht«, sagte García Márquez zu Mercedes, als er gegen acht Uhr morgens die gemeinsame Wohnung betrat.

Es war Sommer, und die Söhne Rodrigo und Gonzalo, sechzehn und vierzehn Jahre alt, genossen die Schulferien. Sie spielten in unteren Ligen des spanischen Fußballklubs, des Klubs der Wellensittiche. Die Eltern fragten sich, von wem die Kinder diese ungewöhnliche Leidenschaft wohl hatten.

»Was ist passiert?«, fragte Mercedes, trat zu ihm und küsste ihn auf den Mund.

»Ich habe Patricia zum Flughafen gebracht«, sagte García Márquez. »Auf dem Rückweg hatte ich einen Unfall. Ich habe mich zu Tode erschreckt.«

Bevor er heimlich aus dem Hotel El Castell verschwand, leerte Gabriel noch die Flasche Champagner, nahm ein Bad in sprudelnden Bläschen, sodass sein Hemd und seine Jacke nass und beschwipst wurden. Er dachte: So wird Mercedes mich für betrunkener halten, als ich bin. Aber er war nicht sehr betrunken. Er wollte nur seiner Frau und auch sonst niemandem erzählen, was mit Patricia gewesen war.

»Du riechst nach Alkohol«, sagte Mercedes zu ihm. »Geh schlafen.«

»Das Auto sieht aus wie eine Ziehharmonika«, sagte García Márquez. »Ich hätte mich beinahe totgefahren, verdammt.«

Es stimmte. Auf dem Nachhauseweg war er schneller gefahren als gewohnt und gegen eine Straßenlaterne geprallt. Aber es war kein Unfall, er hatte absichtlich dagegengehalten, damit seine Frau ihn für betrunkener halten sollte, als er war, und glauben, dass er wegen des Unfalls so spät nach Hause kam. Kurz bevor er das Auto demolierte, das ihn ein Vermögen gekostet hatte, dachte er: Ich kann mir ein neues Auto kaufen, aber keine neue Frau.

Und gleich darauf lenkte er den metallicblauen 5er-BMW gegen einen Laternenpfahl, sodass die ganze rechte Seite zerbeult war. In diesem Augenblick dachte er: Wenn ich Mercedes erzähle, was mit Patricia war, glaubt sie mir das nie. Und selbst wenn sie mir glaubt, dass wir nur kokettiert und nicht gevögelt haben, wird sie Patricia für den Rest ihres Lebens hassen. Und wenn sie sie hasst, geht meine Freundschaft mit Mario zum Teufel. Niemand darf erfahren, was geschehen ist.

Der Aufprall schüttelte ihn zwar ein bisschen durch, aber er blieb unverletzt. Es schmerzte ihn, dieses Auto zuschanden zu fahren, das ihm so viel Freude bereitet hatte, seit er es vor sieben Jahren gekauft hatte, als Barcelona gerade sein neues Zuhause geworden war.

»Das Auto steht unten in der Garage«, sagte er zu Mercedes. »Die Einzelheiten erzähle ich dir später.«

»Hast du jemanden verletzt?«, fragte Mercedes.

»Nein«, erwiderte Gabriel. »Nur das Auto ist im Arsch.«

»Warst du bei der Polizei? Hat man dir eine Blutprobe entnommen?«

»Nein«, sagte Gabriel. »Ich bin eingeschlafen und gegen die Laterne gefahren. Zum Glück hat die Karre nicht schlapp gemacht und mich noch heil nach Hause gebracht.«

Gleich nach dem Zusammenprall war García Márquez mit dem scheppernden, zerbeulten Auto weitergefahren zum Haus in der Calle Caponata. Ein paar Nachbarn erkannten ihn und machten besorgte Gesichter, doch er lächelte sie an wie ein Herrscher im Vollbesitz seiner Kräfte und Herr über alle noch so undenkbaren Vorkommnisse dieser langen heiklen Nacht. Als er schlief, ging Mercedes in die Garage hinunter und besah sich das verbeulte Auto.

Gut, dass er niemanden angefahren hat, dachte sie. Gabito hätte niemanden zum Flughafen bringen dürfen. Weiß Gott, was er sich dabei gedacht hat, Patricia zu fahren.

Als García Márquez erwachte, hatte er einen Mordshunger, verschlang eine Kartoffeltortilla, trank drei Tassen Kaffee und verkündete Mercedes und den Kindern:

»Wir fahren nach Mexiko.«

Die Jungs stimmten ein Freudengeheul an. Sie hatten sechs Jahre in Mexiko gelebt und waren dort glücklich gewesen. Sie wollten wieder zurück.

»Den Rest des Sommers verbringen wir in Mexiko«, sagte Gabriel, und Mercedes lächelte beglückt.

»Kommen wir danach wieder nach Barcelona zurück?«, fragte Rodrigo.

»Nein«, sagte Mercedes. »Wir bleiben in Mexiko.«

Sie war es gewesen, die García Márquez gebeten hatte, nach Mexiko zurückzukehren, in der Hauptstadt ein Haus zu kaufen und dort zu leben. Gabriel hatte bereits *Der Herbst des Patriarchen* veröffentlicht. Sie hatten sieben Jahre in Barcelona gelebt. Beide wollten näher bei Barranquilla und Cartagena, bei Havanna und Bogotá sein.

»Hier wird es ungemütlich«, sagte Mercedes. »Auf Spanien kommen schlechte Zeiten zu.«

»Es wird hier richtig knallen«, bestätigte García Márquez. »Franco übersteht dieses Jahr nicht mehr. Hier geht alles den Bach runter.«

Die spanische Diktatur befand sich in ihrer Endphase, im Zerfall, während der Tyrann, krank und kraftlos im Bett, unfähig zu regieren, noch Erschießungen anordnete, um die Kraft seiner zitternden eisernen Faust zu demonstrieren.

»Wir sollten nicht mehr hier sein, wenn der Schweinehund stirbt«, sagte García Márquez. »Da wir als Kommunisten verschrien sind, werden wir Francos Bluthunde an den Fersen haben.«

Eine Woche später trafen sie mit einem Direktflug erster Klasse in der mexikanischen Hauptstadt ein. Seit dem Welterfolg von *Hundert Jahre Einsamkeit* flogen sie zwar nicht mehr Economy, doch immer wenn sie ein Flugzeug bestiegen, bekamen sie noch Angstzustände, die sie mit Beruhigungs- und Schlaftabletten bekämpften. Dies war jetzt die zweite Ankunft der Familie in

Mexiko, und sie unterschied sich gewaltig von der ersten: Jetzt kamen sie als Berühmtheiten ins Land, und ihnen wurde der rote Teppich ausgerollt. Sie mussten weder bei der Einwanderungsbehörde noch beim Zoll warten, da der mexikanische Botschafter in Paris, der Schriftsteller Carlos Fuentes, den mexikanischen Präsidenten Luis Echeverría über die Ankunft der Familie García Márquez unterrichtet hatte. Sie kamen in der Gewissheit, dass Mexiko ein fruchtbares Land für die literarische Inspiration war und dass sie hier als unberührbar galten, als Totems, als heilige Kühe und strahlende Götter. Vierzehn Jahre zuvor waren sie arm und hungrig, staubig und erschöpft mit einem Bus aus New York gekommen. Aus dieser Stadt waren sie geflohen, weil García Márquez zusammen mit Plinio Apuleyo Mendoza, dem Chef der kubanischen Presseagentur Prensa Latina, von den dort lebenden Exilkubanern mit dem Tod bedroht wurde. Als Prensa Latina jedoch – zehn Jahre vor dem Fall Padilla – von den Hardlinern der kubanischen Diktatur übernommen wurde, kündigte García Márquez, weil er freier Journalist und kein gekaufter Lohnschreiber für die Diktatur sein wollte. Zehn Jahre später, als er mit seiner Unterschrift unter den von Vargas Llosa initiierten Protestbrief im Fall Padilla mit Fidel Castro hätte brechen können, tat er es nicht, sondern schlug sich auf die Seite des Diktators.

»Wir bleiben eine Nacht in Memphis«, sagte García Márquez zu Mercedes, nachdem sie zwei Tage im Bus gesessen hatten mit dem knapp ein Jahr alten Rodrigo, Mercedes schwanger mit Gonzalo. »Ich will Faulkner kennenlernen.«

Natürlich hatte er keine Verabredung mit Faulkner. Damals hatte García Márquez erst zwei Romane veröffentlicht, *Laubsturm* und *Der Oberst hat niemand, der ihm schreibt*, die beide gänzlich unbeachtet geblieben waren. Er hatte kein Geld, keine Arbeit, war arm, das zweite Kind würde bald zur Welt kommen, die Zukunft sah düster aus. In der mexikanischen Hauptstadt wollte er fürs Kino arbeiten, Drehbücher schreiben, vielleicht Regie führen.

Ich muss Geld verdienen, dachte er, und Geld macht man im Kino, nicht mit Büchern.

Doch vorher wollte er Faulkner kennenlernen. Es waren mehr als viertausenddreihundert Kilometer von New York nach Mexiko-Stadt, und wie der Zufall es wollte, führte die Reise durch das Städtchen Memphis, in Tennessee, wo Faulkner wohnte. Nach einer ermüdenden Fahrt im Greyhound-Bus waren sie gerade in Nashville angekommen, als García Márquez sah, dass sie ein paar Stunden später durch Memphis kommen würden.

»Wir bleiben die Nacht über in Memphis«, verkündete er zu Mercedes' großer Freude.

Am nächsten Tag würden sie mit einem anderen Greyhound-Bus über Dallas, Austin, San Antonio und Monterrey nach Mexiko fahren. García Márquez bewunderte Faulkner für seine Bücher, aber auch für dessen Lebensstil.

Zum Schreiben gibt es nichts Besseres, als in einem Bordell zu wohnen, hatte Faulkner geschrieben: Tagsüber ist es ruhig und still, und nachts geht es hoch her mit Schnaps und interessanten Menschen.

In Barranquilla hatte García Márquez in einem Bordell gewohnt und dort unter dem Einfluss von Faulkners *Als ich im Sterben lag* seinen Roman *Laubsturm* geschrieben. Für ihn schrieb Faulkner wie ein Genie und lebte vor allem wie ein Genie. Darum stiegen sie in Memphis aus, nahmen das billigste Zimmer im Hotel Peabody, und Gabriel sagte zu Mercedes, er werde in der Hotelbar Wache halten, bis – der Legende zufolge – Faulkner erschiene. Mercedes war zwar schwanger und erschöpft, begleitete ihren Mann aber zusammen mit dem kleinen Rodrigo, sie tranken Bier und warteten auf den Nobelpreisträger.

»Da kommt der Alte«, sagte García Márquez ein paar Stunden später.

William Faulkner betrat die Bar des Hotels Peabody ohne jede Eitelkeit und Arroganz, während die Kellner ihn ehrfürchtig begrüßten. Er war von mittlerer Größe und hatte grüne Augen, trug einen gestutzten Schnurrbart, einen Tweedhut und in der rechten Hand eine Pfeife, die erloschen schien. Ohne dass er bestellt hätte, brachte man ihm das Getränk, das er stets verlangte: einen Bourbon mit Zucker, Eis und reichlich Minze; einen *drink*, den er »Mint Julep« nannte.

»Ich schreibe nachts«, pflegte er zu sagen. »Immer mit einem Whisky in Reichweite.«

Leise und mit unterdrückter Bewunderung sagte García Márquez zu Mercedes:

»Der Alte ist derzeit der größte Romanschriftsteller der Welt. Aber er ist aufgeschmissen, weil er in Mode gekommen ist.«

Er hatte ihn schon gelesen, bevor er in Mode kam, und konnte ganze Passagen von Faulkner rezitieren.

»Dieser Scheißkerl hat eine eigene Welt, ein ganzes Universum erschaffen«, sagte er.

Er beobachtete ihn aus den Augenwinkeln, trank sein Bier und zündete sich eine Zigarette an.

»Geh hin, sprich ihn an«, sagte Mercedes. »Setz dich zu ihm. Lade ihn zu einem *drink* ein.«

García Márquez lächelte gequält.

»Was, zum Teufel, soll ich ihm denn sagen, wenn ich kein Wort Englisch spreche?«

»Tja, ich auch nicht«, antwortete Mercedes, und beide mussten lachen.

»Ich will ja nicht, dass der Alte mich für einen Trottel hält«, schmunzelte Gabriel.

Von Faulkner sagte man, was Mercedes von García Márquez behauptete:

»Wenn er schreibt, ist er so angespannt, dass sein Gesicht anschwillt und zu platzen droht.«

García Márquez trank sein Bier, bezahlte und sagte:

»Geh'n wir!«

Als er an Faulkner vorbeikam, sagte er:

»Adiós, Maestro.«

Faulkner lüftete seinen Hut und antwortete:

»Adiós, mein Freund.«

Drei Tage später kamen sie auf dem Busbahnhof in Mexiko-Stadt an. Dort erwartete sie ihr alter Freund Alvaro Mutis, Schriftsteller, Manager, Weltmann, der in Kolumbien wegen Betrugs angeklagt war und es geschafft hatte, aus dem Land zu entkommen. In Mexiko wollte er Filme drehen, und García Márquez sollte die Drehbücher schreiben. Mutis war ein hochgewachsener Mann, unerschütterlich wie ein hundertjähriger Baum.

Er wusste, dass García Márquez ohne einen Cent aus New York gekommen war und keine Arbeit hatte. Deshalb hatte er für die Familie ein bescheidenes Haus in der Colonia San Ángel gemietet, wo Gabriel fünf Jahre später *Hundert Jahre Einsamkeit* schreiben sollte. Doch jetzt, gerade mit dem Bus aus New York gekommen, wollte García Márquez keine Bücher schreiben, sondern Filme machen. Darum stellte Mutis ihn dem mexikanischen Autor Carlos Fuentes vor, der vor drei Jahren Kritikern und Lesern durch seinen Roman *Landschaft in klarem Licht* aufgefallen war, der ein gewaltiger Erfolg wurde. Gabriel hatte das Buch gelesen und wäre nie auf den Gedanken gekommen, dass der Mexikaner sowohl *Laubsturm* als auch *Der Oberst hat niemand, der ihm schreibt* gelesen hatte. Sie nahmen sich vor, Drehbücher gemeinsam, vierhändig zu schreiben. Nach einer Weile jedoch, vom Kino enttäuscht, hatten sie das Gefühl, ihre Zeit zu verschwenden und ihre schriftstellerische Berufung zu verraten.

»Was sollen wir machen, Fontacho?«, fragte García Márquez, als sie in einer Bar zusammensaßen und tranken. »Das mexikanische Kino retten oder unsere Romane schreiben?«

Sie beschlossen, das mexikanische Kino nicht zu retten. Gabriel wandte sich vom Film ab und begann *Hundert Jahre Einsamkeit* zu schreiben, derweil Fuentes nach Venedig flog und *Hautwechsel* schrieb. Die Würfel waren gefallen.

Jetzt, vierzehn Jahre nachdem sie mit dem Bus in Mexiko angekommen waren und sich in dem Häuschen eingerichtet hatten, das der großzügige Alvaro Mutis für sie gemietet hatte, waren die García Márquez' mit dem festen Vorsatz zurückgekehrt, das kleine Haus in San Angel, in dem *Hundert Jahre Einsamkeit* geschrieben worden war, zu kaufen und den Rest ihres Lebens dort zu verbringen. Der arme Gabriel, der mit dem Bus in Mexiko ankam, nachdem er in Memphis Faulkner kennengelernt hatte, war ein erfolgloser Schriftsteller von knapp vierunddreißig Jahren gewesen. Und der reiche García Márquez, oder der »arme Mann mit Geld«, wie er zu sagen pflegte, kam nun, mit achtundvierzig Jahren immer noch jung, als von den Massen umjubelter Schriftsteller zurück, als Millionär und erfolgreichster Autor in spanischer Sprache. Nachdem sein Freund Carlos Fuentes *Hundert Jahre Einsamkeit* gelesen hatte, schrieb er an Cortázar:

»Ich habe den amerikanischen *Don Quijote* gelesen; einen zwischen Bergen und Urwald gefangenen *Quijote*, dem die Ebene versagt geblieben ist.«

Ein Jahr nachdem der Roman erschienen war, im Jahr der Studentenproteste in Paris und des sowjetischen Einmarsches in Prag, reisten Carlos Fuentes und Gabriel García Márquez – beide Liebhaber der Literatur, der Politik, der Frauen und des guten bürgerlichen Lebens, Weltbürger und wohlhabende Schriftsteller – nach Prag, um sich dort mit ihrem Kollegen Milan Kundera auszutauschen. Misstrauisch, paranoid, überzeugt, die Kommunisten hätten überall Mikrofone installiert und würden ihn ausspionieren, hätten sein Telefon angezapft und würden ihn verfolgen, verabredete Kundera sich mit ihnen in einer Sauna, damit niemand mithören konnte, was sie besprachen. Die drei Schriftsteller saßen bei achtzig

Grad Celsius nackt und schwitzend auf einer Bank aus duftendem Pinienholz, und Kundera teilte ihnen mit, dass alles den Bach runtergehen und er bald nach Paris verschwinden würde, denn wenn er in Prag bliebe, werde er zensiert, ins Gefängnis geworfen und gefoltert.

»Dann sieh zu, dass du so schnell wie möglich nach Paris kommst«, riet ihm García Márquez.

Als sie halb verkokelt, unter Strömen von Schweiß und mit brennender Haut aus der Sauna kamen, stellten sie fassungslos fest, dass die kalten Duschen nicht funktionierten, weil möglicherweise ihr Saunagang sabotiert werden sollte. Kundera rief:

»Los, in den Fluss!«

Er stürzte sich nackt, die dünne Eisschicht durchbrechend, in die Moldau, und Fuentes und García Márquez folgten ihm und tauchten in das eisige Wasser des Flusses.

Jetzt, sieben Jahre später, hatten die García Márquez' sich von Barcelona verabschiedet und waren in Mexiko wie Filmstars empfangen worden. Sie waren fest entschlossen, das Häuschen in San Angel zu kaufen, das ihr Leben verändert hatte, in dem Gabriel zum Magier geworden war, das bescheidene Anwesen, in dem er die Sage der Buendías in Macondo gezaubert hatte. Fuentes, mexikanischer Botschafter in Paris, war mit Alvaro Mutis gekommen, um García Márquez zu begrüßen. Eines Nachmittags gingen die drei los und klingelten an der Tür des Hauses in der Calle La Loma Nr. 19, in San Angel, das García Márquez kaufen wollte. Der Eigentümer, ein älterer Mann, erkannte weder García Márquez noch Fuentes.

»Ich möchte dieses Haus kaufen«, sagte García Márquez zu ihm. »Sie nennen mir einen Preis, und ich werde ihn bezahlen.«

Es war ein weiß verputztes einstöckiges Gebäude, die Wände von Efeu bewachsen, in einer von Bäumen gesäumten Straße. Der alte Mann trat einen Schritt zurück und sagte beleidigt:

»Dieses Haus steht nicht zum Verkauf, mein Herr.«

García Márquez war überrascht und beharrte:

»Ich zahle Ihnen das Doppelte dessen, was es wert ist. Lassen Sie es von einem Fachmann schätzen, und ich zahle Ihnen das Doppelte.«

»Es ist nicht zu verkaufen«, erwiderte der Alte ärgerlich. »Ich habe das Haus gekauft, weil ich hier sterben will. Wenn ich tot bin, können Sie mit meinen Kindern verhandeln.«

Sarkastisch fügte er hinzu:

»Falls Sie Ihr Haus verkaufen wollen, sagen Sie mir Bescheid, dann kaufe ich es.«

Damit schlug er ihnen die Tür vor der Nase zu. Die drei Schriftsteller mussten lachen, und Fuentes erinnerte sich, was Mitterand, der von der Präsidentschaft träumende Führer der französischen Sozialisten, ihm einmal gesagt hatte:

»Márquez ist wie eine Figur aus seinen Romanen: zuverlässig, lächelnd, still.«

In seinem luxuriösen Auto auf dem Weg zum Hotel, in dem García Márquez mit seiner Familie untergekommen war, sagte Mutis:

»Ich kenne ein hübsches Häuschen in der Calle Fuego, das zum Verkauf steht.«

Tage später kauften Gabriel und Mercedes dieses Haus im Süden der Hauptstadt, in der Calle Fuego, Nr. 144, im Wohnviertel Jardines del Pedregal, in der Colonia San Angel. Ein wenig wehmütig dachte García Márquez: Wir hatten eine gute Zeit in Barcelona; aber das Beste liegt noch vor uns. Und Mercedes wird nie erfahren, was mit mir und Patricia an jenem Morgen war.

Er konnte nicht wissen, dass ein paar Monate später, nachdem er in einem Kino von Mexiko-Stadt von Vargas Llosa auf die Bretter geschickt worden war, Mercedes fragen würde:

»Und was hat Gabito Patricia angetan?«

Kaum hatte er auf seinem Sitz in der ersten Klasse des Fluges von Madrid nach Lima Platz genommen, fragte der Mann, der zwei Armbanduhren am linken Handgelenk trug und eine Uhr am rechten, am linken Fuß eine schwarze und am rechten Fuß eine rote Socke:

»Pardon, sind Sie nicht Patricia Llosa, die Gemahlin des großen Schriftstellers Vargas Llosa?«

»Ja, das bin ich«, sagte Patricia, die Kopfschmerzen hatte, todmüde und tieftraurig war. Eigentlich wollte sie während des ganzen Fluges nach Lima schlafen, um die unerfüllte erotische Spannung mit García Márquez, die Unannehmlichkeit mit Vargas Llosa und überhaupt alle Widrigkeiten der letzten Stunden vergessen zu können.

Nachdem sie ihren ersten Flug morgens um sieben von El Prat nach Madrid verpasst hatte, erwischte Patricia Llosa gerade noch rechtzeitig den nächsten Flug um elf Uhr nach Barajas. Dort schaffte sie es in größter Hast, ihr schweres Gepäck aufzugeben und völlig erschöpft und genervt, dem Zusammenbruch nahe, ihre Maschine zu erreichen.

»Angenehm. Ich bin Kiko Ledgard, zu Ihren Diensten«, sagte der Mann lächelnd, drückte Patricia die Hand und gab ihr einen Kuss auf die Wange.

»Kiko! Natürlich, entschuldige, ich habe dich nicht gleich erkannt«, freute sich Patricia.

Als Kind hatte sie Kiko Ledgards Sendungen im peruanischen Fernsehen geschaut. Er war ein einfallsreiches Schlitzohr, witzig und zugleich elegant, gutherzig, zuvorkommend, eine seltene Kombination aus Charisma, Höflichkeit und Charme. Damit hatte er im peruanischen Fernsehen große Erfolge gefeiert. Doch als es von der linken Militärdiktatur übernommen wurde, war er nach Madrid gezogen und ein Fernsehstar geworden, der jeden Montag die beliebte Ratesendung *Eins, zwei, drei – Antwort frei*! moderierte.

»Wie geht es dem großen Mario?«, fragte Kiko. »Was macht unser Quijote?«

Patricia wollte ihm nichts von ihrer Trennung erzählen und antwortete nur:

»Gut, sehr gut.«

»Du kannst dir nicht vorstellen, wie ich bei der Lektüre von *Der Hauptmann und sein Frauenbataillon* gelacht habe«, sagte Ledgard. »Dein Mann ist ein Genie!«

»Ja, das ist er«, stimmte ihm Patricia zu. »Gerade führt er Regie bei einem Film, der auf dem Roman basiert.«

Der Roman war ein viel größerer Verkaufserfolg als die drei Meisterwerke zusammen, die er im Jahrzehnt zuvor, in den sechziger Jahren, veröffentlicht hatte.

»Schade, dass er mich nicht gebeten hat, in dem Film mitzuspielen«, sagte Kiko mit seinem breitesten Lächeln. Er machte den Eindruck, der glücklichste Mensch der Welt zu sein; geboren, um die Menschheit zu beglücken.

Er war der Sohn eines Bankers und einer Diplomatin aus wohlhabender Familie und als junger Mann südamerikanischer Meister im Schwimmen gewesen. Er schwamm mit seinen Brüdern Walter und Rodolfo. Er war auch nationaler Boxchampion im Mittelgewicht – ein Titel, den er mehrere Jahre verteidigte. Er hatte bei British Airways und bei IBM gearbeitet, bevor er im peruanischen Fernsehen schließlich seine Bestimmung, seine Stimme und sein unvergleichliches Lächeln fand. Er moderierte erfolgreiche Sendungen, deren beliebteste wohl *Geschäfte machen mit Kiko* hieß. Jetzt war er seit drei Jahren der große Star des spanischen Fernsehens. Es gab keinen, der ihn nicht verehrte, nicht über seine Späße lachte, seine Schlagfertigkeit und seinen Wortwitz bewunderte. Jeden Montag sahen ihn mindestens zwanzig Millionen Spanier im Fernsehen, er war einer der ihren, gehörte zur Familie.

»Was macht deine Familie?«, fragte Patricia. »Wie geht es deiner Frau?«

»Es ging uns schon mal besser«, antwortete Kiko Ledgard. »Du hast sicher von der Entführung meiner Schwiegermutter gehört.«

»Ja, schrecklich«, sagte Patricia. »Jetzt erinnere ich mich.«

»Sie ist hier in Madrid entführt worden. Kannst du dir das vorstellen?«, sagte Kiko. »Sie haben zweihunderttausend Dollar verlangt, aber uns keine Zeit gelassen zu bezahlen. Nach drei Tagen hat man ihre Leiche gefunden. Verbrannt.«

Das alles war im Februar vor zwei Jahren gewesen. Kiko Ledgards Schwiegermutter, Manuela Freundt Rosell, Gattin des peruanischen Unternehmers Estuardo Marrou, hatte ihre Wohnung im Appartementkomplex Meliá verlassen. Ein Freund der Familie bot ihr an, sie in die Stadt zu fahren. Sie stieg ein, und er fuhr mit ihr an den Stadtrand von Madrid. In einem Brief an Marrou forderte er zweihunderttausend Dollar. Ein Taxifahrer, der den Brief überbrachte, verriet den Entführer und lieferte eine Beschreibung. Es handelte sich um einen Mann namens Amado, der mit der Familie befreundet war. Bevor er verhaftet werden konnte, verbrannte er die Frau.

»Kiko Ledgards Schwiegermutter in Madrid bei lebendigem Leib verbrannt«, titelte eine peruanische Zeitung.

»Mutmaßlicher Mörder von Kiko Ledgards Schwiegermutter verhaftet«, schrieb *La Vanguardia* in Barcelona.

»Es tut mir ja so leid«, sagte Patricia zu Kiko.

»So ist das mit dem Ruhm«, sagte Ledgard resigniert. »Er hat seine guten und seine schlechten Seiten. Glaubst du nicht?«

Patricia trank den Champagner, den man ihr serviert hatte, und fragte sich: Ob Kiko mich die ganzen zwölf Stunden bis Lima vollquatschen will?

Doch dann fragte sie:

»Was macht das Fernsehen?«, und fügte höflichkeitshalber hinzu:

»Mario und ich sehen uns deine Sendung an, wann immer wir können. Aber du weißt ja, wir sind viel unterwegs.«

Kiko lächelte warmherzig, väterlich. Er war ein ganzes Stück älter als Mario und Patricia. Er war sechsundfünfzig, Mario knapp neununddreißig, und Patricia erst neunundzwanzig.

»Ich habe mir ein Sabbatjahr genommen«, sagte Ledgard. »In Vigo hatte ich vor Kurzem einen Herzinfarkt. Da war erst einmal Schluss mit Fernsehen. Aber im März komme ich wieder mit *Eins, zwei, drei*.«

Nach dem Start lehnten sie ihre Sitze zurück und machten es sich bequem. Beim Start hatte sich Kiko Ledgard bekreuzigt, nicht jedoch Patricia, die nach dem Tod ihrer Schwester Wanda Atheistin geworden war. Ob Kiko wusste, dass Patricia vor Jahren ihre Schwester bei einem Flugzeugabsturz verloren hatte?

»Wie viele Kinder hast du mit Mario?«, fragte Ledgard.

»Drei«, antwortete Patricia. »Zwei Jungen und ein Mädchen. Sie sind bei meinen Eltern in Lima. Die Jungen sind neun und acht Jahre alt und gehen in Lima zur Schule. Das Mädchen ist noch ein Baby, ein halbes Jahr alt.«

»Es gibt nichts Schöneres, als Kinder zu haben«, sagte Ledgard.

»Und du, wie viele hast du?«, fragte Patricia. Gleich darauf gähnte sie und musste niesen, konnte gar nicht mehr aufhören, kurze Nieser auszustoßen, die sich wie Schluckaufe anhörten.

»Nun«, scherzte Kiko, »ich habe kein einziges gekriegt, das war meine Frau, Annette.«

Patricia lächelte müde.

»Wir haben elf Kinder«, sagte Kiko stolz.

»Elf!«, rief Patricia und riss die Augen auf. »Elf! Das gibt's doch nicht!«

»Wenn ich könnte, hätte ich noch mehr«, sagte Kiko, rundum glücklich, ein wahrer Gewinner, ein Peruaner, der sich der Diktatur nicht gebeugt hatte, der im Großen denken konnte und sich Spanien erobert hatte, der die Leute zum Lachen brachte, die ihm Geld dafür gaben, Autos, Reisen, alles.

»Wie heißen deine elf Kinder?«, fragte Patricia.

Kiko Ledgard lehnte sich zurück, als hätte er, seit er das Flugzeug bestiegen hatte, auf diesen Moment gewartet, und zählte auf:

»Kiko Junior war der Erste. Dann kam Annette Junior. Danach kam Roy. Dann kommt Brick. Dann Nickel. Dann Tink Ling. Dann Clipper. Dann Jet.«

Zu diesem Zeitpunkt schlief Patricia Llosa bereits den Schlaf der Erschöpften. Für alle Fälle fuhr Kiko Ledgard fort:

»Dann kommt Flash. Dann Tip. Und schließlich Spring.«

Zum ersten Mal in seinem Leben hatte Kiko Ledgard witzig sein wollen und dabei eine Dame einschlafen lassen: die völlig erschöpfte und auch alkoholisierte Patricia Llosa, die den ganzen Flug nach Lima verschlafen wollte.

Verdammt, sagte sich Kiko schmunzelnd, früher habe ich sie zum Lachen gebracht, heute schlafen sie mir ein.

In Lima angekommen, umarmten sie sich zum Abschied, und Kiko sagte zu Patricia:

»Grüß mir den Champion. Sag ihm, dass ich alle vier Romane von ihm gelesen habe. Der bei Weitem beste ist der letzte, der von dem Hauptmann. Ich habe mich bepinkelt vor Lachen.«

Patricias Eltern, Lucho Llosa und Olga Urquidi, erwarteten ihre Tochter mit einem Blumenstrauß. Sie freuten sich, sie wiederzusehen, obwohl sie, gutherzig wie sie waren, die Wochen mit ihren Enkeln Álvaro, Gonzalo und Morgana genossen hatten, bei denen nichts – welche Erleichterung – darauf hindeutete, dass sie schwachsinnig sein könnten. Zu Hause in Barranco umarmte Patricia ihre Kinder zutiefst gerührt, vergoss ein paar Tränen und beschloss, vorerst weder ihren Eltern noch sonst jemandem in Lima zu erzählen, dass sie Schriftstellerin werden und mit den Kindern nach Barcelona ziehen wollte. Zuerst einmal, dachte sie, will ich in Lima wieder zu mir kommen, Morgana und die Jungen um mich haben und mit meinen Freundinnen ausgehen.

Ein paar Wochen später rief Vargas Llosa an. Er wusste von Carmen Balcells, dass Patricia wieder in Lima war. Es war Spätsommer. Genau am Geburtstag von José Sacristán, der im Film den Hauptmann spielte, hatte Mario den letzten Drehtag in La Romana gehabt. Nach dem Fest verabschiedete er sich von den Schauspielern, den Technikern, von seinem Freund, dem Co-Regisseur Josema Gutiérrez, und flog nach New York, wo er ein Semester lang an der Columbia-Universität zu unterrichten hatte.

»Da ist Marito für dich am Telefon«, sagte Olga – Olguita, wie alle sie nannten – zu Patricia.

»Sag ihm, ich bin nicht da«, erwiderte Patricia. »Ich will nicht mit ihm sprechen.«

Olga Urquidi war Marios Schwiegermutter; zuvor jedoch war sie seine Tante und danach seine Schwägerin gewesen, als Mario Julia Urquidi geheiratet hatte. Jetzt war sie seine Ex-Schwägerin, immer noch seine Tante und auch noch Schwiegermutter, wenngleich Letzteres in Zweifel stand.

»Sag Patricia, dass ich sie vermisse«, sagte Mario zu Olguita. »Sag ihr, dass ich sie nach New York einlade. Sag ihr, dass ich nicht mehr mit Susana zusammen bin, dass wir getrennt sind.«

Als Olga Urquidi die Nachricht an ihre Tochter Patricia weitergab, wurde diese wütend und schrie:

»Soll er nach Lima kommen! Ich komme doch nicht zu ihm nach New York gekrochen! Er ist es, der mich um Verzeihung bitten muss!«

Dann fügte sie hinzu:

»Und ich weiß nicht, ob ich ihm verzeihen werde.«

Tage später sagte Vargas Llosa zu seiner Schwiegermutter:

»Ich kann nicht nach Lima kommen, Olguita. Ich muss jeden Tag Vorlesungen halten. Ich stehe bis Januar bei der Universität in der Pflicht.«

»Wie ist es denn mit dem Film gelaufen?«, fragte Frau Urquidi.

»Ich weiß nicht, ob ganz gut oder ganz schlecht«, antwortete Mario und gestattete sich ein triumphierendes Lachen, als wollte er sagen, selbst wenn der Film kein Kassenerfolg wird, bin ich immer noch Vargas Llosa, das Genie.

Was er nicht sagte, war, dass er tief im Innern dachte: Ich bin kein Filmregisseur und will es auch nicht sein. Filme machen ist Zirkus. Ich kann nicht Autor und Regisseur zugleich sein. Ich muss mich für eines entscheiden. Ein Film wird von vielen Menschen gemacht, von vielen Egos, ist abhängig von vielen Umständen, eine schrecklich arbeitsintensive und komplexe Angelegenheit. Also werde ich keine Filme mehr machen, sondern mich aufs Schreiben konzentrieren. Das Geschäft beim Film ist ohnehin der Verkauf von Rechten und nicht das Filmemachen an sich. Sollen das die tun, die was davon verstehen.

»Warum kommst du nicht mit Patita nach New York?«, schlug er der Schwiegermutter vor.

»Ich will sehen, ob ich sie überreden kann«, antwortete Frau Urquidi. »Aber du weißt ja, Patricia hat ihren Stolz.«

Patricia wollte nicht schon wieder verreisen, wollte ihre Söhne nicht aus der Schule nehmen, wollte der kleinen Morgana nicht noch eine Reise zumuten, schon gar nicht nach New York, in die herbstliche Kälte dort.

»Ich reise nicht«, verkündete sie. »Er soll kommen, und wenn er schwimmen muss.«

Doch Vargas Llosa gab sich nicht geschlagen, und Patricia noch weniger. Mehrere Wochen vergingen in diesem verkrampften, wortlosen Beharren. Die Peruaner hatten unterdessen einen neuen Diktator bekommen, einen für gewöhnlich betrunkenen Schreihals namens Morales Bermúdez, der etwas weniger links war als der abgesetzte Velasco Alvarado. Als Vargas Llosa einsehen musste, dass Patricia nicht nachgeben würde, flog er an einem langen Wochenende im November nach Lima und wurde in dem Haus in Barranco vorstellig, das sein Freund und Cousin, der Architekt Freddy Cooper, für ihn gebaut hatte. Dort begrüßte er seine Schwiegereltern

Lucho und Olga, umarmte und küsste seine Kinder Álvaro, Gonzalo und Morgana, die er seit Monaten nicht gesehen hatte, und bat Patricia, die einen Wangenkuss zur Begrüßung abwies, im Eheschlafzimmer im zweiten Stock um ein Gespräch unter vier Augen … Kaum waren sie im Zimmer allein, gab Patricia ihm eine schallende Ohrfeige. Es war nicht das erste Mal, dass sie das tat. Sie hatte ihn schon geohrfeigt, als sie noch ein kleines Mädchen in Cochabamba war, und später in Piura, als der zehn Jahre ältere Mario bei ihrer Familie, den Llosa Urquidi, wohnte.

»Ich bitte dich um Verzeihung«, sagte Mario, nachdem er die Ohrfeige ungerührt eingesteckt hatte. »Ich habe mit Susana Schluss gemacht. Das war nur eine vorübergehende Leidenschaft. Verzeih mir.«

»Geh auf die Knie«, sagte Patricia. »Bitte mich auf Knien.«

Vargas Llosa kniete sofort nieder und fragte:

»Verzeihst du mir?«

Patricia gab keine Antwort. Sie hatte große Lust, ihn weiter zu ohrfeigen, zu beschimpfen, ihn verdorbener Egoist und Verräter zu nennen. Wie konntest du uns verlassen und dich mit einer dummen Gans davonmachen, die du kaum kanntest? Wie konntest du uns das antun, uns so zu demütigen!

Da begann Vargas Llosa, immer noch auf Knien, das erste Gedicht zu rezitieren, das er vor vielen Jahren in Piura geschrieben hatte, als Patricia sechs Jahre alt war und er bei ihrer Familie wohnte. Er hatte das Gedicht mit der Schreibmaschine geschrieben und es »Für Patricia« genannt. Lucho und Olga Urquidi hüteten die Seiten wie einen geheimen Schatz, und Mario mit seinem phänomenalen Gedächtnis rezitierte es jetzt auf Knien vor seiner Ehefrau und Cousine:

»Die kleine Prinzessin schläft ganz nahe bei mir, ihr kleines weißes Händchen ruht ganz nahe bei mir.«

Patricia Llosa holte tief Luft, beruhigte sich, und Mario fuhr fort:

»Die kleine Prinzessin lächelt im Schlaf, träumt vielleicht, eine Königin zu sein, oder ein Kolibri?«

Patricia erinnerte sich, dass Mario ihr dieses Gedicht in Piura vorgelesen hatte, als sie noch ein nörgeliges kleines Mädchen gewesen war, und später in Paris, als Fünfzehnjährige, und jetzt sagte er es ihr in Lima auf, weil er sie zurückerobern wollte. Mit einem Mal wurde ihr bewusst, dass sie ihr ganzes Leben mit diesem Mann verbracht hatte, der schon, als sie noch ein Kind war, an ihrer Seite sein wollte und ihr ergeben war.

»Und manchmal bewegt sie, seufzend, ihre Lippen, als wollte sie in eine Blüte beißen; und ihr Atem geht so schwebend leicht, wie auch der Schlag ihres Herzens es tut.«

Vargas Llosa erhob sich, umfasste Patricias Taille, zog sie zu sich heran, schaute ihr in die Augen und fuhr fort:

»Die kleine Prinzessin schläft ganz nahe bei mir, träumt vielleicht, sie sei ganz allein, oder ein blauer Prinz sei an ihrer Seite.«

Mario küsste Patricia. Sie widersetzte sich nicht. Sie ließ sich küssen. Sie ergab sich ihm. Sie unterwarf sich dem Willen dieses Mannes, den zu lieben sie nicht lassen konnte, selbst nach allem, was gewesen war.

»Und manchmal schau ich die kleine Prinzessin an,

möchte selbst ein kleiner Junge sein, und träumen wie sie.«

Dann küsste er Patricia wieder, diesmal heftiger, und sagte:

»Ist diese kleine Prinzessin mit ihrem leichten Schlaf, ihrem Gesicht eines Engels, in ihrem Herzen vielleicht sogar Mutter?«

Patricia Llosa zerfloss vor Liebe, umarmte ihn schluchzend, ergab sich ihm ganz. Mario küsste sie, führte sie zum Bett, entkleidete sie und liebte sie, unbekümmert darum, ob die Schwiegereltern sie hörten, und ohne auch zu ahnen, dass Patricia ihm ein paar Tage später etwas sagen sollte, das ihn sein Leben lang verbitterte.

Nachdem Mario und Patricia sich versöhnt hatten, flogen sie am Sonntagabend nach New York, ließen die Kinder bei Lucho und Olga und versprachen, Weihnachten mit ihnen in Lima zu verbringen. Eines Abends im November, Vargas Llosa saß lesend in der Wohnung, die ihm von der Columbia-Universität zur Verfügung gestellt worden war, fragte Patricia ihn:

»Warum hast du mir nie gesagt, dass du mir mit einer ganzen Reihe von Huren untreu gewesen bist?«

Überrascht legte Vargas Llosa das Buch zur Seite, schaute ihr in die Augen und antwortete:

»Weil ich dir mit keiner einzigen untreu gewesen bin.«

»Lüg nicht, Mario. Ich weiß genau, dass du in Caracas zu den Huren gegangen bist, als ich in Lima mit Gonzalo in den Wehen lag.«

»Das ist nicht wahr. Wer hat dir diese Lüge aufgetischt?«

»Gabriel.«

»Welcher Gabriel?«

»Gabriel García Márquez, dein Busenfreund. Gabriel und Mercedes haben mir erzählt, dass du heimlich immer zu Huren gehst.«

Tief getroffen und mit wutverzerrtem Gesicht sprang Mario auf und fragte:

»Das hat Gabriel wirklich zu dir gesagt?«

»Ja«, erwiderte Patricia, ihre Rache auskostend. »Er hat mir gesagt, du würdest mich ständig mit Huren betrügen. Du könntest ohne sie gar nicht leben. Wie viele hast du in der Dominikanischen Republik flachgelegt, sag schon!«

»Keine einzige«, entgegnete Mario wütend, plötzlich in der Defensive. »Das ist alles eine Lüge. Gabriel und Mercedes haben dich belogen!«

Patricia warf ihm einen zynischen, bitteren Blick zu, als wollte sie sagen, ich glaube dir kein Wort, Marito, halte mich bloß nicht für blöd.

»Ich bitte dich nur um eins«, sagte sie dann. »Betrüge mich nie wieder – weder mit Huren noch mit Mannequins noch mit sonst wem.«

»So soll es sein, Patita, so wird es sein«, sagte Vargas Llosa zerknirscht. »Aber betrogen habe ich dich nur mit Susana. Alles andere sind Märchengeschichten, die Gabriel sich ausgedacht hat, damit du dich von mir scheiden lässt.«

Patricia lächelte boshaft.

»Haben sie das zu dir gesagt?«, fragte Mario. »Haben sie dir gesagt, du sollst dich von mir scheiden lassen?«

»Ja«, antwortete Patricia. »Sie haben gesagt, du würdest mir immer untreu sein.«

»Diese elenden Kanaillen!«, rief Vargas Llosa, außer sich vor Wut.

»Es gibt da noch etwas, das du wissen musst«, sagte Patricia. Vargas Llosa, in Schlafanzug und Pantoffeln, riss trotz der Kälte draußen das Fenster auf, weil er ahnte, dass eine unheilvolle, unselige Nachricht auf ihn wartete, die seinen vulkanischen Charakter, den er nicht zu zähmen vermochte, explodieren lassen könnte.

»Du bist nicht mehr mein einziger Mann«, sagte Patricia.

Mario erstarrte und schaute sie ungläubig an.

»Als du bei Susana warst, habe ich mit jemand geschlafen«, fuhr Patricia fort.

Vom sengenden Fieber der Eifersucht erfasst, seinen männlichen Stolz mit einem Mal in Frage gestellt, fragte Vargas Llosa:

»Mit wem?«

Nie hätte er die Antwort geahnt:

»Mit Gabriel.«

Mario riss Mund und Augen auf, als hätte er einen Elektroschock bekommen. Er stand noch auf den Beinen, zitterte und bebte aber vor Zorn, Verzweiflung und Kummer, und um jeden Zweifel auszuräumen, fragte er:

»Du hast mit García Márquez geschlafen?«

»Ja«, antwortete Patricia ruhig. »Er hat mich in Barcelona zum Flughafen gebracht, hat sich verfahren und mich meinen Flug verpassen lassen, hat mich in ein Hotel gebracht, und, na ja, da haben wir uns geküsst, und dann ist passiert, was passiert ist.«

»Das kann doch nicht wahr sein!«, schrie Vargas Llosa. »Du hast mit Gabriel, unserem Freund, unserem besten Freund geschlafen, nur um dich für meinen Ausrutscher mit Susana zu rächen?«

»Ja«, sagte Patricia und stand auf. Sie war klein, aber robust; klein, aber niemals bereit, einem Streit aus dem Weg zu gehen. »Und ich will dir noch etwas sagen.«

»Sag es nicht!«, flehte Vargas Llosa, doch es war schon zu spät.

»Gabriel ist ein großartiger Liebhaber«, sagte Patricia Llosa.

»Ich poliere diesem Dreckskerl die Fresse!«, brüllte Vargas Llosa.

Dann stürzte er aus dem Zimmer, schlug die Tür hinter sich zu und lief, von einem inneren Feuer verzehrt, in Schlafanzug und Pantoffeln durch den Central Park.

Als er zurückkam, rief ihm der Portier, ein Spanier, erregt zu:

»Franco ist tot, Don Mario! Franco ist gestorben!«

In Madrid war es halb sechs morgens an einem Donnerstag im November und in New York halb zwölf nachts am Mittwoch.

»Woher wissen Sie das?«, fragte Vargas Llosa.

»Es kam gerade im Radio«, erwiderte der Portier.

Gleich darauf lagen sich die beiden in den Armen, und Vargas Llosa vergaß, wenigstens einen Moment lang, die Qualen der Liebe.

»Bruder!«, rief García Márquez lächelnd und mit ausgebreiteten Armen Vargas Llosa zu und wollte ihn umarmen. »Bruderherz!«

Sie hatten sich seit eineinhalb Jahren nicht gesehen, seit Vargas Llosa, dessen Ehefrau Patricia und die drei Kinder in Barcelona die *Rossini* bestiegen und Gabriel und Mercedes und Carmen Balcells sie am Hafen verabschiedet hatten. Mario unterhielt sich gerade in einem Salon des Mexikanischen Filminstituts mit der Journalistin María Idalia von der Tageszeitung *Excélsior*. In wenigen Minuten sollte der Dokumentarfilm *Odyssee in den Anden*, zu dem Vargas Llosa das Drehbuch geschrieben hatte, der Presse vorgeführt werden: eine Dokumentation über den Absturz eines Flugzeugs in den Anden, das die uruguayische Rugby-Nationalmannschaft an Bord gehabt hatte. Um zu überleben, waren die Männer gezwungen gewesen, das Fleisch ihrer gestorbenen Kameraden zu essen. Als er jetzt García Márquez lächelnd und mit ausgebreiteten Armen auf sich zukommen sah, brannte immer noch der Zorn in ihm und er dachte:

»Von wegen Bruderherz, du Schweinehund! Du hast mit meiner Frau geschlafen, du Verräter.«

Und dann versetzte er ihm einen wütenden Faustschlag ins Gesicht, brach García Márquez die Nase, wobei dem die Brille herunterfiel und er bewusstlos zu Boden ging. Vargas Llosa rief:

»Das ist dafür, was du Patricia angetan hast!«

Sekunden später wachte García Márquez mit Hilfe seiner Frau Mercedes aus der Bewusstlosigkeit auf, berührte seine Nase und sah, dass er blutete. Als Nächstes wurde ihm bewusst, dass er hilflos auf dem Boden lag, wie ein Boxer niedergestreckt von einer fulminanten Rechten. Er bemerkte, dass Vargas Llosa ihn hasserfüllt ansah; erfüllt von einem zweieinhalb Wochen gärenden Hass, seit Patricia ihm gesagt hatte, dass sie in einem Airport-Hotel in Barcelona mit García Márquez geschlafen hatte. Gabriel musste beinahe lachen, als er daran dachte, dass es jetzt zu spät und völlig sinnlos war, Mario oder Mercedes oder irgendwem sonst die Wahrheit erzählen zu wollen:

»Ich habe Patricia nicht angerührt. Bist du verrückt, Mario, alter Kadett? Ich hätte Patricia vögeln können, habe es aber nicht getan aus Respekt vor dir, vor unserer Freundschaft, vor meinem Patenkind Gonzalo. Und so dankst du es mir? Ist das der Lohn dafür? Du hättest mit mir darüber sprechen können, allein und privat, dann hätte ich dir meine Version des Geschehens erzählt.«

»Was hat Gabito denn Patricia angetan?«, fragte Mercedes, die sich daran erinnerte, dass Gabriel damals kurz vor Mittag betrunken nach Hause gekommen war, nach Alkohol gestunken hatte und kaum noch geradeaus gehen konnte. Außerdem hatte er das Auto zu Schrott gefahren.

Doch García Márquez – immer noch am Boden – sagte kein Wort, wollte Mercedes weder jetzt noch irgendwann erzählen, was mit Patricia in jener unseligen Nacht gewesen war, in der alles für immer zu Bruch ging.

»Gabito hat Patricia nichts angetan!«, rief Mercedes wütend, während sie neben García Márquez kniete und mit karibischem Hass Vargas Llosa anfunkelte. »Unmöglich! Er gibt sich nur mit schönen Frauen ab.«

Vargas Llosa schaute hochmütig und verächtlich auf seinen am Boden liegenden Freund, entschlossen, ihn nie wiederzusehen, die unverbrüchlich scheinende Freundschaft für immer zu beenden. Er bereute es keineswegs, ihn niedergeschlagen und mit eigener Hand Gerechtigkeit geübt zu haben.

Er ist ein elender Schuft, dachte er. Hat ausgenutzt, dass Patricia gekränkt war, weil ich sie verlassen hatte. Hat ihr erzählt, dass wir in Caracas bei den Huren waren. Hat ihr eingeflüstert, dass sie sich von mir scheiden lassen sollte. Dann hat er sie mit in ein Hotel genommen und sie da flachgelegt. Und ich muss mit diesem Schmerz jetzt leben, mit dieser offenen Wunde, mit den demütigenden Worten, die Patricia in New York zu mir gesagt hat in der Nacht, als Franco starb:

»Gabriel ist ein großartiger Liebhaber.«

Reicht es ihm nicht, besser zu schreiben als ich?, dachte Vargas Llosa, besinnungslos vor Zorn. Habe ich nicht ein Buch über ihn geschrieben und ihn darin einen Gott genannt? Habe ich nicht von dem Tag an, als wir uns vor neun Jahren in Caracas kennenlernten, vor seinem literarischen Genie auf den Knien gelegen?

War nicht immer klar, dass, wie Carmen Balcells zu sagen pflegte, er das Genie und ich der Klassenbeste war? Musste dieser Saukerl obendrein noch Patricia vögeln? Niemals hätte ich Mercedes flachgelegt. Nie im Leben! So eine Schandtat könnte ein echter Freund nie begehen. Du bist ein Schänder, Gabriel, ein Verräter! Diesen Fausthieb hast du weiß Gott verdient!

Verstört eilte Vargas Llosa davon, begleitet von dem Journalisten Francisco Igartua und einer Horde sensationsgieriger Reporter, die sich fragten, was García Márquez Patricia Llosa angetan hatte. Sie riefen sofort im Hotel Geneve in der mexikanischen Hauptstadt an und erzählten ihr, was gerade passiert war. Verärgert warf Patricia das Telefon in die Ecke, war so wütend auf Mario, dass sie ihm am liebsten den Kopf eingeschlagen, ein Bild oder einen Aschenbecher nach ihm geworfen hätte. García Márquez, der wieder auf die Beine gekommen war, sagte zu seiner Frau:

»Ich habe Patricia überhaupt nichts angetan. Ich habe sie nur am Flughafen abgesetzt. Was hat sie Mario bloß für Lügen erzählt, um ihn eifersüchtig zu machen?«

»Er ist ein eifersüchtiger Blödmann!«, schrie Mercedes, ohne an den Worten ihres Mannes auch nur eine Sekunde zu zweifeln. »Ein eifersüchtiger Blödmann, jawohl!«

»Und er hat einen harten Schlag, der Scheißkerl. Er schlägt zu wie ein Boxer«, sagte García Márquez, während die Schriftstellerin Elena Poniatowska und die Fotografin María Luisa Mendoza ihm halfen, auf die Beine zu kommen, und vorschlugen, ein rohes Steak auf das geschwollene Auge zu legen.

Die Freundschaft mit Mario hat sich erledigt, dachte García Márquez niedergeschlagen. Und alles nur wegen eines Missverständnisses. Welche schaurigen Lügen das Cousinchen ihm wohl erzählt hat? Welcher Gemeinheiten und Niederträchtigkeiten mag sie mich beschuldigt haben? Wie könnte ich Mario, wie könnte ich irgendwem beweisen, dass ich unschuldig bin? Unmöglich! Selbst wenn Mario mich vorher angehört hätte, hätte er mir nicht geglaubt und gedacht, Patricia sage die Wahrheit. Auch wenn ich Mercedes die Wahrheit sagen würde, würde sie mir nicht glauben, denn das hätte ich ihr am selben Tag noch sagen müssen, nachdem ich das Auto zu Schrott gefahren und mich mit Champagner begossen hatte.

»Ironie des Schicksals«, sagte García Márquez, als er mit Hilfe von Mercedes und Elena in das Auto der Fotografin Mendoza stieg. »Vargas Llosa, der Kadett, schlägt und beschimpft mich, nennt mich vor allen Journalisten einen Verräter. Dabei war er es, der Patricia in Lima verraten hat, als er sie mit den Kindern dort allein ließ. Ich habe ihn nicht verraten. Ich habe Patricia zum Flughafen gebracht. Ich war ein loyaler Freund. Wir waren immer loyale Freunde, stimmt's, Mercedes?«

»Ich weiß es nicht. Ich glaube, dass Patricia ihm erzählt hat, was wir in Barcelona zu ihr gesagt haben«, erwiderte Mercedes. »Dass Mario ein Hurenbock ist und ihr die ganze Zeit Hörner aufgesetzt hat. Darum hat er dich geschlagen, Gabito. Weil du ihn vor Patricia als Hurenbock denunziert hast. Weil du ihr geraten hast, sich einen Anwalt zu suchen und sich scheiden zu lassen.«

»Eine andere Erklärung gibt es wohl nicht«, antwortete García Márquez und dachte: Es gibt keine Lösung. Mercedes wird dem Kadetten niemals verzeihen. Auch Patricia wird sie nie verzeihen, dass sie dessen Hass mit böswilligem Klatsch angefacht hat. Die Ägypterin hat ein langes Gedächtnis für ihren Zorn. Nein, unsere Freundschaft mit den Vargas Llosas ist vorbei. Ein Jammer ist das. Und ich bin der Bösewicht.

»Blödmann!«, schrie Patricia Llosa ihren Ehemann an, kaum dass er das Zimmer im Hotel Geneve betreten hatte. »Du Trottel! Du Idiot! Was hast du getan? Jetzt werden alle erfahren, was Gabriel mir angetan hat!«

Sie hätte nicht gedacht, dass Vargas Llosa in seiner Rache so weit gehen würde, seinen besten Freund bewusstlos zu schlagen. Sie hatte Marios verletzten Stolz unterschätzt, seinen Sinn für ausgleichende Gerechtigkeit. Hatte sie wirklich geglaubt, ihr Mann würde die Kröte schlucken, würde García Márquez niederschlagen und ihm dann verzeihen? Hatte sie vergessen, dass Mario einen Streit mit der blanken Faust auszutragen pflegte? War sie etwa nicht grausam gewesen, als sie ihm in New York erzählt hatte, dass Gabriel ein großartiger Liebhaber war? Hatte er nicht da schon einen Aschenbecher und eine Lampe nach ihr geworfen, ein Bild von der Wand gerissen, um ihr den Kopf einzuschlagen?

»Bevor du ihn schlägst, hättest du mit mir sprechen sollen, du Idiot, du Niete, du Geistesgestörter!«, schrie Patricia, derweil Mario sich duckte und den fliegenden Gegenständen auszuweichen versuchte.

»Männer regeln ihre Probleme mit der Faust«, war Vargas Llosas einzige Erklärung oder Entschuldigung, ohne dass er auch nur ein Fünkchen Reue zeigte.

Tatsächlich war er zwar aufgewühlt, aber sonst mit sich im Reinen. Was hat sich García Márquez, der Verräter, gedacht? Dass ich ihn umarme und ihn Bruderherz nenne? Dass ich den Mund halte und nicht sage, was Patricia mir erzählt hat? Dass ich um einer Freundschaft willen, die er selbst gebrochen hat, für den Rest meines Lebens als gehörnter und belächelter Ehemann durchs Leben gehe? Dass wir weiter Freunde bleiben, während ich damit leben muss, dass er schamlos meine Ehekrise ausgenutzt und meine Frau gevögelt hat? Bei mir gibt es nur Klartext: Wenn du mich verrätst, bist du mein Feind, und bist du mein Feind, polier ich dir die Fresse.

Nachdem sie sich etwas beruhigt hatte, fragte Patricia:

»Was hat Gabriel gesagt?«

»Nichts. Er lag nur da und hat geblutet. Ich habe ihm einen ordentlichen Hieb verpasst.«

»Und was hat Mercedes gesagt?«

»Eine Gemeinheit. Gabriel hätte dich nicht angerührt, weil er nur auf schöne Frauen steht.«

»So eine verdammte Hure!«, schrie Patricia und fragte dann:

»Und die Journalisten haben alles gehört? Haben sie Fotos gemacht?«

»Ich weiß nicht, es ging alles so schnell. Fotos, glaube ich nicht. Aber natürlich haben sie gehört, was ich zu García Márquez gesagt habe. Sie standen ja direkt daneben.«

Zu der Zeit lag García Márquez im Haus der Fotografin Mendoza auf einem Sofa, ein blutiges Steak auf dem linken Auge, und dachte wehmütig: Der Kadett ist genauso geworden wie sein verdammter Vater. Wenn er schreibt, ist er ein Künstler; aber im Alltag ist er ein brutaler Soldat, ein Kadett. Er regelt alles mit den Fäusten, alles mit Gewalt. Würde er auch im normalen Leben ein Künstler sein, hätte er mir erzählt, was Patricia ihm gesagt hat, wir hätten zusammen einen getrunken, und wenn ich ihm auch nicht die ganze Wahrheit erzählt hätte, hätte er mir doch diese Chance gegeben. Aber nein: Er glaubt blind, was sie ihm erzählt, und hört mich gar nicht erst an. Er musste wie ein Soldat gegen mich in den Krieg ziehen. Doch wenn ich ihm hätte berichten können, was mit Patricia in der Diskothek war und später im Hotel passiert ist, hätte der Kadett mir das geglaubt? Ich fürchte, nein. Das heißt, ich wäre auf jeden Fall am Arsch gewesen. So eine Scheiße.

Mercedes fächelte ihrem Mann kühle Luft zu, blies ihm ins Gesicht und sagte:

»Vargas Llosa ist ein scheinheiliger Moralist, der sich als Opfer ausgibt. Dabei hat er seine Tante geheiratet, danach seine Cousine, hat erst die Tante mit der Cousine betrogen und dann die Cousine mit dem Mannequin auf dem Schiff. Und jetzt spielt dieser Schürzenjäger bei uns den Moralisten. Ich bitte dich!«

»Bei so einem Lebenslauf«, sagte Elena Poniatowska, »hätte er doch Verständnis dafür haben müssen, dass ihr Patricia erzählt habt, dass Mario eine Schwäche für Huren hat.«

»Alle Welt weiß das«, pflichtete Mendoza ihr bei. »Und jetzt weiß es auch seine Frau. Ich denke, sie hat es erfahren müssen. Besonders, da er sie für eine andere hat sitzen lassen.«

»Nichts wäre passiert, wenn Mario nicht Patricia in

Lima für das Model vom Schiff alleingelassen hätte!«, rief Mercedes wütend. »Und jetzt sollen wir schuld an allem sein!«

Ich hätte sie mit Carmens Chauffeur zum Flughafen fahren lassen sollen, dachte García Márquez. Was zum Teufel habe ich mir bloß dabei gedacht, als ich ihr angeboten habe, sie zu fahren?

»Bringen Sie mir bitte zwei Gläser kalte Milch«, bat Vargas Llosa den Kellner des Restaurants neben dem Hotel Geneve, das er mit Patricia und dem Journalisten Francisco Igartua aufgesucht hatte. Seit dem Faustschlag war etwa eine Stunde vergangen.

»Ich habe die Freundschaft mit ihm nicht beendet«, sagte er jetzt. »Ich habe nicht mit seiner Frau geschlafen. Er hat mit dir geschlafen, Patricia. Aber keine Sorge, ich werde niemals erzählen, warum ich ihn zu Boden geschlagen habe. Ich weiß, man wird mich tausend Mal fragen, aber ich werde immer sagen, dass es eine persönliche Angelegenheit war. Punkt und Schluss.«

»Er wird auch nichts sagen«, bemerkte Igartua. »Denn wenn er die Wahrheit sagt, steht er schlecht da.«

Noch im Haus der Fotografin Mendoza, als García Márquez mit dem rohen Steak auf seinem geschwollenen Auge auf dem Sofa lag, fragte Mercedes, die sich mittlerweile beruhigt hatte:

»Sag uns die Wahrheit, Gabito. Hast du sie in besagter Nacht geküsst? Eng mit ihr getanzt?«

Lächelnd antwortete Gabriel:

»Ich habe sie weder geküsst noch eng mit ihr getanzt. Ich habe nichts Unrechtes getan, Ägypterin. Du kennst mich doch. Ich bin monogam bis in die Knochen.«

»Aber sie wollte?«, ließ Mercedes nicht locker.

»Ach, vergiss es«, warf Elena ein.

García Márquez war freudig überrascht von der unerwarteten Wendung, die das märchenhafte Drehbuch seines Lebens nahm, in dem er von Vargas Llosa erst niedergeschlagen und dann beschuldigt worden war, dessen Frau verführt zu haben.

»Was ist dann im Auto passiert?«, beharrte Mercedes, immer noch leicht misstrauisch. »Hat sie dich geküsst?«

»Nein«, sagte Gabriel. »Wir haben gesungen. Wir haben nur gesungen.«

»Ich glaube, dass Patricia Mario erzählt hat, Gabito hätte sie in dieser Nacht bestiegen«, sagte Elena.

»Ich bin ganz deiner Meinung«, bestätigte María Luisa Mendoza. »Vargas Llosa glaubt wirklich, dass Gabito sich über Patricia hergemacht oder es zumindest versucht hat.«

»Und mir glaubt niemand«, bemerkte García Márquez melancholisch.

»Ich glaube dir«, sagte Mercedes und küsste ihn auf die Wange und auf die Stirn. »Ich kenne dich doch, Gabito. Ich habe an diesem Tag an dir gerochen, als du noch geschlafen hast. Ich habe an deiner Rute gerochen. Ich weiß, dass du Patricia nicht gevögelt hast. Das weiß ich ganz genau.«

Und ärgerlich fügte sie hinzu:

»Aber dem eifersüchtigen Mario hat sie bestimmt erzählt, dass du über sie hergefallen bist, sie mit Gewalt genommen hast.«

»So verlogen kann sie doch nicht sein!«, rief Elena empört.

»Ihrem Mann zu erzählen, dass Gabito sie flachgelegt, sie vergewaltigt hat?«, fragte María Luisa.

»Wenn es darum geht, ihren Mann zurückzubekommen, ist sie zu allem fähig«, sagte Mercedes.

Es gab nur zwei Menschen auf der ganzen Welt, die die Wahrheit kannten: Patricia Llosa und Gabriel García Márquez. Vargas Llosa glaubte Patricia, zweifelte nicht an seiner Frau, konnte sich nicht vorstellen, dass sie die Freiheit der Fiktion bemühte, um seine Eifersucht und seinen Rachedurst anzustacheln. Zweifellos dachte er: García Márquez hat unsere Ehekrise ausgenutzt, um es mit Patricia zu treiben, und wenn er zu so einer Illoyalität fähig ist, können wir keine Freunde mehr sein. Ich bin ein Ehrenmann und dulde so eine Entwürdigung nicht. Mercedes indes glaubte García Márquez, der ihr gesagt hatte: Zwischen mir und dem Cousinchen ist nichts Unschickliches passiert. Ich habe sie weder geküsst noch mich beim Tanzen an sie gedrückt. In der Diskothek hat sie zwar mit mir geflirtet, aber daraus ist nichts weiter geworden, weil ich sie am Flughafen abgesetzt habe. Mercedes glaubte also die Märchengeschichte, die er sich vergebens ausgedacht hatte, um seine Freundschaft mit Mario und Patricia zu retten. Wenn er das Geheimnis wahrte, hatte er gedacht, wenn er darüber schwieg, was in jener vergifteten Nacht passiert war, würde das Blut nicht den Fluss erreichen. Doch er hatte sich geirrt: Dieser Fluss von ehemals kristallklarem Wasser war jetzt getrübt von Missverständnissen und Hass und mündete in einem Meer von Eifersucht, gekränkten Empfindungen und zerbrochenen, verratenen Freundschaften.

Fünf Wochen später, Ende März, kurz vor seinem vierzigsten Geburtstag, gab Vargas Llosa – seiner Verpflichtungen an der Columbia in New York nun ledig – dem Journalisten Joaquín Soler Serrano in Madrid ein Interview für die Sendung *A fondo* der Televisión Española. Dieser fragte:

»Vor Kurzem haben spanische Zeitungen die Nachricht verbreitet, dass Sie einen gewaltsamen Zusammenstoß mit García Márquez hatten. Bedeutet dies das Ende Ihrer Freundschaft?«

»Na ja, Journalisten haben manchmal mehr Fantasie als die Schriftsteller selbst«, antwortete Vargas Llosa lächelnd wie ein Champion mit langen, sehr langen Koteletten, in der Art eines peronistischen Caudillos, dem keiner etwas anhaben kann.

»Was genau war denn passiert?«, fragte Soler Serrano, schlug die Beine übereinander und schien seinen Gast nicht schonen zu wollen.

»Nun ja, es hat tatsächlich einen Zwischenfall gegeben; aber der hatte, na ja, keine literarischen oder politischen Gründe, wie die Zeitungen geschrieben haben«, erwiderte Vargas Llosa, etwas unbehaglich, was er jedoch souverän zu überspielen verstand. »Hier in Spanien habe ich sogar in einer Zeitschrift gelesen, dass der Zwischenfall von einem Verleger inszeniert worden sei, um die Verkäufe von *Der Herbst des Patriarchen* und *Der Hauptmann und sein Frauenbataillon* in die Höhe zu treiben«, fügte er schmunzelnd hinzu, wie um die Bedeutung der ganzen Angelegenheit herunterzuspielen.

»Aber so ist es nicht?«, fragte Soler Serrano.

»Nein, absolut nicht, nein«, sagte Vargas Llosa.

»Es gab also weder wirtschaftliche noch politische noch ideologische Gründe, wie an anderer Stelle behauptet?«

Nach einer kurzen Pause riskierte er dann:

»Und sind Sie immer noch Freunde? Oder kann man das nicht mehr sagen?«

»Nun, das weiß man nie«, antwortete Vargas Llosa. »Wie alles, ist auch die Freundschaft etwas so Relatives, nicht?«